Susan Murphy

Stalker - Wenn aus Liebe Besessenheit wird

Stalker

Wenn aus Liebe Besessenheit wird

Erotikthriller von Susan Murphy

Impressum

Zweite Auflage als Print-Buch und E-Book 2016
Copyright © 2016 by Susan Murphy
Altdorfer Str. 16B
84030 Landshut

Covergestaltung
Marie Graßhoff

Lektorat:
KoLibri Lektorat

Alle Rechte vorbehalten

TWENTYSIX – Der Self-Publishing-Verlag
Eine Kooperation zwischen der Verlagsgruppe Random House und BoD – Books on Demand

Herstellung und Verlag:
BoD – Books on Demand, Norderstedt

Personen, Handlungen, Orte, Events, Markennamen und Organisationen in diesem fiktiven Roman sind entweder frei erfunden oder werden in einem nicht reellen Zusammenhang verwendet. Alle Ähnlichkeiten mit lebenden oder verstorbenen Personen sind rein zufällig und nicht beabsichtigt. Markennamen und Warenzeichen sowie Songtexte, die in diesem Buch verwendet wurden, sind Eigentum ihrer rechtmäßigen Besitzer.

ISBN: 978-3-74070-894-8

Widmung

**Für meine Schwester Sabine,
Fan und Testleserin der ersten Stunde**

Prolog	9
Kapitel 1	12
Kapitel 2	18
Kapitel 3	26
Kapitel 4	33
Kapitel 5	42
Kapitel 6	55
Kapitel 7	58
Kapitel 8	68
Kapitel 9	79
Kapitel 10	95
Kapitel 11	111
Kapitel 12	122
Kapitel 13	136
Kapitel 14	145
Kapitel 15	151
Kapitel 16	161
Kapitel 17	167
Kapitel 18	175
Kapitel 19	187
Kapitel 20	193
Kapitel 22	224
Kapitel 23	232
Kapitel 24	238
Epilog	243

Prolog

Kennt ihr dieses total alberne Gefühl, wenn man nachts unterwegs ist und denkt, man wird verfolgt?
Ich kenne das nur zu gut. Ein Gefühl, dass sich nicht abschütteln lässt. Es stellen sich alle Härchen auf und man beginnt zu denken, dass man total paranoid ist, bis dann endlich die rettende Wohnung erreicht ist, und man sich in Sicherheit fühlt.

02:30 Uhr nachts. Meine Arbeit im Reggies war zu Ende und ich konnte endlich nach Hause fahren. Von der Bar aus brauchte ich fast 30 Minuten mit dem Zug zu meiner Haltestelle, und dann noch einmal 10 Minuten Fußweg zu meiner kleinen, gemütlichen Zweizimmerwohnung, mitten im Industrieviertel. Klar gibt es schönere Fleckchen in Chicago, sehr viel schönere, aber die sind mit mehr Kosten verbunden und hier hatte ich alles, was ich brauchte, direkt vor der Haustür.

Der Zug war nicht sonderlich voll. Kein Wunder um die Uhrzeit. Ich stieg aus und die Anzahl der Leute, die den gleichen Weg gingen, verringerte sich noch mal. Als ich um die Ecke bog, in Richtung meiner Wohnung, war ich alleine auf der Straße.
Alleine? Nicht ganz. In einiger Entfernung hörte ich Schritte. Und da war es wieder. Es überkam mich mit einer Wucht, dass ich schon in leichte Panik geriet. Dieses Gefühl, verfolgt zu werden! Mein Atem beschleunigte sich und ich

ging etwas schneller. Leicht verunsichert blickte ich über meine Schulter, um nachzusehen, wer hinter mir war. Ich sah nur eine große, männliche Person, die Kapuze tief ins Gesicht gezogen und die Hände in den Taschen.

Irrte ich mich, oder schien der Typ leicht betrunken zu sein? Ich glaubte zu sehen, dass er etwas schwankte.

Also wurde ich doch nicht verfolgt, redete ich mir ein und musste über mein albernes Gehabe lächeln. Aber mein Körper sprach eine andere Sprache. Ich bekam überall Gänsehaut und meine Härchen stellten sich so weit auf, wie nie zuvor. Was hatte Ben noch mal gesagt?

„Ich lasse dich nie wieder gehen! Nie wieder, hörst du?!" Sein Tonfall war so drohend gewesen, dass ich es mit der Angst zu tun bekam.

Hatte er seine Äußerung, mich überwachen zu lassen, wahr gemacht? War es am Ende er selbst, der da hinter mir lief?

Meine Schritte wurden abermals schneller. *Nicht rennen*, ermahnte ich mich. Doch die Panik in mir wuchs immer mehr. Wie lang war dieser verdammte Weg denn noch? Sonst war ich im Nullkommanichts zu Hause, doch heute kam es mir so vor, als müsste ich zehn Kilometer weit laufen. Ich griff in meine Jackentasche, um die Sicherheit des Haustürschlüssels zu suchen. Ja, da war er! Jetzt war es nicht mehr weit.

Ich schaute ein letztes Mal verstohlen über meine Schulter. Der Fremde war nicht mehr da. Erleichtert atmete ich aus. *Dumme Gans*, schimpfte ich mich selbst. So etwas würde Ben doch niemals tun. Oder doch?

Er hat sich verändert in den letzten Wochen, erinnerte mich mein inneres Ich.

Sehr sogar, das kannst selbst du nicht leugnen! Böse sah es mich an.

Ja, das hatte er, es stimmte, ich konnte es nicht leugnen. Deshalb wollte ich ja eine Auszeit, damit ich über uns nachdenken konnte, ob das Ganze eine weitere Zukunft hat. Erneut kamen mir seine Worte in den Sinn.
„Ich lasse dich nie wieder gehen! Nie wieder." Dazu erinnerte ich mich an seinen Blick aus diesen wunderschönen blaugrünen Augen, der auf einmal hart und kalt war.
Ah, endlich! Ich sah meine Haustür und holte erleichtert meinen Schlüssel aus der Tasche. Nachdem ich den Fremden mit dem Kapuzenpulli nicht mehr gesehen hatte, entspannte sich mein Körper.
Ich wollte den Schlüssel gerade ins Schloss stecken, als sich schlagartig wieder alle Haare aufstellten. Die Gänsehaut reichte von Kopf bis Fuß und ich spürte ein Kribbeln am ganzen Körper.
Ich wollte mich noch umdrehen, um zu sehen, was diese körperliche Reaktion ausgelöst hatte, als ich von hinten gepackt wurde, sich eine Hand auf meinen Mund legte, sodass ich nicht schreien konnte, und ich ein Zischen an meinem Ohr hörte:
„Ich hab doch gesagt, ich lasse dich nie wieder gehen! **NIE WIEDER!"**

Kapitel 1

Ich bin Aurelie Buffay, 22 Jahre jung, habe gerade meinen Collegeabschluss gemacht und versuche jetzt einen guten Job zu finden. Am liebsten in der Musikbranche.

Zurzeit bin ich Kellnerin im Reggies Grill&Bar. Die Arbeit ist in Ordnung, man trifft viele interessante Leute. Meine Arbeitskollegen sind alle nett und haben mich herzlich aufgenommen.

Ich würde nicht sagen, dass ich eine klassische Schönheit bin, mit meinen rotblonden Haaren, den vielen Sommersprossen im Gesicht und meinen graublauen Augen. Allerdings weiß ich meine Reize gut einzusetzen und die Männer, die mich interessierten, konnte ich bis jetzt noch immer um den kleinen Finger wickeln. Meine Sommersprossen allerdings sind ein gut gehütetes Geheimnis von mir, denn ich gehe nie ohne Make-up aus dem Haus. Ich hasse diese kleinen Pünktchen, die wirklich überall in meinem Gesicht sind. Zwar sind sie auch auf meinen Schultern, aber da bei weitem nicht mehr so schlimm. Ich habe es schon als Kind gehasst, wenn alle immer sagten, wie niedlich ich doch damit aussehe. Tja, es hat sich ausgeniedlicht!

Mein Make-up verdeckt alles, dadurch wirkt meine Haut natürlich viel heller, was dann wiederum gut zu den rotblonden Haaren passt und mir doch das Gefühl gibt, jemand anderes zu sein.

Ich genoss meine Freiheit und das Spiel mit den Männern. Nicht dass ich schon viele Freunde gehabt hätte, ich bin ziemlich wählerisch und hier und da entpuppte sich auch schon ein Kandidat als Lachnummer. Meine „Beziehungen" hielten meist nur zwischen drei und sechs Monaten, bis mich meine Freunde langweilten und ich weiterzog. Ich bin ja erst 22 und hab noch etwas Zeit.

Wenn es nach meinem Vater gehen würde, hätte ich noch Zeit bis ich 70 bin. Das liegt aber auch nur daran, weil meine große Schwester damals mit 16 durchgebrannt ist, um irgendeinen Elvis-Imitator in Las Vegas zu heiraten. Was man mit einem gefälschten Ausweis nicht alles schaffte. Das war jetzt 10 Jahre her, sie ist mit Ehemann Nummer drei verheiratet und wohnt irgendwo in den Südstaaten. Sie ruft alle paar Wochen mal durch, damit wir wissen, wie es mit dem aktuellen Ehemann läuft, aber das war's dann auch schon. So wollte ich dann doch nicht enden und hatte daher immer nur kurze Beziehungen, bevor es zu ernst mit dem falschen Mann wurde.

Als ich Dienstagmittag in die Arbeit kam, waren schon die ersten Gäste da. Meist eher Stammgäste, die in der Mittagspause eben schnell einen Burger oder Chicken Wings oder auch einfach nur Mac'n'Cheese essen wollten. So richtig los ging es immer erst abends, besonders dann wenn wir Live-Acts im Haus hatten, was eigentlich jeden Abend der Fall war.

Heute allerdings sah ich in der Nähe des Eingangs einen jungen Mann sitzen, circa Ende 20, mit chaotisch zerzausten, blonden Haaren. Er trug eine Lederjacke, die Ärmel hochgekrempelt und einen passenden stylischen Schal um den Hals. Er kritzelte wild auf einem Stück Papier herum und schien am Rande der Verzweiflung zu sein.

„Na, der sieht doch aus, wie mein nächster Fehltritt ...", sagte ich zu mir selbst und musste an den Song von Taylor Swift denken: „Blank Space".

Mein inneres Ich, von mir Betty genannt, machte bereits einen Luftsprung und bereitete sich auf den Angriff vor.

„Hallo mein Süßer. Ich bin Aurelie, deine Bedienung heute Mittag. Was darf ich dir bringen?" Als er den Kopf hob und mich mit diesem total frustrierten Blick aus den tollsten blaugrünen Augen, die ich je gesehen hatte, ansah, traf es mich wie ein Schlag.

Betty klappte das Kinn runter und ihre Zunge rollte über den Boden, wie bei einer Comicfigur.

Er war glatt rasiert. Das war mal erfrischend, denn momentan war dieser Dreitagebart bei Männern total angesagt.
„Ihr schenkt mittags nicht zufällig schon Alkohol aus, oder?!", fragte er mich.
„Äh, nein, erst abends. Aber wenn der Chef wieder nach hinten verschwindet, könnte ich dir ein Gläschen Tequila besorgen." Ich lächelte und zwinkerte ihm aufmunternd zu.
„Oh nein, lass mal, das war wieder so klar. Es ist und bleibt einfach F u c k i n g-Dienstag! Dann nehme ich eben ein Wasser." Bedrückt schaute er wieder auf sein Blatt Papier und zerknüllte es.
„Es ist was? Fucking-Dienstag?", fragte ich amüsiert.
„Du findest das wohl lustig, wie? Ich erklär es dir mal. Die Vergangenheit hat mir gezeigt, dass der schlechteste Tag der Woche Dienstag ist. Nicht Montag, wie viele meinen. Nein, es ist der Dienstag! Wenn etwas schiefläuft oder kaputt geht,

dann ist es meist ein Dienstag. Und wenn dann noch Dienstag, der 18te ist, tja, dann bleib lieber gleich zu Hause im Bett! Aus dem Tag kann nichts werden." Er holte tief Luft und stieß sie mit einem Seufzer aus. Dann schaute er mich noch mal an und es war, als hätte er mich vorher nicht wirklich registriert.

Jetzt lächelte er und es schien, als fiele ihm gerade auf, was er da eigentlich gesagt hatte. Seine Mundwinkel gingen wieder nach unten und etwas stotternd fügte er schnell hinzu: „Also nicht, dass du jetzt denkst, ich wäre abergläubisch oder so. Es hat sich ja auch ziemlich doof angehört, aber es stimmt wirklich. Dienstag ist ein schrecklicher Tag. Wobei ... heute könnte er doch noch gut werden", sagte er grinsend und musterte mich von oben bis unten.

„Okay?! Das kommt mir zwar jetzt doch seltsam vor, aber was soll's. Das sind wahrscheinlich Sachen, die mir noch nicht aufgefallen sind. Ein Glas Wasser also. Sonst noch etwas?", fragte ich ihn immer noch amüsiert und tippte mit meinem Bleistift auf den Bestellblock.

„Was kannst du mir denn zu essen empfehlen?"
„Empfehlen? Oh, das kann ich gar nicht alles aufzählen. Unsere Küche ist super, und ich muss es wissen, schließlich esse ich hier auch jeden Tag." Ich schnalzte mit der Zunge und tat so, als wollte ich ihn mit dem Ellbogen anstupsen.

„Aber für einen Fucking-Dienstag würde ich dir wohl unsere begehrten Mac'n'Cheese empfehlen, helfen in allen Lebenslagen!"

„Das klingt doch wirklich gut. Die nehme ich." Er nickte mir zufrieden zu und sah mir hinterher, als ich zurück zum Tresen ging und die Bestellung zur Küche weiterleitete. *Uff, was für ein heißer Typ, den muss ich mir unbedingt krallen*, dachte ich und grinste verschmitzt in mich hinein.

Betty kam aus dem Nicken nicht mehr heraus und holte gleich den Brautstrauß. *Na, na, mal langsam, Süße. Das geht dann doch etwas zu schnell.* Wieder musste ich grinsen.

Als ich ihm die Makkaroni mit Käse brachte, war er gerade am Telefon und schon schien seine etwas bessere Stimmung von vorhin fast wieder weg zu sein.

„Nein, ich schaffe den Song nicht bis morgen, ich hab noch nicht die richtige Idee gefunden! Ich brauche noch circa drei Tage. Ja, das weiß ich. Nein, es geht nicht schneller. Jetzt müssen die eben etwas warten!"

Damit legte er auf und wollte das Handy schon auf den Tisch knallen, als er mich mit seinem Essen neben sich stehen sah.

„Oh, entschuldige bitte, Probleme bei der Arbeit." Er setzte ein entschuldigendes Lächeln auf und fing an zu schnuppern.

„Das riecht ja köstlich! Mir läuft schon das Wasser im Mund zusammen!"

„Na dann, guten Appetit!" schmunzelte ich und stellte den Teller vor ihm ab.

„Und nicht stressen lassen!" Ich zwinkerte ihm zu. Nicht stressen lassen? Ich Trottel, das war keine Glanzleistung!

So krieg ich ihn nie, schalt ich mich und auch Betty schüttelte den Kopf, verschränkte die Arme und tippte mit ihrem Fuß auf den Boden.

Ja, ja, ich weiß, ich streng mich an.

Sobald er fertig war, räumte ich in Windeseile seinen Teller ab und fragte mit einem Unschuldsblick, ob er noch etwas haben möchte.

„Nein, danke. Ich bräuchte dann aber die Rechnung, da ich leider schon los muss."

„OH! Wie schade, ich werde sie gleich fertig machen. Vielleicht noch einen Kaffee zum Mitnehmen?"

„Kaffee? Ja, das klingt tatsächlich gut. Schwarz mit einem Stück Zucker, bitte."

„Kommt sofort mit der Rechnung. Welchen Namen soll ich auf den Becher schreiben?" Jetzt kam ich mir sehr schlau vor, es passierte nicht sehr oft, dass jemand Kaffee bei uns mitnahm, aber bei Starbucks fragen sie dich schließlich auch nach deinem Namen.

Begeistert klatschte Betty in die Hände.

„Benjamin", sagte er leicht verdutzt. Ah, Benjamin also. Das ist doch schon mal ein Anfang. Während ich so tat, als würde ich die Rechnung schreiben, kritzelte ich meinen Namen und meine Handynummer auf den Kaffeebecher.
Ich brachte ihm beides und er bezahlte bar, mit einem guten Trinkgeld für mich. Dass auf seinem Becher mehr stand als nur sein Name, würde ihm wohl erst außerhalb der Bar auffallen. Er sah noch mal durchs Fenster herein und winkte mir zu. Ich lächelte zurück und machte innerlich einen kleinen Luftsprung. Er würde sich sicherlich melden, oder? Wenn jemand noch mal extra winkt, dann meldet er sich doch, oder?

Kapitel 2

Die darauffolgenden Stunden vergingen nur sehr langsam, und ich schaute immer wieder auf mein Handy. Keine Nachricht. Kein Anruf. War das Ding auch an?
„Wartest du auf eine wichtige Nachricht?", fragte Liz, meine Kollegin und Freundin.
„Wichtig? Naja, nein, eigentlich nicht. Ich habe heute Mittag einen total heißen Typen bedient und meine Nummer auf seinen Kaffeebecher geschrieben. Ich hatte gehofft, er würde sich melden", erklärte ich ihr leicht deprimiert.
„Gibt es da bei Männern nicht dieses unausgesprochene Gesetz, dass man sich erst nach drei Tagen meldet?!", überlegte Liz laut.
„Drei Tage? Oh man, so lange kann ich unmöglich warten, aber da ich nur seinen Vornamen kenne, bleibt mir wohl nichts anderes übrig!" Ich schaute noch einmal auf mein Handy, das immer noch keine neuen Nachrichten anzeigte und steckte es wieder zurück in meine Tasche.

Betty hingegen hatte sich schon ins Bett gelegt und wollte für heute nichts mehr machen.

Als meine Schicht abends zu Ende war, überlegte ich, was ich noch unternehmen könnte. Es war erst 20:00 Uhr und irgendwie hatte ich heute keine Lust, nach Hause zu gehen. Dann müsste ich nur die ganze Zeit mein Handy anstarren und mit purer Willenskraft versuchen, es zum Klingeln zu bewegen. Nein, ich wollte was unternehmen. Aber was? Ich könnte noch zu einem meiner Lieblingsorte fahren, dem Navy Pier. Er wird zwar unter der Woche um 20:00 Uhr geschlossen, aber die Atmosphäre dort ist trotzdem toll und ich kann noch eine Runde spazieren gehen. Mit dem ATC Bus 29 brauchte ich etwa 23 Minuten, das wäre in Ordnung, also machte ich mich auf den Weg zur Haltestelle.

Als ich am Pier ankam, der heutzutage eine der größten Attraktionen in Chicago ist, waren immer noch viele Leute unterwegs und ich sog die gute Laune und die Luft in mich auf.

„Uh, es ist immer wieder toll hier!"

Ich ging den Steg hinunter bis zum Ende und freute mich über den Anblick des Lake Michigan. Es war jedes Mal ein bisschen wie Urlaub für mich, wenn ich hierherkam, deshalb genoss ich den Ausblick umso mehr, und Benjamin war für eine kleine Weile vergessen. Ich schaute auf die Uhr. *Oh, schon so spät. Jetzt sollte ich aber wirklich nach Hause fahren*, dachte ich. Ich schlenderte zurück zur Bushaltestelle, als ich auf einer Bank einen verärgerten, wild auf einem Blatt Papier rumkritzelnden Mann sitzen sah. Er hatte zerzaustes, blondes Haar und trug eine Lederjacke.

Betty blinzelte mit einem Auge aus dem Bett.

War das nicht Benjamin, von heute Mittag? Ich schlenderte zu ihm rüber und fragte ganz souverän

„Song immer noch nicht fertig?" Er schaute sich suchend um, wer der Angesprochene wäre, dann zu mir. In seinem Kopf fing es an zu rattern, dass sah man ihm an, und dann erkannte er mich.

„Ah, die Kellnerin von heute Mittag! Ähm ... ähm ... Moment."

Er kramte in seiner großen Umhängetasche und zog den Kaffeebecher raus, auf den ich ja meine Nummer geschrieben hatte. Yes, er hatte ihn noch. Innerlich machte ich eine Faust und zog den Arm siegessicher zum Körper. Dann war ich noch nicht aus dem Spiel.

„Aurelie, richtig?", er grinste mich verschmitzt an.

„Stimmt genau.", erwiderte ich erfreut.

„Ich muss sagen, das war ein cleverer Schachzug mit dem Kaffeebecher. Das kenne ich sonst nur von Starbucks. Ich wollte mich schon melden, aber es gibt da eine unausgesprochene Männerregel, dass man sich erst nach drei Tagen bei einer Frau melden darf. Und leider bin ich heute auch sehr im Stress gewesen."

Er zwinkerte mir entschuldigend zu.

„Ah ja, die berühmte Drei-Tage-Regel. Das gleiche hat meine Freundin Liz heute auch zu mir gesagt." Wir sahen uns an und mussten beide lachen.

„Dann ist wohl was Wahres dran, wobei ich mir eher dachte, ich komme morgen noch mal zum Essen vorbei. Wo es doch so viele Spezialitäten bei euch gibt."

„Okay, dann bis morgen", sagte ich und blickte dabei erneut auf meine Uhr. „Ich muss jetzt leider gehen, sonst verpasse ich den ATC. Aber ich bin gespannt, morgen mehr über diesen mysteriösen Song zu hören." Ich winkte ihm zu und ging Richtung Haltestelle.

Die ganze Nacht bekam ich kein Auge zu. Ich musste ständig grinsen und Betty probierte tausend Sachen vorm Spiegel an und machte sich hübsch.

Am nächsten Tag machte ich mich total überdreht auf zur Arbeit. Gott sei Dank begann meine Schicht erst mittags, sodass ich doch noch etwas Schlaf bekommen hatte und einigermaßen frisch dort auftauchen konnte.

Jedes Mal, wenn sich die Tür öffnete, schaute ich hoffnungsvoll hinüber, aber bis jetzt war Benjamin noch nicht da.

„Nicht so ungeduldig", kicherte Liz. So kannte sie mich gar nicht, da ich ja noch nicht so lange im Reggies arbeitete. "Er wird schon noch kommen, und wenn nicht, dann hat er dich eh nicht verdient." So einfach war das bei Liz. Und dann kam er durch die Tür. Locker lässig mit Sonnenbrille, die Sonnenstrahlen schienen mit ihm durch die Tür zu kommen.

Er setzte sich an den gleichen Tisch wie gestern und hatte auch die gleiche Lederjacke an, nur diesmal ohne Schal und wieder frisch rasiert. Die Haare nicht so stark verwuschelt, sondern mit Seitenscheitel, locker gekämmt, aber kein Gel. Er konnte sie also jederzeit wieder zerzausen. Ach, wie gern würde ich sie zerzausen. Ich knetete verträumt mein Wischtuch und biss mir kurz auf die Lippen, als ich von Liz einen Stoß in die Rippen bekam.

„Na, geh schon rüber, oder soll ich heute deine Tische übernehmen?", fragte sie mit Unschuldsmiene und lachte dann.

„Natürlich nicht!" erwiderte ich leicht schockiert, grinste dann aber ebenfalls.

„Hallo mein Süßer!"

„Also, an diese Anrede könnte ich mich wirklich gewöhnen." Um seine Lippen schlich ein süffisantes Lächeln.

„Was darf ich dir denn heute bringen?", fragte ich schnell, bevor mein Mund irgendwas Dummes sagen konnte.

Betty schien schon leicht beleidigt zu sein.
Sie zog eine Schnute und verschränkte die Arme.

„Heute hätte ich gern einen Burger. Ich lass mich auch überraschen, es sollten aber keine Tomaten drauf sein."
„Gut. Burger ohne Tomaten, ich sehe, was der Küchenchef machen kann. Dazu wieder ein Wasser?"
„Hm, ich denke schon. Muss auf meine Linie achten." Und mit diesem Satz prustete er los und schlug sich mit der Hand auf den Oberschenkel, welcher sich unter der Jeans muskulös abzeichnete.
„Sorry, aber der ist immer wieder ein Brüller", brachte er gerade noch raus, bevor er sich verschluckte und einen Hustenanfall bekam.
„Tja, kleine Sünden bestraft der liebe Gott sofort." Ich nickte ihm zu und konnte mein Lachen kaum unterdrücken.
„Hey Phil, einmal Spezialburger ohne Tomaten", rief ich zur Küche hinüber, während ich das Glas Wasser vorbereitete. Ich überlegte, wie ich ihm diesen kleinen Seitenhieb, der wohl auf alle Frauen bezogen war, heimzahlen konnte, denn offensichtlich hatte er Humor.
Ich nahm also einen Kaugummi und kaute mit offenem Mund, sichtlich gelangweilt, darauf herum, während ich ihm sein Wasser brachte.
„Hier ist schon mal das Wasser, der Burger dauert noch etwas", sagte ich so monoton wie es ging und spielte mit einer Haarsträhne.

„Benötigen Sie sonst noch etwas?" Er starrte mich nur an, als käme ich vom Mond und sein Mund ging auf, aber nicht wieder zu.

„Hat es Ihnen jetzt die Sprache verschlagen?", fragte ich wieder total eintönig.

Als er jetzt zumindest seine Augen wieder unter Kontrolle hatte und blinzelte, konnte ich mich nicht mehr zusammenreißen und fing an zu lachen.

„Kleiner Scherz, für den Seitenhieb mit der Linie." Sein Mund ging wieder zu und er musste kichern.

„Schön und einfallsreich, das gefällt mir." Sein Lächeln wurde unwiderstehlich, während er mir direkt in die Augen schaute und ich innerlich dahinschmolz. Meine Wangen glühten, was man unter dem Make-up Gott sei Dank nicht sehen konnte.

Betty hingegen fächelte sich theatralisch Luft zu.

Ich drehte mich um und brachte ihm noch seinen Spezialburger. Irgendwann kam leider der Zeitpunkt, an dem er die Rechnung verlangte und ich ihm nichts mehr anzubieten hatte, damit er noch etwas bleiben konnte. Ich hatte den Eindruck, er überlegte auch, welchen Grund er noch hätte, etwas länger sitzen zu bleiben, als die Tür aufgestoßen wurde und ein angetrunkener Mann hereinpolterte. Er schrie rum und fuchtelte wild mit den Armen. Vor Schreck hätte ich fast meinen Bestellblock fallen lassen.

Benjamin dachte wohl, er müsse mich beeindrucken, denn er stand auf und ging langsam auf den Mann zu.

„Hey Kumpel, beruhig dich mal wieder. Hier will keiner von deinem Geschrei gestört werden", redete er sachte auf den Fremden ein.

„Geh mir aus dem Weg, du Schnösel", giftete dieser nur und wollte Benjamin aus dem Weg schubsen.

Er schien etwas muskulöser zu sein als Benjamin. Ich presste mir die Hände auf den Mund, weil ich irgendwie befürchtete, dass gleich etwas Schlimmes passieren würde.

„Sachte, sachte, ich wollte dir nur helfen, denn Leute wie du sind hier nicht willkommen, also bitte verschwinde wieder und schlaf erst mal deinen Rausch aus, dann kannst du ja wiederkommen", versuchte Benjamin es noch mal. Das war wohl zu viel für den Trunkenbold. Er holte aus und verpasste Benjamin einen Kinnhaken, sodass dieser zu Boden ging und benommen den Kopf schüttelte.

„Phiiiiiilllllll!!" schrien Liz und ich gleichzeitig. Unser Küchenchef war auch unser Aushilfsbodyguard, wenn Mike noch nicht da war. Phil stieß die Küchentür auf und wischte sich die Hände an der Schürze ab. Er sagte kein Wort. Er ging nur auf den Schläger zu, packte dessen Arm, drehte ihn auf den Rücken, sodass sich der andere nicht mehr bewegen konnte und schob ihn Richtung Tür, die ich ihm gleich aufhielt, sodass er den Typen hinausbefördern konnte.

„Und sollte dir in den Sinn kommen, noch mal unser Lokal aufsuchen zu wollen, dann mach dich auf die Bekanntschaft mit der Polizei gefasst!", war alles, was Phil sagte, dann ging er wieder zurück in seine Küche. Ich lief inzwischen zu Benjamin zurück, der sich schon wieder erholt hatte und verzog das Gesicht, als ich seine aufgeplatzte Lippe sah.

„Oh Gott, tut es sehr weh? Hat er dich noch irgendwo erwischt?" Ich wollte mit dem Finger über seine Lippe fahren, um ihm Trost zu spenden, als er verlegen antwortete:

„Nein, alles gut, er hat mich nur überrascht, sonst wäre ihm dieser Schlag gar nicht erst gelungen. Das ist alles!"
Er fuhr sich mit der Hand durch die Haare und lachte etwas verlegen.
„Allerdings ... etwas Eis wäre nicht schlecht."
„Eis? Oh Eis, ja klar, Eis!" Ich rannte in die Küche und holte einen Kühlbeutel für Benjamins Lippe.
„Das schreit ja förmlich nach einem ‚Dankeschön-Essen' für die schnelle Hilfe." Mit diesen Worten reichte ich ihm den Kühlbeutel.
„Für morgen vielleicht?", fragte ich hoffnungsvoll.
„Da kann ich wohl schlecht Nein sagen." Er versuchte ein Lächeln, verzog aber gleich das Gesicht vor Schmerz. „Nimm ihn doch mit. Den Beutel kannst du mir morgen zurückgeben."
„Danke. Dann wohl bis morgen?!"
„Jap! Bis morgen!" Damit verließ Benjamin unsere Bar und ich war immer noch etwas schockiert von dem Vorfall, der gerade hier passiert war.
„Na, wenn er dich mal nicht gerade beeindrucken wollte." Liz stupste mich an. „Auch wenn es etwas in die Hose gegangen ist!" Sie kicherte und ging zu einem Pärchen, das bezahlen wollte.

„Das hat er trotzdem!", sagte ich zu mir selbst und ein glückseliges Lächeln trat auf meine Lippen.

Während Betty sich als Torero verkleidet hatte und ein rotes Tuch schwenkte.

Kapitel 3

Am nächsten Morgen stand ich schon früh auf, heute galt es, das richtige Outfit auszusuchen, die Haare zu machen und, und, und ...

Betty war schon vor Stunden im Badezimmer verschwunden.

„Also mal sehen, heute ist Donnerstag. Und Donnerstag ist bei uns Oldies-Tag ..." Sollte ich da eines meiner Rockabilly-Kleider anziehen? In die Arbeit? Ne, lieber nicht. Aber ich hatte ein Shirt und einen Minirock, die dem Style der 50er-Jahre ähneln sollten, dazu machte ich einen Pferdeschwanz und rollte ihn mit dem Lockenstab etwas ein.

Ein schwarzes Halstuch sollte den Look abrunden. Zufrieden schaute ich mich im Spiegel an. Dabei sah ich die Uhr im Hintergrund. Bitte? War es tatsächlich schon so spät? Wie lange war ich denn im Bad gewesen? Ich schnappte mir meine Jacke und meine Tasche und rannte aus meiner Wohnung, um pünktlich zur Arbeit zu kommen.

Liz wartete schon auf mich. Auch sie hatte sich im Rock'n'Roll-Stil gekleidet. Es war kein MUSS im Reggies, kam aber gut bei den Gästen an. Mir persönlich machte das nichts aus, denn ich stand auch privat auf diesen Stil und auf die 50er-Jahre.

„Heute ist dein Prinz ja schon den dritten Tag hintereinander da", grinste Liz mich an.

„Hach ja, heute muss es klappen! Ich hab mich extra schick gemacht! Heute muss er mich nach einem Date fragen!" Ich warf den Kopf hin und her, sodass mein Pferdeschwanz wippte und tat so, als ob ich mir die Haare mit der Hand nach hinten werfen würde.

Betty hingegen warf die Angel aus, um den dicken Fisch zu fangen.

Liz zwinkerte mir zu, als mein Handy vibrierte.
„Oh je, er sagt doch nicht etwa ab?", fragte sie besorgt. Ich schaute nervös auf mein Handy.
„Nein!" Ich atmete erleichtert aus. „Das ist nur George. Er meldet sich aus dem Urlaub zurück." George war mein bester Freund. Wir sind zusammen aufgewachsen. Er war der Nachbarsjunge und ist 2 Jahre älter als ich. Als Teenager zog er mit seinen Eltern in einen anderen Teil von Chicago, das hielt uns aber nicht davon ab, Kontakt zu halten und trotzdem beste Freunde zu bleiben.

George war wie ein Bruder für mich. Auch wenn wir uns nicht jeden Tag sahen, so blieben wir immer übers Handy in Kontakt, und schrieben uns ziemlich oft unter Tags und manchmal auch in der Nacht. George war super! Er sah relativ normal aus, war zwar nicht sonderlich muskulös, aber er trainierte regelmäßig. Er hatte braune Augen und braune kurze Haare.

Allerdings war er auch der totale Nerd, mit einer schwarzen Hornbrille. Er stand auf den ganzen Star Wars- und The Avengers-Mist, den ich nicht leiden konnte und mich daher auch nicht damit auskannte. Ich zog ihn immer auf, dass er doch keine 13 mehr wäre. Er dagegen spielte regelmäßig die Sommersprossen-Karte aus.

✉ Hey Georgie, wie war der Urlaub?

Ich tippte es schnell ins Handy ein. „Georgie" durften ihn nur seine Mutter und ich nennen und darauf war ich schon ein bisschen stolz.

✉ Danke, der war super, genau was ich gebraucht hatte. Comic Con der feinsten Sorte. :-)

George flog jedes Jahr zur Wizard World Comic Con nach Philadelphia und das nannte er dann „Urlaub". Er blieb immer eine Woche, um etwas abschalten zu können, denn beruflich war er (wie sollte es als Nerd auch anders sein) Informatiker und saß vor den Computern verschiedener Firmen, um diese auf Vordermann zu bringen oder zu reparieren.

Betty warf ihm eine Kusshand zu.

✉ Super, das freut mich. Sorry, bin in der Arbeit und hab keine Zeit zum Schreiben. Außerdem muss ich meinen nächsten Freund rumkriegen. *grins*

✉ Ah, ein neuer Verehrer. Brauchst ihn mir nicht vorstellen, der ist ja eh nicht lange aktuell. *zwinker*

Diese Anspielungen immer, dabei wusste er ganz genau, wie ich zu dem Thema Beziehung stand. Er kannte ja meine Schwester und ihren Drang zu neuen Ehemännern.

✉ Okay, ich melde mich abends, dann können wir telefonieren. Bye Bye.

✉ Los, Tiger, schnapp ihn dir. Bis abends! *Küsschen*

Hach ja. Wenn ich nur etwas mehr auf Nerds stehen würde, wäre George der Richtige für mich. Aber leider stand ich auf die etwas heißeren Typen.

Betty machte sich wieder bereit und stand schon in den Startlöchern, um den Fisch endlich im Netz zappeln zu sehen.
Los jetzt, das Date kriegen wir und dann sehen wir weiter.

Die Mittagszeit war schon fast vorbei und ich hatte schon die Hoffnung aufgegeben, dass Benjamin noch kommen würde, als die Tür aufging und er keuchend hereinkam.

„Was ist denn mit dir los? Du siehst aus, als wärst du einen Marathon gelaufen!", fragte ich leicht irritiert.

„Keinen Marathon. Ich war vor dem Arie Crown Theatre und hab total die Zeit vergessen. Und dann bin ich einfach nur noch losgerannt! Ich meine, Joggen ist was ganz anderes als Sprinten und ich hab 'ne halbe Stunde hierher gebraucht. Joggen ist mir eindeutig lieber, ich sollte das wieder öfters machen", brachte er zwischen den tiefen Atemzügen raus.

„Du bist vom Arie Crown Theatre hierhergelaufen? Wieso hast du denn nicht den Zug genommen?" Ich lachte und schüttelte nur den Kopf.

„Hey, so ein Gratis-Mittagessen lass ich mir doch nicht entgehen, und der Zug wäre zu spät gekommen!" Er grinste mich schelmisch an und ging zu seinem Tisch. Inzwischen war das schon irgendwie sein Stammtisch, obwohl er erst zum dritten Mal bei uns zu Mittag aß.

„Na dann, was darf ich dir bringen, Süßer?"

„Ah, da war's wieder, hab mich schon gefragt, wann die Anrede kommt." Er lachte mich an und ich konnte nicht anders, als zu lächeln und leicht rot zu werden.

„Nach Sport soll man ja viel Eiweiß essen, also am besten bringst du mir ein Steak und etwas Salat. Ich hab einen Bärenhunger!"

Nach dem verspeisten Mittagessen läutete sein Handy und ich konnte nicht anders, als vorzugeben, in der Nähe einen Tisch sauber machen zu müssen. Wieder redete er von einem Song, der jetzt fertig zu sein schien und am Wochenende abgeliefert werden sollte.

„Entschuldige, wenn ich so neugierig bin, aber um was für einen Song geht es denn hier?" Ich konnte nicht anders, ich war einfach zu neugierig. Sollte Benjamin etwa in der Musikbranche arbeiten? Vielleicht könnte er mir ja helfen, einen Job zu finden oder mir zumindest Tipps geben, wie ich es anstellen sollte. Oder wo ich mich bewerben könnte.

„Ach, tja, weißt du, ich will ja nicht angeben, aber ich bin Songwriter bei Chess Records, zwei Blocks weiter. Ich musste diese Woche noch einen Song fertig schreiben, was Anfang der Woche noch schwierig schien, aber dank eurer guten Küche hab ich es doch noch geschafft." Er lachte verlegen, fuhr sich mit der Hand durch die Haare und ließ sie ein paar Sekunden an seinem Hinterkopf verharren.

„B … b … bei Chess Records? Ist das dein Ernst? Das ist mein Lieblingsladen, in dem ich gerne arbeiten würde! Wow, ich bin echt sprachlos!"

Ich starrte ihn ungläubig an, während Betty bereits auf dem Siegerpodest thronte und einen Pokal in die Höhe hielt.

„Ach echt? Naja, ich kann dir zwar keinen Job dort besorgen, aber wenn du willst, erzähl ich dir Samstag beim

Abendessen gern mehr über mich und mein Leben als Songwriter."

Er schaute mir tief in die Augen und setzte ein kaum wahrnehmbares Lächeln auf, welches ihn so verdammt sexy aussehen ließ, dass Betty geradewegs auf ihrem Siegerpodest dahinschmolz.

„Vorausgesetzt, du musst Samstag nicht arbeiten." Er schaute kurz zu Liz, die ihm mit beiden Daumen bedeutete, dass ich frei hätte und alles gut sei.

„Samstagabend? Wie … bei einem … Date?" Ich sagte es noch mal ganz leise, legte meinen Kopf schief und setzte mein zuckersüßestes Lächeln auf.

„Ganz genau. Was hältst du davon? Sagen wir, ich hol dich gegen 19:00 Uhr ab? Natürlich nur, wenn du möchtest und mir deine Adresse gibst." Wieder sah er mich so verführerisch an, dass ich ihm schon fast meine Adresse gegeben hätte, da ich allerdings nicht abgeholt werden wollte, sagte ich stattdessen:

„Danke, aber abholen brauchst du mich nicht, treffen wir uns doch einfach hier." Ich deutete mit meiner Hand im Raum umher.

„Okay, also Samstag 19:00 Uhr hier! Denk aber nicht, dass ich deswegen jetzt mein Essen morgen Mittag hier ausfallen lasse", mit diesen Worten stand er auf, schnappte sich seine Tasche, sah mir noch mal in die Augen und ging zur Tür.

„Bis morgen, Rotschopf." Er zwinkerte mir zum Abschied zu und dann war er weg.

Rotschopf? Na, ob mir das gefiel, konnte ich noch nicht sagen, dass er morgen Mittag trotzdem noch kam, allerdings schon. Leider musste ich das Steak aus meiner eigenen

Tasche bezahlen, da der Chef niemals ein Gratis-Essen ausgeben würde. Vermutlich dachte Benjamin sich das auch, denn er hatte mir Trinkgeld auf den Tisch gelegt. Um meine Lippen kräuselte sich ein Schmunzeln. Der restliche Tag, und auch der Abend, waren nicht wirklich aufregend.

Freitagmittag war die Hölle los, sodass ich leider nicht viel Zeit für Benjamin hatte. Ich konnte ihn gerade mal fragen, was wir denn an unserem Date machen wollten. Essen und Kino oder eine Veranstaltung besuchen, eine Ausstellung?

„Was ist dein Lieblingsort?"

„Das ist einfach, der Navy Pier!"

„Gut, dann gehen wir zum Navy Pier."

Damit hatte ich also unser Date ausgesucht. Das passte wunderbar, denn dort fühlte ich mich wohl und konnte sein, wie ich bin.

Ich kassierte ihn ab und sah, dass er beim Gehen noch kurz mit Liz redete, konnte sie aufgrund der vielen Gäste aber nicht fragen, über was sie sich unterhalten hatten.

Kapitel 4

Samstag früh war ich irgendwie nicht aus dem Bett zu kriegen. Ich musste ja nicht in die Arbeit, und um mich für das Date herzurichten, war es noch zu früh. Da ich doch ein recht ordentlicher Mensch war, musste ich auch nicht aufräumen, zumal ich eh nicht so viel zu Hause war, als dass große Unordnung herrschen konnte. Ich schaltete also den Fernseher an und frühstückte im Bett, während ich eine Wiederholung von Oprah ansah. Ich liebte Oprah, sie war einfach toll und ich wäre zu gern mal in einer ihrer Shows zu Gast.

Betty hatte noch ihre Schlafmaske auf und rührte sich nicht.

Als ich gegen Mittag dann doch endlich mal aufstand, fiel mir ein, dass ich noch eine DVD zu George bringen musste. Ich schrieb ihm kurz eine Nachricht, dass ich vorbeikommen und ihm die DVD bringen würde, aber nicht blieb.
 Die Antwort, ob er zu Hause war, musste ich nicht abwarten, denn erstens hatte George keine Freundin, was hieß, dass er höchstens beim Einkaufen sein konnte und zweitens hatten wir gegenseitig einen Schlüssel für Notfälle vom anderen. Zugegeben, das war jetzt kein Notfall, aber ich machte das immer bei George, da ich ja nicht Gefahr laufen würde, ihn mit jemandem im Bett zu erwischen.
 Ich zog mir also eine Jogginghose und einen Pulli an und ging zur Haltestelle der L-Trains, eine der Hochbahnen in

Chicago. George wohnte ein paar Blocks weiter, in der Nähe des Malcom X Colleges. Die Fahrt dorthin dauert nur 15 Minuten, also war ich schnell genug wieder zu Hause, um genügend Zeit zum Vorbereiten zu haben.

Bei George angekommen, sperrte ich die Tür auf, schrie: „Ich bring dir nur deine DVD, die du heute wieder zurück wolltest", warf sie auf den Tisch im Wohnzimmer und wollte schon wieder gehen, als ich gegen Georges Brust knallte, da er plötzlich hinter mir stand.

„Wie? Nur ein kurzer Ruf und du bist schon wieder weg?"

„Ich muss mich noch für mein Date fertig machen, und du weißt, das dauert ewig!" Ich klopfte ihm dabei gegen die Brust und bemerkte, dass die Muskeln doch etwas mehr geworden zu sein schienen.

„Warst du beim Work-out?"

„Naja, ab und an mach ich eben auch was. Und was ist ein Superheld ohne Muskeln?" Ich lachte ihn an:

„Ja, da ist was dran. So, ich muss wieder los, wir reden dann morgen beim Brunch, wie immer?"

„Klar! Und jetzt verschwinde, sonst wirst du nicht mehr fertig!" Er gab mir einen Klaps auf den Po und grinste mich schelmisch an.

„Na, na, na, nicht übermütig werden, Muckiman!", schimpfte ich gespielt und hob den Zeigefinger. Ich warf ihm noch eine Kusshand zu und war schon wieder zur Tür raus.

Als ich wieder zu Hause war, war es kurz nach 14:00 Uhr, was hieß, dass ich noch gute vier Stunden Zeit hatte, das richtige Outfit zu wählen und mich herzurichten.

Betty war schon in vollem Gange. Sie wirbelte zwischen Kleidungsstücken, Accessoires, Schuhen und Make-up hin und her, sodass sie fast hinfiel.

Auch ich wurde langsam immer nervöser, aber auf die gute Art und Weise.
Ich freute mich total, dass ich endlich mehr über Benjamin erfahren würde und dass wir noch dazu zum Navy Pier gingen, fand ich einfach nur klasse. Auf meinem Gesicht breitete sich ein dümmliches Grinsen aus, das nicht mehr verschwinden wollte, und so machte ich mich auf die Suche nach etwas Passendem zum Anziehen.

Betty war für das kleine Schwarze, aber ich wollte etwas Ungezwungeneres, was auch am Pier noch gut aussah.

Für einen Minirock war es mir abends noch etwas zu frisch, schließlich hatten wir erst Mai. Also zog ich mir einen leicht ausgestellten, knielangen Rock an, dazu ein schönes Sommer-Shirt und Ballerinas. In denen konnte ich am besten am Pier entlang spazieren, ohne dass ich gleich Blasen bekam oder gar nicht mehr laufen konnte.
Ich wählte passend dazu ein einfarbiges Haar-Tuch aus, das ich mir um den Kopf band, ähnlich wie einen Haarreif und ließ die Enden unter meinen offenen Haaren herausschauen. Fertig. Ich drehte mich noch mal vor dem Spiegel hin und her und konnte es nicht lassen, zu fragen: „Spieglein, Spieglein an der Wand, wer ist die Schönste im ganzen Land?"

Ihr seid die Schönste hier, aber Betty in dir ist tausend Mal schöner als Ihr.

Da soll noch mal einer sagen, wahre Schönheit kommt nicht von innen! Ich musste über mich und Betty lachen, die immer noch für das kleine Schwarze war und machte mich kopfschüttelnd und kichernd auf den Weg zum Reggies.

Natürlich war ich überpünktlich, daher konnte ich noch etwas mit Liz reden, bevor Benjamin auftauchte. Doch das Vergnügen hielt nur kurz, denn auch Benjamin war früher da.

Er winkte mir zu und ich verließ Liz mit einem Augenzwinkern bevor ich zu ihm rüberging und uns einen Tisch aussuchte.

Er hatte keine Blumen dabei, was eigentlich für ein erstes Date klassisch gewesen wäre. Nein, Benjamin hatte eine Tüte Reese's Pieces dabei!

Das waren meine Lieblings-Knabbersüßigkeiten, denn ich stand total auf Erdnussbutter.

„Hier, die sind für dich. Mir hat nämlich ein kleines Vögelchen gezwitschert, dass du Blumen zum ersten Date langweilig findest." Er schaute mich etwas verlegen und doch erwartungsvoll an und wartete auf meine Reaktion.

Ich hingegen schaute erst noch etwas sprachlos zu Liz und zeigte ihr mit einem Grinsen und zu Schlitzen verengten Augen, dass ich jetzt genau wusste, was sie letztens mit Benjamin besprochen hatte.

„Wow, Benjamin, das ist toll, das sind meine ..."

„Deine Lieblingssnacks. Ja, ich weiß. Ich hoffe, das ist okay für dich, dass ich mich bei Liz erkundigt habe?" Er rieb sich verlegen die Hände und schaute von unten zu mir rüber.

„Und bitte nenn mich Ben. Benjamin sagen höchstens noch meine Eltern zu mir."

Ich beugte ich mich zu ihm und hauchte ihm einen Kuss auf die Wange. Dann blieb ich ganz nah bei seinem Gesicht und flüsterte:

„Mehr als in Ordnung, das hat noch keiner gemacht. Vielen Dank. Das ist wirklich toll, ich freu mich riesig." Dabei schaute ich ihm in die Augen und für einen kurzen Moment konnte ich mich selbst darin sehen. Er roch nach Duschgel und Aftershave, nach Meer, Sonne und Strand, das gefiel mir und ich dachte, ich würde ein zartes Knistern zwischen uns spüren.

Und dann war der Moment vorbei, weil Liz uns die Karte brachte und ein megabreites Grinsen im Gesicht hatte.

Betty schlug sich die Hand auf die Stirn. Sie hatte uns schon knutschenderweise auf einer Parkbank sitzen sehen.

Verlegen nahmen wir die Karten und gaben dann unsere Bestellung auf. Während des Essens redeten wir viel über mein Studium und Benjamins Arbeit als Songwriter. Als wir gezahlt hatten, musste ich noch mal kurz mein Make-up auffrischen und verschwand auf die Toilette. Als ich wiederkam, wartete er schon mit meiner Jacke in der Hand auf mich.

„Ganz der Gentleman." Ich nickte ihm anerkennend zu.

„Immer doch." Wir gingen zur Tür, welche er mir natürlich aufhielt und dann zur Haltestelle der Green Line, um zum Navy Pier zu fahren. Die Fahrt dauerte eine halbe Stunde und er erzählte mir von ein paar Pannen, die ihm beim Schreiben schon passiert waren oder wie Bandmitglieder reagierten, wenn ihnen ein Song nicht gefallen hatte. Die 30 Minuten vergingen wie im Flug, und ich hing nur so an seinen Lippen.

Betty hüpfte wie ein kleines Kind umher und suchte schon wieder ihren Brautstrauß.

Am Pier angekommen, schlenderten wir zuerst einfach nur so rum, dann zeigte ich ihm ein paar meiner Lieblingsplätze, und obwohl wir noch vom Abendessen satt waren, ließen wir es uns nicht nehmen, Zuckerwatte und ein paar gebrannte Mandeln zu kaufen. Von irgendwoher hörten wir Taylor Swifts „Shake It Off" und ich konnte nicht anders und musste mittanzen. Ich bewegte mich zur Musik und ‚shakte' meine Hüften und meinen Oberkörper. Ben sah mir zu und in seinen Augen funkelte Bewunderung und noch etwas, das ich nicht definieren konnte. Ich bedeutete ihm, zu mir zu kommen und mitzutanzen, aber er winkte nur lachend ab. Als der Song vorbei war, war ich ganz außer Atem, aber total aufgekratzt.

Wir standen in der Nähe des Riesenrades, und als ich es mir so ansah, stieß mich Ben in die Seite.

„Wollen wir?" Er nickte zum Riesenrad und ich konnte nicht widerstehen. Ich liebte dieses große Teil, und in Kürze müsste auch das Feuerwerk losgehen, da heute ja Samstag war. Ben kaufte uns die Karten und wir bekamen eine Gondel für uns allein. Wir setzten uns nebeneinander und ich konnte wieder diese Mischung aus Meer, Sonne, Strand und Aftershave riechen. Er erzählte schon den ganzen Abend lustige Sachen, die mich zum Lachen brachten und in dem Moment, als unsere Gondel den Gipfel erreichte, erstrahlte das Feuerwerk in seiner vollen Pracht und in allen Farben.

Mit leuchtenden Augen schaute ich den Raketen zu, als ich bemerkte wie Ben näher zu mir rückte. Ein wohliger Schauer lief mir den Rücken runter, als er meine Hand nahm. Ich drehte meinen Kopf zu ihm und schaute ihm direkt in die Augen. Sie schienen nur noch aus Pupillen zu bestehen, dunkel und verlangend. Er atmete schwer vor Aufregung. Dann legte er seine zweite Hand an meine Wange, und kam langsam näher.

Mein Herz machte einen zusätzlichen Sprung, und Betty machte sich bereit für den Siegestanz.

Ich schloss die Augen und spitze ganz leicht den Mund. Ich spürte seinen Atem in meinem Gesicht und dann ganz sanft seine Lippen, welche meine um Erlaubnis zu bitten schienen. Ich spitze meine Lippen noch mehr, damit er merkte, dass ich einverstanden war, und dann war es um uns geschehen. Er nahm meinen Kopf in beide Hände und küsste mich zuerst ganz sachte.

Ich schlang meine Arme um seinen Hals und zog ihn näher zu mir. Wir küssten beide nicht zum ersten Mal, das fiel sofort auf. Ich öffnete meinen Mund, und meine Zunge tastete sich vorwärts, um sich einen Spielgefährten zu suchen. Auch er öffnete den Mund und unser Kuss wurde leidenschaftlicher. Unser Atem ging stoßweise zwischen den Küssen und Zungenspielen, und wir bekamen gar nicht mit, dass sich das Riesenrad wieder in Bewegung gesetzt hatte und nach unten fuhr.

Betty vollführte ihren Siegestanz mit Trompeten und Paukenschlag und ab und zu sah sie aus wie ein Footballspieler, der einen Touchdown erzielt hatte.

Unten angekommen, wurden wir von dem Betreiber höflich, aber bestimmt, unterbrochen. Meine Wangen glühten und meine Lippen waren etwas geschwollen, fühlten sich aber toll an. Ich lächelte Ben glücklich zu.

„Das wollte ich schon machen, seit ich dir vom Fucking-Dienstag erzählt habe." Er streichelte noch mal über meine Wange, und dann stiegen wir aus.

Den ganzen Weg zurück zum Zug gingen wir ohne ein Wort zu sagen, aber eng umschlungen. Wir lächelten beide vor uns hin und immer mal wieder blieben wir stehen, um uns noch mal zu küssen. Auch im Zug ging es so weiter, bis er mir in die Augen schaute und sagte:

„Darf ich dich nach Hause bringen? Ich möchte nicht, dass du um die Zeit noch alleine heimgehst. Es laufen so viele Penner da draußen rum, und ich möchte dich nicht gleich wieder verlieren!" Sein Blick war voller Besorgnis, und ich willigte nur zu gern ein.

Betty zog sich bereits ein Negligé an und richtete das Bett her. Sie probierte ein paar Posen aus, wie sie am besten zur Geltung kam.

Mir gefiel der Gedanke, dass er bis zum nächsten Morgen bleiben könnte, und mein Grinsen wurde noch breiter.

Vor meiner Haustür angekommen, küssten wir uns wieder. Zuerst ganz zart, doch schon nach kurzer Zeit wurde er inniger und ich konnte nicht anders, als mich ganz nah an ihn zu schmiegen und meinen Kuss fordernder werden zu lassen. In mir stieg langsam Lust auf und ich spürte ein Pochen zwischen meinen Beinen, dass mir zeigte, dass auch mein Körper bereit für Ben war. Meine Finger krallten sich in seine Haare, während ich ihn immer näher zu mir heranzog und meinen Kuss noch intensivierte. Keuchend löste ich mich von ihm.

„Willst du mit reinkommen?" Ich setzte einen lasziven Blick auf und fuhr mir mit der Zunge über die Unterlippe, die ich sogleich mit den Zähnen nach innen zog.

„Äh ... ja klar, eigentlich schon ... aber ... das gehört sich nicht für einen Gentleman." Ben machte einen Schritt zurück und fuhr sich mit der Hand durch die Haare. Er wirkte bedrückt und dabei so sexy.

„Wie jetzt? Ist das dein Ernst? Du lässt mich hier tatsächlich so stehen?"

„Manchmal muss ein Mann auch Nein sagen können und ich will das Bild des Gentlemans nicht gleich zerstören." Er kam noch mal zu mir, gab mir einen Kuss auf die Stirn, streichelte über meine Wange und sah mir erneut tief in die Augen. Ich sah Begierde darin aufblitzen und konnte es dennoch nicht fassen, dass er jetzt einfach ging.

„Ich melde mich morgen bei dir, mein süßer Rotschopf. Geh ins Bett und träum von mir." Das waren seine letzten Worte, dann drehte er sich um und ging. Ich war immer noch sprachlos, sodass ich ihm nicht mal gute Nacht sagen konnte.

Betty war so schockiert, dass sie vom Bett fiel und sich gerade wieder aufrappelte.

Das war mir wirklich noch nie passiert! Und genau das machte ihn umso schärfer. Ein Mann, um den man sich richtig bemühen musste, der einen aber trotzdem wie eine Lady behandelte. Hach, mein Herz schmolz dahin und mein dümmliches Grinsen kehrte zurück. Ich ging in meine Wohnung, machte mich bettfertig und schlief mit einem Lächeln auf den Lippen ein.

Kapitel 5

Am nächsten Morgen hätte ich fast den Brunch mit Georgie verschlafen. Er holte mich, wie immer, ab. Ich zog mir nur schnell etwas Bequemes an und dann gingen wir in unser Stammdiner „The Cheesecake Factory". Dort gibt es sonntags von 10:00 Uhr bis 14:00 Uhr alles, was das Herz begehrt und Georgie und ich ließen es uns dort immer so richtig gut gehen.

„Also, dann erzähl mal von deinem neuen Traumprinzen. Er muss ja eine richtige Granate sein, wenn du sogar fast unseren Brunch verschläfst!" Er lachte süffisant und etwas verlegen, denn eigentlich wollte er solche Sachen gar nicht wissen.

Er war ja schließlich ein Mann, aber die Neugierde ließ ihn immer wieder fragen. Auf der anderen Seite musste ich mir seine Nerd-Sachen auch immer anhören, das war dann ausgleichende Gerechtigkeit.

„Ich kann dir nur erzählen, wie der Abend war und dass er mich nach Hause gebracht hat. Er wollte nicht mit reinkommen und ging dann selbst nach Hause, wie es eben ein Gentleman tut." Er merkte gleich, dass ich etwas enttäuscht darüber war.

„Er ist einfach gegangen? Bist du sicher, dass er nicht schwul ist? Ich meine, welcher normale Typ mit gesundem Verstand lässt sich so etwas entgehen?" Er machte mit seiner Hand eine Auf- und Abwärtsbewegung zu mir und meinem Körper und schaute irritiert.

„Es ist doch nicht verkehrt, wenn man beim ersten Date nicht gleich aufs Ganze geht!", verteidigte ich Ben leicht beleidigt. „Außerdem macht die Jagd so wesentlich mehr Spaß." Ich zwinkerte Georgie zu und stopfte mir ein riesiges Stück Pancake in den Mund. Mir kam Taylor Swifts Lied „Blank Space" in den Kopf und ich sang leise „loves a game, wanna play ..." denn das beschrieb meine jetzige Situation genau.

Betty suchte schon ein weiteres Kostüm für unser nächstes Treffen mit Ben: eine Wildkatze? Oder eher sowas wie Catwoman? Oder einfach nur Lack und Leder mit Peitsche?

Als Georgie und ich uns verabschiedeten, kam gerade eine SMS von Ben.

> ✉ Hallo mein Rotschopf. Hast du gut geschlafen?

> ✉ Hallo mein Süßer. Ich habe wunderbar geschlafen, nur leider fehlte mir eine lebende Wärmflasche. ;-)

> ✉ Oh, hast du gefroren? Das ist nicht schön und tut mir wirklich sehr Leid, hätte ich das gewusst ... Was machst du heute noch? Musst du arbeiten?

> ✉ Ich komme gerade vom Brunch mit einem Freund, also, mein bester Freund George. Arbeiten muss ich nicht, also hätte ich Zeit, um meinen Gentleman zu treffen. *grins*

> ✉ Das trifft sich doch sehr gut, denn der Gentleman würde dich gerne wiedersehen und mit dir im Park etwas Joggen gehen. :-) Das würde nach einem

ausführlichen Brunch ja sehr gut passen. Sagen wir, ich hol dich in einer Stunde ab?

✉ Klingt super, ich freu mich. xoxo

Oh, oh! Joggen??? Ich hasste Joggen! Es gab keinen Sport, den ich weniger mochte! Wieso hatte ich nur zugesagt?

Naja, vielleicht wird es ja nicht so schlimm, überlegte ich, während Betty sich tot stellte und bereits mit einer Lilie in der Hand auf dem Bett lag.

Faules Stück, dachte ich noch. Zumindest mit einem passenden Sportoutfit konnte ich dienen, vielleicht überzeugte das ja bereits und wir ließen es langsam angehen.

Ben war wie immer überpünktlich. Wir fuhren mit seinem Auto zum Douglaspark, um dort im Grünen besser laufen zu können. Er war perfekt ausgerüstet und sah in Sportklamotten umwerfend aus! Er trug ein weißes Hard-Rock-Shirt, das seine trainierten Oberarme zur Geltung brachte und eng genug anlag, sodass man auch den flachen Bauch und ein Sixpack vermuten konnte, dazu knielange Shorts, die leider überhaupt nicht eng anlagen. Darunter waren muskulöse Waden zu sehen.

Mein Blick wanderte anerkennend von oben nach unten, und hätte Betty nicht schon scheintot auf dem Bett gelegen, hätte es sie glatt umgehauen.

Ich wusste ja bereits, dass er zwar ab und zu trainierte und bei unserem Date gestern hatte ich es auch bereits im Ansatz fühlen können, aber der Anblick war einfach zu köstlich, und ich leckte mir unbewusst mit der Zunge über die Lippen.

„Was starrst du mich so an?"

„Äh, wie bitte, was?", ich konnte nur blinzeln und den Blick beschämt abwenden.

„Um es gleich vorweg zu sagen, ich HASSE Joggen! Ich bin auch nicht sonderlich gut darin. So, jetzt ist es raus. Puh, ich fühl mich gleich viel besser!" Ich fächelte mir theatralisch Luft mit der Hand zu, in der Hoffnung, dass wir jetzt doch nur spazieren gingen. Ich stellte aber leider fest, dass Ben andere Pläne hatte und das jetzt durchziehen wollte.

„Komm schon, von nichts kommt nichts! Und wenn du schön artig bist, gibt's danach noch eine Belohnung." Er neckte mich, dabei lag ein verführerischer Blick in seinen Augen, während sich ein sexy Lächeln auf seine Lippen legte. Ich schmolz ganz langsam dahin. Moment mal, wer spielte hier denn mit wem? Ich nahm also all meine Energie, die ich hatte und lief los, ohne mich umzusehen. Natürlich viel zu schnell, und schon nach ein paar Metern ging mir die Puste aus. Gott, wie peinlich.

Betty bebte auf dem Bett bei dem Versuch, nicht in schallendes Gelächter auszubrechen, schließlich stellte sie sich immer noch tot.

Ben war mit Leichtigkeit bei mir und versuchte, mir die Grundregeln fürs Joggen zu erklären. Wir versuchten es noch einmal gemeinsam, und wenn es auch noch nicht komplett klappte, so ging es doch um einiges besser als meine Methode zuvor. Letztendlich bewahrte es mich trotzdem nicht vor fiesem Seitenstechen, sodass ich mich auf eine Bank setzen musste, während Ben noch eine Runde lief, ehe er wieder zu mir kam und wir nach Hause fuhren.

„Und? War das jetzt so schlimm?", fragte er mich im Auto und sah mir tief in die Augen.

„Ganz ehrlich? Es war schlimmer! Und ich mache so etwas nie wieder!" Ich versuchte ein ernstes Gesicht zu machen und Ben damit etwas zu schocken. Im ersten Moment gelang mir das auch, aber dann konnte ich nicht mehr anders und fing an zu lachen. Ben war zuerst etwas irritiert, lachte dann aber mit.

„Ja, ich gebe zu, ich bin auch etwas außer Form, aber es tat gut, mal wieder ein paar Runden zu drehen."

„Etwas außer Form?" Ich blickte ihn noch mal skeptisch von oben bis unten an.

„No way, wenn DAS außer Form ist, dann bin ich Hillary Clinton! Aber mal im Ernst. Ich gehe wirklich nicht mehr Joggen! Das ist einfach nichts für mich, ich hasse Laufen! Tanzen ja, kein Problem, aber nicht Joggen."

„Aber wieso bist du dann mitgekommen?"

„Damit ich dich sehen konnte." Durch den Schweiß war von meinem Make-up nicht mehr viel übrig und so konnte Ben sehen, dass ich knallrot wie eine Tomate wurde, aus Verlegenheit.

„Würde ich nicht gerade Auto fahren, würde ich dich jetzt küssen!"

„Die Fahrt ist ja nicht mehr lang." Ich griff nach seiner Hand und wartete ungeduldig, bis wir endlich zu Hause waren.

Zu Hause angekommen, stieg ich nicht aus, sondern zog ihn gleich an seinem T-Shirt zu mir und küsste ihn wild und verlangend. Wie immer war Ben etwas überrascht von meinem Temperament, aber das hielt nicht lange an, und er legte einen Arm um mich, um mir noch näher zu sein.

„Lass uns lieber reingehen, ehe wir eine Anzeige wegen Erregung öffentlichen Ärgernisses bekommen." Seine

Stimme war tief, sein Blick voller Sehnsucht, und dennoch war etwas an seiner Haltung, was ich nicht verstand, etwas Unnahbares.

Er stieg aus dem Auto und hielt mir dann die Tür auf. Vor der Haustür wollte er sich verabschieden, schließlich musste er duschen.

Ist das jetzt tatsächlich sein Ernst??? Betty konnte nicht mehr anders, als vom Bett zu springen und verständnislos den Kopf zu schütteln.

„Du ... könntest auch bei mir duschen ...", flüsterte ich ihm ins Ohr und schaute in verwegen an.

„Dann sollte ich wohl meine Tasche aus dem Auto holen." Diesmal gab er mir keinen Korb und ich klatsche innerlich in die Hände.

Ich sperrte die Haustür auf und sagte ihm, dass ich im ersten Stock wohnte und schon mal vorausgehen würde. Gehen ist gut, ich sprintete die Treppen hoch, so schnell ich konnte, um mich noch mal vergewissern zu können, dass die Wohnung auch vorzeigbar war. Hier kam mir mein Ordnungssinn doch zugute.

Es dauerte auch nicht lange bevor Ben in der Tür stand und klopfte.

„Komm ruhig rein, ich beiße nicht. Zumindest nicht ohne vorher zu fragen!"

Ich zwinkerte ihm zu und zeigte auf die Tür am Ende des Ganges.

„Das Badezimmer ist dort, du darfst gern zuerst gehen."

„Nein, nein, wo kämen wir denn da hin. Ladies first!"

„Ganz der Gentleman." Ich lächelte und nahm das Angebot gern an, denn ich musste aus diesen verschwitzten Sachen raus.

„Mach es dir ruhig bequem und schau dich nicht zu genau um, bei mir ist nicht aufgeräumt", rief ich ihm auf dem Weg ins Bad noch zu.

Dir ist doch klar, dass er heute, ohne dich nackt gesehen zu haben, nicht nach Hause fährt, oder?!

In Rekordzeit wusch ich mich, rasierte mir die Beine und machte die Haare. Dann schnell abgetrocknet und die Zähne geputzt und natürlich auch das Make-up wieder auf Vordermann gebracht. Die Haare hatte ich nur kurz angeföhnt, da er ja eh noch unter die Dusche musste. Ich schlüpfte in meinen Bademantel und ging raus, um ihm zu sagen, dass jetzt er gehen könnte.

Mit einem verschmitzten Grinsen und kopfschüttelnd ging er ins Bad und schloss die Tür. So, jetzt hieß es schnell sein, da ich ja nicht wusste, wie lange er brauchen würde. Was sollte ich anziehen? Pulli und Jogginghose? Oder lieber einen Rock?

Was machst du dir die Mühe? Du wirst es eh nicht lange anhaben, also zieh was an, das sexy ist. Das rosa Negligé!

Betty hatte mal wieder recht, ich suchte das Negligé aus dem Schrank, zog es über und legte mich aufs Bett. Oh, das war nicht gut. Lieber ins Wohnzimmer? Aber wie sah das aus, wenn ich in sexy Wäsche auf der Couch saß ... Und während ich noch überlegte, wo ich mich am besten zur Geltung bringen könnte, kam Ben schon wieder aus dem Bad. Ich stand etwas dümmlich hinter meinem Bett und starrte ... nein, glotzte ihn an.

Bettys Zunge rollte über den Boden, und ihre Augen quollen bei Bens Anblick aus den Höhlen.

Er hatte nur ein Handtuch locker um die Hüften geschlungen, sodass es jeden Moment nach unten rutschen hätte können. Ich hatte ja schon geahnt, dass er trainierter war, als er zugab, aber dieser Anblick raubte mir den Atem. Seine Brust war gut geformt und ging in einen flachen Bauch über, an dem das Sixpack zwar nicht voll ausgebildet, aber doch ziemlich gut angedeutet war. Also mit etwas mehr Training würde man die Muskeln sehr bald sehen können. An seiner linken Seite sah man sehr deutlich eine lange Narbe und am rechten Rippenbogen, bis fast runter zur Taille, prangte ein Drachentattoo.

„Ich wollte eigentlich fragen, wo du deinen Fön versteckt hast, aber ..." Er schaute mich von oben bis unten an und kam einen Schritt näher.

„Ich glaube, ich kann meine Haare heute mal lufttrocknen lassen." Sein Blick zog mir das Negligé förmlich aus, und ich bemerkte das wohlbekannte Pochen zwischen meinen Beinen. Er kam auf mich zu und schaute mich lüstern und voller Verlangen an.

Ich konnte nicht mehr sprechen, reagierte nur noch auf ihn und seinen Körper. Ich kam hinter dem Bett hervor, auf ihn zu und warf mich ihm praktisch in die Arme. Ich schlang meine um seinen Hals und küsste ihn wild und ungestüm. Ein Stöhnen entwich seiner Kehle, als er meinen Kopf in seine Hände nahm und mich so zu etwas mehr Zurückhaltung zwang.

"Nicht ganz so wild, mein hübscher Rotschopf, sonst ist das schneller vorbei, als uns beiden lieb ist!" Sein Blick bohrte sich in meinen, und in seinen Augen spiegelte sich die pure Lust wieder. Unter dem Handtuch konnte ich spüren, wie seine Männlichkeit erwachte, und das Pochen zwischen meinen Beinen wurde stärker. Es zog sich wie eine brennende Spur durch meinen ganzen Unterleib und wartete, bis es endlich losging und Erlösung fand. Ben nahm einen Träger meines Negligés und streifte ihn über meine Schulter nach unten.

Das gleiche tat er auf der anderen Seite, sodass es letztendlich an mir hinunterglitt und zu Boden fiel. Jetzt stand ich nackt vor ihm, denn ein Höschen hatte ich gar nicht erst angezogen. Er betrachtete mich.

„Du bist wunderschön und ein Rotschopf durch und durch ..." Sein sexy Lächeln verzauberte mich und gerade als ich mich ihm wieder an den Hals werfen wollte, packte er mich an meinem Hintern und hob mich hoch. Meine Beine schlangen sich sofort um seine Hüften, meine Arme um seinen Hals und mein Mund suchte wieder den seinen.

Er küsste mich sanft und ging näher auf das Bett zu. Dass das Handtuch immer noch hielt, war ein wahres Wunder. Seine Küsse wurden intensiver und als er gegen den Bettrand stieß, ließ er mich einfach drauf fallen. Mir entfuhr ein überraschter spitzer Schrei, als ich auf dem Bett landete, und ich konnte ihn nur schockiert von unten ansehen.

Mit einem süffisanten Glucksen beugte er sich herunter. Die Arme stütze er neben mir ab. Ich wollte ganz aufs Bett und schob mich rückwärts etwas nach hinten.

„Du kannst mir nicht mehr entkommen." Seine Stimme war ein tiefes Grollen und die pure Lust sprach aus seinen Augen.

„Das will ich ja auch nicht, ich will es nur etwas bequemer haben." Raubtierartig kam er mir hinterher, legte seine Hand in meinen Nacken und küsste mich wild.

Mit einer Hand stützte er sich neben mir auf dem Bett ab, während die zweite Hand auf Erkundungstour ging. Sie streichelte meinen Hals entlang zu meiner Brust. Meine Brustwarzen waren bereits vor Vorfreude etwas hart geworden. Durch seine Berührung stellten sie sich noch mehr auf und reckten sich ihm erwartungsvoll entgegen. Er knetete sie sanft und spielte mit dem Daumen an meiner Brustwarze, um sie dann ohne Vorwarnung leicht zu kneifen. Ich stöhnte, bog meinen Oberkörper etwas durch und warf den Kopf nach hinten.

Er wiederholte die Prozedur mit der zweiten Brust, während seine Lippen von meinem Mund zu meinem Ohrläppchen wanderten und überall eine heiße Spur hinterließen. Ich genoss das Gefühl der Gänsehaut, die sich über meinem Körper ausbreitete. Diesen wohligen Schauer, wenn jemand meinen Hals küsste. Er wanderte gleichzeitig mit seiner Hand meinen Körper nach unten, strich über meinen flachen Bauch und über meine Hüften. Ich biss mir leicht auf die Lippen, um ein Stöhnen zu unterdrücken und wand mich unter seinen Berührungen und seiner Kussspur, die vom Hals bis zur Brust führte. Mit seiner Zunge umkreiste er zuerst die eine Brustwarze, nahm sie in den Mund und saugte dran, während seine Hand bereits meinen Venushügel erreicht hatte.

Dann biss er leicht in meine Brustwarze, bevor er sich zur anderen Seite küsste und dort das gleiche machte. Ich konnte nicht mehr anders und stöhnte auf. Meine Hände fuhren die Muskeln an seinen Oberarmen nach zu seinem Rücken, und als er mich leicht biss, krallte ich meine Fingernägel hinein, sodass ich ein Grollen von ihm hören konnte. Ich war so erregt, dass ich fast schon gekommen wäre, als seine Hand meine empfindlichste Stelle berührte und schrie heiser auf.

„Nicht da, wenn hier nicht gleich alles vorbei sein soll."
Ich versuchte seinen Arm zu bewegen, um ihn von meiner

Klitoris wegzubekommen, aber er küsste sich einfach weiter meinen Körper entlang nach unten, als wenn nichts gewesen wäre. Vorsichtshalber wanderte seine Hand jedoch weiter und fand so den Eingang meiner kleinen Lustgrotte.

„Da kann es aber jemand kaum erwarten" flüsterte er zwischen seinen Küssen hindurch. Ich konnte nichts weiter erwidern und wuschelte mit meinen Händen durch seine Haare. Seine Zunge und sein Mund hatten jetzt meinen Bauchnabel erreicht und kitzelten mich etwas, sodass ich wieder Gänsehaut bekam. Mein Atem ging schneller, als Bens Finger in mich eindrang. Ich bog wieder meinen Oberkörper durch und stöhnte. Ich wollte mehr spüren.

„Na, wer ist denn da so ungeduldig?" Er liebkoste die Innenseiten meiner Oberschenkel mit seinem Mund, während er einen zweiten Finger in mich einführte und mich damit quälte.

„Ich will dich. Jetzt! Bitte, ich will dich spüren!" Ich hielt es fast nicht mehr aus, so scharf war ich. Hatte Ben eigentlich noch das Handtuch um? Ich konnte es nicht sagen, ich war zu sehr damit beschäftigt, nicht durch seine Finger, die er geschickt immer wieder in mich herein- und herausgleiten ließ, zu kommen.

Auf einmal hörte Ben auf, meinen Körper zu küssen und zog seine Finger aus mir. Ich schaute ihn an, den Blick etwas verschleiert. Mein Atem ging schnell. Was hatte er vor?

Mit einer geschmeidigen Bewegung zog er sich das Handtuch von der Hüfte und ließ es neben das Bett fallen. WOW, was für eine Erektion! Ich schnappte kurz nach Luft und konnte es kaum noch erwarten.

„Du hast nicht zufällig ein Kondom da?", raunte er mir zu.

„Was? Oh ja, klar, in der unteren Schublade neben dem Bett."

Gott sei Dank war ich immer vorbereitet. Ich nahm zwar die Pille, aber ohne Gesundheitscheck kam mir keiner ohne Gummi zu nahe. Ben stülpte sich das Kondom geschickt und sehr schnell über seinen großen Starken, kam wieder zu mir und zwischen meine Beine.

„Na, Rotschopf, bereit für so viel Männlichkeit?!" Ein lüsternes Grinsen legte sich auf sein Gesicht. Ich konnte nur noch nicken, zu allem anderen war ich nicht mehr fähig. Und dann drang er mit einem Ruck, ohne Vorwarnung, in mich ein. Vor Überraschung stieß ich einen leisen Schrei aus, der sich sogleich in ein wohliges Stöhnen verwandelte. Bens harter, großer Schwanz füllte mich komplett aus.

Er bewegte sich zuerst langsam, damit ich mich an ihn gewöhnen, und wir beide einen Rhythmus finden konnten. Er stützte sich mit den Armen neben meinem Kopf ab und sah mir in die Augen.

„Ich habe schon so lange auf diesen Moment gewartet", flüsterte er mir zu und küsste mich stürmisch. Je leidenschaftlicher und intensiver sein Kuss wurde, umso schneller bewegte er auch sein Becken. Dann streckte er seine Arme durch, um mich von oben ansehen zu können, und stieß ein paarmal fest und hart zu. Ich schloss die Augen und genoss das Gefühl, dass sich in meinem ganzen Körper ausbreitete und mir signalisierte, dass ich bald süße Erlösung fand.

„Ja, das ist gut, mach schneller!" Ich packte seinen Hintern und zog ihn tiefer in mich. Ben warf den Kopf in den Nacken und keuchte.

„Du bist so herrlich eng. Ich glaube, ich halte es gleich nicht mehr aus!"

Meine Hände wanderten zu seiner Brust und fuhren über die angespannten Muskeln, während ich meine Beine um seine Oberschenkel schlang und mich in seinem Takt mitbewegte. Als ich spürte, dass ich dem Höhepunkt sehr nah war, krallte ich meine Finger in seine Oberarme. Ben küsste mich wieder leidenschaftlich und dann kamen wir beide gleichzeitig zum Höhepunkt. Wir stöhnten uns gegenseitig in den Mund, und ich ließ die Welle der Erlösung über mich hinwegschwappen. Als sie abebbte legte sich ein breites, zufriedenes Lächeln auf mein Gesicht und ich sah Ben glücklich an. Was für ein Mann! Sah gut aus, war gut gebaut, arbeitete in meinem Lieblingsladen, war auch noch sehr gut bestückt und gut im Bett! Meine Welt war für den Moment perfekt.

Betty schien im Koma zu liegen, denn sie rührte sich kein bisschen.

Ben sackte neben mir aufs Bett, und ich kuschelte mich an seine Brust.
„Wollen wir zum Abendessen rausgehen oder bleiben wir lieber zu Hause?"
Er küsste meinen Scheitel und strich mir sanft über das Gesicht. „Ich hätte nichts gegen Pizza einzuwenden."

Kapitel 6

Die Pizza wurde recht schnell geliefert, und so kuschelten wir uns zusammen auf die Couch und guckten etwas fern. Mir fiel sein Kommentar plötzlich wieder ein, und so fragte ich ihn:
„Sag mal, was hast du vorhin gemeint, als du sagtest, du hättest schon so lange auf diesen Moment gewartet? Wir kennen uns doch erst seit einer Woche." Amüsiert schaute ich ihn an.
„Das hab ich gesagt? Naja, äh, ich meinte ja auch die ganze Woche über ... Ja, genau, die ganze Woche hatte ich mir das schon gewünscht!" Er fuhr sich etwas verlegen durch die Haare und wenn Männer erröten würden, hätte ich geschworen, dass ich einen Hauch Rosa auf seinen Wangen gesehen hätte. „Aber jetzt lass uns hier doch keine Haarspaltereien betreiben, genießen wir die Pizza und gucken etwas fern. Mmh, schmeckt die gut!"
Er kicherte unbeholfen und steckte sich dann ein großes Stück Pizza in den Mund. Ganz so ernst hatte ich die Frage gar nicht gemeint, aber Bens Antwort verwunderte mich etwas. Ich runzelte die Stirn, sah Ben noch mal von der Seite an und kam ins Grübeln. Sein Verhalten war merkwürdig, gerade so, als würde er mir etwas verheimlichen wollen.
Aber ich hatte keine Lust, jetzt einen auf Detektiv zu machen, und daher aß ich mein letztes Stück Pizza, nur um gleich wieder eins von Betty auf den Deckel zu bekommen. Die hatte nämlich eine Waage geholt. Sie hob böse den

Zeigefinger und wollte mir so ein schlechtes Gewissen machen.

Ja, ja, ist ja schon gut, ich esse doch heute eh nichts mehr!, dachte ich mürrisch.

Obwohl es noch recht früh am Abend war, musste ich wohl irgendwann eingeschlafen sein. Ich wachte nur kurz auf, um mich im Bett wiederzufinden. Ben lag neben mir und schlief ruhig, er atmete etwas durch den Mund, sodass ein minimales Schnarchgeräusch zu hören war. Ich kuschelte mich von hinten an ihn und schlief sofort wieder ein. Zum Glück hatte ich nächste Woche die Abendschicht, und so konnte ich schlafen, so lange ich wollte.

Am nächsten Morgen erwachte ich durch den Duft eines herrlichen Frühstücks. Schnuppernd und mit einem Sleepshirt bekleidet, ging ich in die Küche. Wie spät war es eigentlich? Und wo war Ben? Ich fand einen Zettel neben einem fantastisch angerichteten Frühstücksteller. Speck, beidseitig gebratenes Spiegelei und Pancakes. Mein Lieblingsfrühstück. Woher wusste er das nur? Oder war das Zufall? Ich nahm den Zettel und las die Notiz.

Guten Morgen, Rotschopf.
Ich hoffe, du hast gut geschlafen? Leider konnte ich nicht warten, bis du aufgewacht bist, aber ich habe dir schon mal Frühstück gemacht. Lass es dir schmecken, wir sehen uns später.
Dein Ben xx

Wow, kochen, oder zumindest Frühstück machen, konnte er auch. Gab es eigentlich etwas, was dieser Mann nicht konnte? Ich steckte glücklich und freudig ein Stück Pancake in den Mund, als eine Nachricht von Georgie kam.

✉ Hey, Frau meiner schlaflosen Nächte! Wie geht's dir? Wünsche dir einen guten Start in die Woche. :-)

✉ Morgen, Georgie. Tja, wie geht es mir? Ich schwebe grade auf Wolke sieben und esse ein extrem leckeres Frühstück. ;-) Aber jetzt, wo ich dir schreibe, merke ich, dass ich leider auch Muskelkater habe. :-(

✉ Muskelkater? Oh Gott, ich will nicht wissen von was. :-p

✉ Nicht, was DU schon wieder denkst!! Ich war gestern mit Ben Joggen! Hab es wohl etwas übertrieben und jetzt ... *au au au*

✉ Moment! DU warst JOGGEN??? Okay, vielleicht musst du mir diesen Ben doch vorstellen, wenn er es sogar schafft, dass du JOGGEN gehst!

✉ Er hat mir auch mein Lieblingsfrühstück gemacht! Ohne, dass ich was gesagt hätte!

✉ Schleimer ;-) Süße, ich muss los! Bis bald!

✉ Mach's gut und rette die Computer dieser Welt! *lol*

Jedes Mal, wenn ich mit Georgie schrieb, wurde mir warm ums Herz und heute ganz besonders. Ich hatte ein strahlendes Lächeln im Gesicht und genoss mein Frühstück, bevor ich mich fertig anzog und überlegte, was ich heute noch alles erledigen musste vor der Arbeit.

Kapitel 7

Die Woche verging trotz Spätschicht recht schnell, was vielleicht auch daran lag, dass Ben jeden Abend da war und mir immer wieder Gesellschaft leistete. Meinem Boss machte das nichts aus, solange er was zu trinken bestellte und mich nicht von der Arbeit abhielt. Er saß an seinem Stammtisch, schrieb an seinen Songs, die streng geheim waren und die ich nicht sehen durfte und beobachtete mich, wie ich meinen Job machte.

Am Mittwoch kam allerdings ein Mann mit seinen Kumpels in die Bar und wurde etwas aufdringlich. Er grabschte mir wiederholt an den Hintern, obwohl ich ihm, auf freundliche Art und Weise, gesagt hatte, er solle das unterlassen, sonst müsste ich den Chef holen. Leider war Ben schneller. Fuchsteufelswild kam er zu dem Tisch gestürmt, als der Typ wieder zu grabschen anfing, packte ihn am Hemdkragen und zog ihn von seinem Stuhl hoch.

„Ich glaube, die Lady hat deutlich gesagt, dass Grabschen nicht zum Service gehört, oder?!", zischte er zwischen zusammengebissenen Zähnen hervor.

„Sollte sich das noch mal wiederholen, werde ich Sie PERSÖNLICH zur Tür begleiten! Diese Lady ist nämlich vergeben! Sie gehört zu mir!! Also überleg Dir noch mal, nach wem du deine Dreckspfoten ausstreckst!"

„Ben, Ben! Lass ihn los! Du handelst dir nur Ärger ein!" Ich berührte ihn am Arm und versuchte seinen Griff zu lockern. Leider kam Jensen, mein Boss, in dem Moment aus dem Büro und wollte wissen was hier vor sich ging.

„Äh, schon okay. Hier liegt nur ein Missverständnis vor!", stammelte ich, während ich Ben wütend anfunkelte.

„Sollte so was noch mal passieren, kann dein Freund nicht mehr herkommen, wenn du Dienst hast!" Jensen musterte Ben von oben bis unten, zeigte dann drohend mit dem Finger auf ihn und ging wieder. Ich schickte Ben zurück an seinen Platz, entschuldigte mich bei dem Rüpel und sprach den Rest des Abends kein Wort mehr mit Ben. Er versuchte zwar sich zu entschuldigen, aber jeglicher Versuch prallte an mir ab. Ich war einfach zu sauer. Was dachte er sich nur? Wollte er hier den großen Macker spielen, oder sollte das der „Ritter in goldener Rüstung" sein? Egal was, es war unangebracht und hätte mich vielleicht meinen Job kosten können. Und dann säße ich da ... War das ein Anfall von Eifersucht? Nee ... Besitzergreifung? Schon eher.

Da musst du unbedingt aufpassen, sonst geht er irgendwann zu weit. Solche Anwandlungen gleich im Keim ersticken!
Betty hatte schon ein Protestschild in der Hand und ging im Kreis damit umher. Gut, dass sie nicht anfing, irgendwelche Parolen zu schreien, wie bei einer richtigen Demo.

Als der Abend endlich zu Ende war und ich nach Hause gehen konnte, war Ben schon weg. Er hatte sich nicht mal verabschiedet. Liz streichelte mir liebevoll über den Rücken. „Mach dir nichts draus. Er hat vielleicht etwas überreagiert, aber ihr seid ja auch noch am Anfang. Er wollte dir nur helfen."

Ja, das wollte er, aber auf die falsche Art und Weise. Ich ging nach Hause und fiel todmüde ins Bett.

Am nächsten Morgen wurde ich viel zu früh durch die Türklingel geweckt.

Betty schnarchte noch.

Ich schlurfte in meinem Pyjama und mit zerzausten Haaren zur Tür. „Wer ist da?", rief ich schon im Gang, denn meine Klingel an der Wohnungstür hörte sich anders an, als die der Haustür.

„Blumen für den Rotschopf!", rief jemand auf der anderen Seite der Tür, wobei Rotschopf einen fragenden Unterton hatte. Ich öffnete die Tür und die Augen des Boten wurden groß als er meinen zerknautschen „Out-of-Bed-Look" sah.

Betty zog sich erschrocken die Bettdecke über den Kopf, um nicht gesehen zu werden.

„Blumen? Für mich?"
„Sie sehen zumindest wie ein Rotschopf aus." Daraufhin musste der Bote über seinen eigenen Kommentar lachen. Ich riss ihm nur genervt den Strauß aus der Hand und knallte ihm die Tür vor der Nase zu, ohne ihm Trinkgeld zu geben. Der Strauß bestand aus bunten Tulpen und einer Lilie in der Mitte. Ich fand auch eine Karte, darauf stand:

*Liebe Aurelie,
es tut mir leid, dass ich dir gestern Schwierigkeiten gemacht habe. Das wollte ich nicht. Hier sind ein paar Blumen für dich, um dir den Tag zu verschönern. Wenn du mich heute nicht in der Bar sehen willst, verstehe ich das.
Dein Ben xx*

Toll, das waren meine Lieblingsblumen, beide Sorten. Ich roch daran und las mir dann noch mal die Notiz durch. Es klang ernst gemeint und nach der Nacht war ich auch schon nicht mehr böse auf ihn. Ich schrieb ihm schnell eine Nachricht:

> ✉ Guten Morgen, Ben. Gerade eben kamen deine Blumen an. Vielen lieben Dank. Ich bin dir nicht mehr böse, du hattest es ja gut gemeint, wenn auch auf die falsche Art und Weise. Trotzdem würde ich mich freuen, wenn du abends wieder in die Bar kommst. Küsschen, Aurelie aka der Rotschopf

Die Antwort kam prompt.

> ✉ Da bin ich aber beruhigt, dachte schon, du redest jetzt kein Wort mehr mit mir. Ich komme gern. Muss heute aber noch viel erledigen, sodass ich mich vorher nicht mehr melden kann. Vermiss dich jetzt schon. Ben xx

Ach ja, wer kam da nicht ins Träumen? Ich schaute zum Fenster raus und hielt die Blumen an mich gedrückt. Okay, wenn ich jetzt schon mal wach war, dann konnte ich auch gleich aufräumen. Später hatte ich noch einen Termin im Schönheitssalon.

Auf dem Programm standen Maniküre, Pediküre, Augenbrauen zupfen und Waxing. *Wer schön sein will, muss eben leiden*, dachte ich und verzog schon mal das Gesicht. Ich bevorzugte den Brazilian Cut, also wo ALLES bis auf einen kleinen Streifen entfernt wurde.

Es soll ja auch tatsächlich Frauen geben, die sich in die Restbehaarung noch Muster machen lassen, also zum Beispiel ein Herz oder einen Blitz. Für mich war das allerdings nichts. Ich wollte dort nicht länger verweilen als unbedingt nötig. Das Ganze war mir schon immer unangenehm genug, schließlich sollte man sich ja mindestens sechs Wochen nicht rasieren, damit die Haare eine gute Länge hatten und relativ schmerzfrei entfernt werden konnten, was nie der Fall war. Und dann gehörte zum Service auch noch der Po dazu! Und auf allen Vieren den Po ins Gesicht der netten Dame zu strecken, war dann immer der krönende Abschluss! Danach ging man gern ein paar Wochen nicht mehr dorthin! Von männlicher Seite her, hatte ich allerdings noch keine Beschwerden deswegen gehört.

Nach dem Waxing kam ich etwas o-beinig nach Hause. Man, heute hatte es aber ganz schön geziept!
Ich konnte mich noch etwas ausruhen, bevor ich zur Arbeit musste, und so machte ich es mir auf dem Sofa bequem und zappte durch die Fernsehkanäle.
Der Donnerstag verlief eigentlich immer recht ruhig im Reggies und so wartete ich, bis Ben endlich auftauchte.
Als ich Pause machte, war er immer noch nicht da und ich machte mir langsam Sorgen, da er sonst ja immer so überpünktlich war. Hoffentlich war ihm nichts passiert. Normalerweise verbrachte ich meine 30 Minuten Pause immer in unserem Hinterzimmer und spielte mit dem Handy oder simste mit George. Heute allerdings brauchte ich etwas frische Luft und ging in die Seitenstraße hinter der Bar. Normalerweise waren hier draußen nur die Raucher, aber jetzt war keiner zu sehen, und das passte mir ganz gut. Ich zog mein Handy aus der Tasche und wollte Ben gerade schreiben, da ging die Tür hinter mir auf und Ben kam zu mir heraus.
„Wo hast du denn nur gesteckt? Und geschrieben hast du mir auch nicht! Ich hab mir schon Sorgen um dich

gemacht!" Böse und mit einem Schmollmund schaute ich ihn an.

„Oh, wie süß! Mein kleiner Rotschopf hat sich Sorgen um mich gemacht! Tut mir leid, ich konnte dir nicht schreiben. Mein Akku hat den Geist aufgegeben. Aber jetzt bin ich ja hier und wie ich gehört hab, hast du noch 20 Minuten Pause." Er schaute mich ganz unverfroren mit einem anzüglichen Lächeln an und kam langsam auf mich zu, fast schon bedrohlich.

„Warte mal. Ist das dein Ernst? Hier? Jetzt? Und was, wenn jemand kommt?" Ich wich ein, zwei Schritte zurück und sah mich hilfesuchend um. Es war mir leicht unangenehm, es mitten auf der Straße zu tun, wie so ein billiges Flittchen. Andererseits hatte es auch etwas Aufregendes, denn schließlich könnten wir ja erwischt werden.

Betty war in höchstem Maße interessiert. Sie leckte sich lasziv die Lippen und kam in einem Outfit an, das selbst den Victoria's Secret-Engeln Konkurrenz machte. Sie ließ sich dramatisch auf die Couch sinken, warf eine Hand über ihre Augen und stöhnte.

Gut, was Betty konnte, konnte ich auch! Ich kam wieder auf Ben zu und schenkte ihm meinen verführerischsten Augenaufschlag. Als ich mich an seine Brust schmiegte und mit den Händen langsam über seine Brustmuskeln fuhr, blickte ich zum ihm auf und sagte:

„Du willst es also tun? Gleich hier? Ein verruchter, wilder, gefährlicher Quickie? Willst mir meinen Rock hochschieben und deinen harten Schwanz in mir versenken?" In dem Moment packte ich ihn zart, aber fest genug bei seinen Eiern, sodass ihm ein erschrockener Laut aus der Kehle kam.

„Ja, das will ich, und es wird dir gefallen!", raunte er mir selbstbewusst ins Ohr.

Damit wirbelte er mich zur Tür herum, drückte mich dagegen und fing an, mich wild und ungestüm zu küssen. Mein Blut kam in Wallung und ich hörte es in meinen Ohren rauschen. Er führte meine Arme über meinen Kopf und hielt sie oben fest, während er mich weiter küsste und seine Lippen auf Wanderschaft zu meinem Hals und den Ohrläppchen gingen. Mich überkam ein wohliger Schauer und meine Lust glühte in meinem Schoß auf. Ich spürte das köstliche Pochen, welches sich in meinem Unterleib ausbreitete und als Vorbote für die aufkommende Hitze diente. Wieder waren Bens Lippen an meinem Ohr, als er mir diesmal zuflüsterte:

„Du bist mein kleines Flittchen, und genau so werde ich dich jetzt auch ficken. Schnell und hart, und du wirst es genießen!" Er ließ meine Arme los, legte eine Hand leicht um meinen Hals und zwang mich so, ihn anzusehen. Ich war schon so in Ekstase, dass ich ihn nur mit verschleiertem Blick ansehen konnte. Ich versuchte zu nicken.

„Ja, Sir, das werde ich", war alles, was ich noch rausbrachte. Wieder küssten wir uns wild und fordernd, als Ben mich mit seinen Händen am Po hochhob und fester gegen die Tür presste. Ich schlang reflexartig meine Beine um ihn und meine Arme um seinen Hals. Mit einer Hand schob er mein Shirt nach oben und liebkoste meine Brüste.

Meinen BH schob er nur nach unten, sodass sie ihm mit aufgestellten Nippeln entgegenragten und nach mehr Aufmerksamkeit verlangten. Mit heißer Zunge spielte Ben mit meinen schon fast harten Brustwarzen und biss vorsichtig hinein, was mich zu einem lustvollen Aufkeuchen verleitete.

„Halt dich jetzt gut fest!", brachte er zwischen zusammengepressten Lippen und mit vor Lust heiserer Stimme gerade noch heraus, als er mich auch schon losließ, um seinen Reißverschluss und den obersten Knopf seiner Hose zu öffnen. Aus seiner Gesäßtasche fischte er ein Kondom, öffnete es und streifte es sich über seine überaus große und pralle Männlichkeit.

„Bereit oder nicht, ich werde dich jetzt rannehmen, hier und jetzt." Ich spürte, wie seine Hände mein Höschen zur Seite schoben, um gleich darauf seinen Schwanz in meine, mehr als bereite, Muschi zu versenken. Ich stöhnte abermals auf und vergrub mein Gesicht an seinem Hals. Ich hörte das Blut in meinen Ohren rauschen und wie sich ein kehliger Laut in Bens Hals formte, der nach draußen wollte. Es war einfach nur animalischer Sex, den wir gerade in der Seitengasse hinter meiner Arbeitsstelle hatten und ich genoss ihn in vollen Zügen.

Bens Stöße waren hart und erbarmungslos. Ich umklammerte mit meinen Beinen so gut es ging seine Hüften, damit ich ihm nicht zu schwer wurde und er den stetigen Rhythmus halten konnte, der uns beide dem Höhepunkt schon so nah brachte. Ich warf den Kopf nach hinten gegen die Tür, krallte mich mit meinen Fingernägeln in Bens Schultern und wollte nur noch Erlösung finden in den süßen Wellen eines Orgasmus.

„Mehr, mehr! OH JA!! Bitte gib's mir, Baby! Das ist so gut!" Mir war es mittlerweile egal, wer uns hörte oder sah. Ich war dem Höhepunkt so nah, dass ich nur noch instinktiv handelte. Mit einem tiefen Knurren stieß Ben noch ein paarmal hart zu, und schließlich explodierten wir beide in einem mächtigen Orgasmus, den wir auch frei herausschrien.

Völlig außer Atem und etwas entkräftet ließ Ben mich runter, schaute mir tief in die Augen und strich mir eine Strähne aus dem Gesicht. „Ich hoffe, ich hab dich nicht zu hart rangenommen?!"

Ich war noch nicht ganz bei Sinnen nach diesem Megaorgasmus und konnte mich kaum auf meinen wackeligen Beinen halten. „Ich hoffe, wir waren nicht zu laut!", sagte ich atemlos und schaute mich um, ob uns jemand gesehen oder gehört hatte.

„Zu hart nicht, aber hast du mich gerade Flittchen genannt?", ich stemmte meine Hände in die Hüften, nachdem ich mein Oberteil und meinen Rock wieder gerichtet hatte und sah ihn skeptisch an.

Betty hatte einen hochroten Kopf und war auf der Suche nach dem Nudelholz, um Ben damit zu drohen.

„Äh, ich, äh, naja, … Es tut mir leid, ich wollte etwas ‚Dirty Talk' machen. War das zu dick aufgetragen? Dann entschuldige ich mich dafür, ich wollte dich nicht beleidigen!" Geknickt sah er mich an, noch immer außer Atem. Er sah schon fast am Boden zerstört aus, er hatte es wirklich nicht so gemeint. Seine Kiefer mahlten in diesem schönen Gesicht vor lauter Anspannung.

„Es passte irgendwie zur Situation, aber ich glaube nicht, dass ich es zu Hause noch mal hören möchte…" Ich kratzte mir während des Überlegens die Stirn, blickte ihn an und konnte mir ein Grinsen nicht mehr verkneifen.

„Hey, sag mal, wo hast du eigentlich diese große Narbe am Bauch her?"
Ich wollte mit der Hand die Stelle an seiner Seite berühren, aber er hielt sie fest, bevor ich ihn anfassen konnte.

„Das ist eine Geschichte, über die ich nicht gerne rede und schon gar nicht in deiner Pause." Er sah auf den Boden und wirkte plötzlich sehr distanziert. Damit musste ich wohl einen wunden Punkt getroffen haben.

„Okay, dann eben ein andermal, aber ich würde es schon gerne wissen, sofern es in Ordnung für dich ist?"

„Ja, gut, ein andermal. Hey, sei nicht sauer, aber ich muss jetzt wieder gehen. Ich muss morgen früh im Studio sein."

Er gab mir noch einen Kuss auf die Wange und ging dann in die Nebenstraße. Er zog sich die Kapuze über den Kopf und steckte die Hände in die Taschen. Ich sah ihm nach und bekam ein schlechtes Gewissen. Ich wollte ihn nach dieser Aktion nicht runterziehen. Bei nächster Gelegenheit würde ich das Ganze klären und mich entschuldigen. Von drinnen hörte ich die neue Aushilfe rufen. Ich glaube, sie hieß Emma. Ich rannte rein und dachte noch mal an den heißen Sex, den ich gerade hatte und musste unwillkürlich wieder lächeln.

Kapitel 8

Leider musste ich diesmal auch das Wochenende über arbeiten, da ich die Woche darauf Urlaub hatte und die Neue, Emma, immer noch anlernen musste.
Freitag, kurz nach meinem Schichtbeginn, kam George überraschend in die Bar und leistete mir Gesellschaft. Er setzte sich an den Tresen und wollte den neuesten Klatsch und Tratsch hören und wie es mit meinem aktuellen Lover so lief.

Betty wollte ihn, wie immer, am liebsten umgarnen und backte daher Kuchen und sah dabei aus, wie aus einer 50er-Jahre-Werbung, mit Petticoat, Schleife im Haar und hohen Schuhen.

Wir lachten herzlich über dies und das und auch Liz scherzte mit Georgie, bis Ben zu später Stunde plötzlich auftauchte und das Ganze wohl etwas länger beobachtet hatte. Ich bemerkte ihn nicht gleich, da Georgies Gesellschaft in der Bar selten war und wir immer Spaß hatten, und so sah ich Ben erst, als er sich hinter George mit wutentbranntem Gesicht aufbaute und die Hände in die Hüften stemmte.
„Ich hoffe sehr für dich, dass du nicht gerade mein Mädchen anbaggerst, Kumpel!"
„Ben, es ist nicht so wie du denkst!" Ich hob beruhigend die Hände und stellte dann klar:
„Ben, darf ich vorstellen, das ist George, mein bester Freund. George, das ist Ben, mein fester Freund!" Ich

strahlte beide an und wartete darauf, dass sich die Situation entspannte. George drehte sich um und wollte Ben die Hand geben. Aber was war das? Sah ich da in Bens Augen kurz Hass aufleuchten? Es war nur ein Moment des Zwinkerns und schon wandelte sich sein Gesichtsausdruck von wütend zu freundlich lächelnd. Ben streckte George auch die Hand hin und beide begrüßten sich.

„Du bist also der ominöse Freund, der es schafft, dass unsere gute Aurelie hier sogar Joggen geht?" Belustigt schaute George von Ben zu mir und wartete gespannt auf seine Antwort.

„Tja, na zumindest einmal hab ich es geschafft, aber das war wohl schon zu viel für sie!" Lachend klatschten sich die beiden ab und ich stand da und guckte nur dumm. Sollten sich die zwei wirklich so schnell verstehen? Ich meine, Georgie ist sehr aufgeschlossen und kontaktfreudig, solange es um Männer ging, denn mit Frauen konnte er nicht wirklich reden, aber bei Ben war ich mir da noch nicht so sicher, schließlich kannte ich ihn ja noch nicht so lange. Bisher hatte er mir nicht den Eindruck gemacht von „Yay, lass uns Leute kennenlernen …"

Ich konnte mich jetzt allerdings nicht weiter damit beschäftigen, schließlich war ich ja bei der Arbeit, aber ich hatte ein Auge auf die beiden und würde notfalls eingreifen.

Betty zog sich Sherlock-Holmes-Klamotten an und war bereit, dem Rätsel auf den Grund zu gehen.

Der Abend war entspannt, Ben und Georgie schienen sich gut zu verstehen und machten auch das eine oder andere Späßchen auf meine Kosten. Als ich mit Ben nach meiner Schicht nach Hause ging, musste ich ihn einfach darauf ansprechen:

„Du hast dich mit George ja richtig gut verstanden. Zumindest hatte ich den Eindruck."

„George ist ein klasse Kerl, ich mag ihn. Außerdem, wie heißt es doch immer so schön: Sei deinen Freunden nahe, aber deinen Feinden noch näher!"

Er blicke mich verschwörerisch und intensiv an. Ich verlor mich in diesen blaugrünen Augen und war überzeugt, in den nächsten Minuten nur noch aus Wackelpudding zu bestehen.

„Ach, da fällt mir ein, ich bin morgen Vormittag beim Blutspenden, möchtest du mitkommen? Ich meine, das Thema ‚Krankheiten' hatten wir noch nicht wirklich angesprochen. Ich nehme die Pille, bin gesund und gehe circa alle vier bis fünf Monate zum Blutspenden, so kann ich auch sicher sein, dass ich keine ansteckenden Krankheiten habe." Erwartungsvoll schaute ich ihn über meine Schulter hinweg an, während ich meine Wohnung aufsperrte.

„Blutspenden, wie? Sehr löblich von dir! Dazu kann ich dir allerdings sagen, musst du dir keine Sorgen machen. Seit guten zehn Jahren lass ich mich halbjährlich auf alle Krankheiten untersuchen. Auch solche, die durch Geschlechtsverkehr übertragen werden." Ich starrte ihn an und wusste gar nicht, was ich sagen sollte. Jemanden, der so auf seine Gesundheit achtetet, hatte ich noch nicht kennengelernt. Ich war beeindruckt.

„Alle sechs Monate lässt du dich durchchecken? Das hat doch sicher einen Grund, oder?", platze es aus mir heraus. „Muss es immer einen Grund geben, um auf sich zu achten? Aber ja, du hast natürlich recht. Es gibt einen! Das hängt auch mit der großen Narbe am Bauch zusammen." Er senkte seinen Kopf und fuhr sich langsam und nachdenklich über die Stelle, wo die Narbe unter seinem Shirt zu sein schien.

„Ich sehe schon, du wirst nicht locker lassen, oder?" Resigniert schaute er mich im Halbdunkel des Hausflurs an.

„Nein, sorry, ich bin einfach zu neugierig. Ich möchte gern mehr über dich und deine Vergangenheit erfahren." Ich legte meine Hand auf seine Wange und streichelte ihn sanft.

„Aber jetzt komm erst mal rein, ich mach uns einen Kaffee, schließlich hast du gesagt, die Geschichte ist lang." Zwinkernd ging ich in meine Wohnung und gleich Richtung Küche. Ben kam hinter mir her und legte wie selbstverständlich seine und meine Sachen an die richtigen Orte. Den Schlüssel in eine Schale im Flur, meine Tasche über den Haken an der Garderobe. Ich wurde etwas stutzig, war er doch erst einmal bei mir gewesen. Er bemerkte im gleichen Moment, wie ich ihn neugierig anschaute und er fing betreten an, mit den Armen zu wedeln.

„Das hatte ich mir vom letzten Mal gemerkt, woher sollte ich das sonst wissen …?" Er lachte nervös auf und verschwand im Badezimmer.

Betty stand mit verschränkten Armen da, schaute sehr skeptisch und wusste nicht genau, was sie davon halten sollte. Konnte man sich sowas aufs erste Mal gleich merken? Vielleicht hat er so etwas wie ein fotografisches Gedächtnis? Begeistert klatschte sie in die Hände.

Hm, der Gedanke gefiel mir. Ich kannte niemanden, der tatsächlich ein fotografisches Gedächtnis hatte. Ich musste ihn danach fragen, aber erst wollte ich die Geschichte von der Narbe hören.

Als Ben zu mir in die Küche kam, waren die zwei Tassen Kaffee gerade fertig und er nahm seine dankbar an. Nach einem langen Schluck und einem noch längeren, hörbaren Atemzug mit Seufzer fing er an zu erzählen:

„Eigentlich ist die Geschichte nicht lang. Als Jugendlicher geriet ich auf die schiefe Bahn, klaute, trank Alkohol und hing mit Straßengangs ab. Eines Tages kam mir im Suff die Idee, von der Gang, mit der ich abhing, etwas Drogen zu klauen und diese an eine feindliche Gang zu verkaufen. Leider wurde ich dabei erwischt und es kam zu einer Schlägerei. Gerade als ich mich aus dem Staub machen wollte, baute sich einer der Älteren mit einem gezackten Klappmesser vor mir auf.

Bevor ich reagieren konnte, schlitze er mir mit dem Messer den Bauch bis zur Seite hin auf. Natürlich flohen sie alle danach, denn keiner wollte sehen, wie ich krepierte. Ich hatte Glück im Unglück, dass ein Streifenwagen kurze Zeit später vorbeikam und sofort den Rettungswagen rief. Ich wurde durch eine mehrstündige Not-OP und einen längeren Krankenhausaufenthalt gerettet. Die Ärzte sagten, ich hatte wahnsinniges Glück, dass ich nicht verblutet bin. Noch dazu war die Klinge nicht sauber und ich hätte eine Blutvergiftung bekommen können.

Danach bekam ich vom Gericht Sozialstunden aufgebrummt. Nach dieser Erfahrung und dem kalten Entzug im Krankenhaus, hab ich mir geschworen, dass ich nie mehr auf die falsche Bahn gerate. Diese Narbe erinnert mich daran, wo ich auf keinen Fall mehr hin möchte und dass ich gesund bleiben will, daher auch die ständigen Gesundheitschecks."

Er seufze und ließ sich im Wohnzimmer auf die Couch fallen. Ich hatte ihn die ganze Zeit mit der Tasse in meinen Händen angestarrt und konnte nicht glauben, was ich da gerade gehört hatte. Ben und drogensüchtig? Ich konnte mir diesen jugendlichen Rumtreiber nicht vorstellen. Ben sah mich mit einer Mischung aus Frustration und Neugierde an.

„Was denkst du jetzt von mir?"

„Ich kann das Ganze noch nicht glauben. Das muss ich erst mal verdauen! Aber ich sag mal so, das ist Vergangenheit! Aus dir ist ein toller, attraktiver Mann geworden! Du hast dich zum Besseren geändert, und nur das zählt!" Ich stellte die Tasse auf den Tisch und gab ihm einen sanften Kuss.

Und dann noch einen und noch einen. In meiner Leibesmitte entflammte die Lust. Ich wollte Ben aufmuntern und von seinen trüben Gedanken befreien. Ich streichelte über seine Brust und meine Hand wollte sich weiter nach unten vortasten, doch dazu kam sie nicht. Ben hielt sie fest.

„Sorry, Rotschopf, aber ich glaube, daraus wird jetzt nichts mehr." Traurig sah er mir in die Augen und ich konnte deutlich den Schmerz, die Beschämung darin erkennen. Was hatte ich nur angerichtet.

Betty sah mich mit einem tadelnden Blick an und wollte schon den Zeigefinger heben. *Das hast du ja wieder prima hingekriegt!*

„Bleibst du denn dann wenigstens über Nacht hier?" Ich musterte ihn und hoffte inständig, dass er blieb.

„Eine Runde Kuscheln?"

„Das wäre sehr schön!" Ich strahlte ihn an und stand auf, um ihm meine Ersatzzahnbürste zu bringen. Als wir dann so zusammen im Bett aneinander gekuschelt dalagen, musste ich feststellen, dass ich doch müder war als zuerst angenommen und schlief sehr schnell ein. Ich hatte einen sehr unruhigen Schlaf und träumte immer wieder von einem jungen Mann, der sich mit Drogendealern und Bandenmitgliedern rumschlug und regelrecht geschlachtet wurde. Als ich am Morgen völlig fertig erwachte, war Ben nicht neben mir. Zuerst dachte ich, er wäre im

Wohnzimmer, aber nachdem ich aufgestanden war und die Wohnung abgesucht hatte, musste ich feststellen, dass er nicht mehr da war. Ich ging in die Küche, um zu schauen, ob er vielleicht wieder eine Nachricht hinterlassen hatte, aber auch hier war Fehlanzeige.

Ich stand traurig und bedrückt da und wusste nicht so recht, was ich jetzt machen sollte. Da hörte ich, wie jemand den Schlüssel ins Schloss schob und die Tür im nächsten Moment aufging. Ich dachte schon, Georgie würde tatsächlich mal unangekündigt vorbeischauen, aber dann kam Ben mit einer großen Tüte vom Bäcker herein.

„Oh, du bist schon wach ... Ich wollte dich überraschen und war beim Bäcker. Habe Bagels geholt und Süßkram." Stolz schmunzelte er mich von unter herauf an. Seine Haare waren sexy verstrubbelt, er hatte einen leichten Bartschatten im Gesicht und seine Hose saß so tief auf seiner Hüfte, dass das Hemd fast zu kurz erschien.

Bettys Mund klappte wieder auf und sie fing an zu sabbern. Ob das wegen dem Süßkram oder wegen Ben war, war schwer zu sagen. Wahrscheinlich von beidem etwas.

Ich wollte mich schon auf die Tüte stürzen, als Ben sie in die Luft hob.

„Ah, ah, wer ist denn hier so gierig?" Er wedelte mit seinem Finger vor meiner Nase hin und her und hätte sich fast beim Lachen verschluckt.

„Du gehst dich erst mal im Bad fertig machen und wenn du wieder da bist, ist der Tisch schön gedeckt und fertig zum Frühstücken."

„Oder ... Wir verlegen das Frühstück ins Bett ..." Mit zwei kleinen Schritten ging ich auf ihn zu, meine Finger fuhren über seine Arme und ertasteten die gut geformten

Muskeln unter dem Hemd. Ben schloss die Augen und genoss meine Berührung.

„Ich glaube, damit könnte ich mich arrangieren." Ich blickte ihn mit verführerischem Blick von unten herauf an, leckte mir langsam über die Lippen und zog in mit mir zurück ins Schlafzimmer.

Diesmal wollte ich ihn etwas verwöhnen, quasi als Dankeschön für die letzten Male und Frühstück holen bzw. machen. Ich führte ihn zu meinem Bett und begann damit, sein Hemd aufzuknöpfen. Er ließ die Tüte einfach auf den Boden fallen und schaute mir neugierig zu. Er ließ mich gewähren, in Erwartung dessen, was jetzt folgen würde. Als ich das Hemd offen hatte, begann ich leicht, seine Brust zu küssen, gleichzeitig streifte ich ihm das Hemd ab und warf es auf den Boden. Ich küsste mich abwärts zu seinem Bauch.

Bens Atem ging bereits schwer, seine Erregung stieg und er streichelte mir übers Haar, während ich mich weiter nach unten küsste und mit seinem Bauchnabel spielte. Er roch frisch geduscht und hatte einen herrlichen, männlichen Eigengeruch, fast schon moschusartig. Ich wurde ganz wuschig und auch mein Körper ließ sich nicht lange bitten. In mir stieg die bekannte Hitze auf und zwischen meinen Beinen begann es zu pochen, doch das musste erst mal warten. Jetzt war Ben dran. Als ich vor ihm kniete und versuchte, seine Hose zu öffnen, stöhnte er wohlig und tief aus der Kehle.

Auch sein Körper war bereits erwacht, was man an der gespannten Hose schon gut erkennen konnte. Ich ließ mir mit dem Öffnen der Knöpfe betont viel Zeit und küsste immer wieder seinen Bauch und auch die Hüftknochen, die zum Vorschein kamen. Dann endlich war die Hose offen und ich zog vorsichtig vorne und hinten daran, um sie loszuwerden.

Leider stellte ich mich dabei etwas ungeschickt an, und Betty war schon die Ungeduld in Person.

Ben gluckste etwas und half mir dabei, seine Jeans auszuziehen. Ich wartete gar nicht lange und entledigte ihn auch gleich seiner engen Boxershorts. Und dann war er direkt vor mir, nackt, groß und zum Anbeißen. Ich nahm seinen Penis in eine Hand und fuhr sanft auf und ab. Ben sog scharf die Luft ein und seine Hände fanden wieder meinen Kopf und meine Schultern, die er leicht knetete. Ich begann langsam an seinem Schwanz zu lecken, als hätte ich ein großes Eis vor mir.

Den Schaft entlang zur Eichel, um die Eichel herum und wieder von vorne. Das machte ich drei Mal, bis ich ihn in meinen Mund nahm und Ben ein lautes „Oh" von sich gab.

„Du musst das nicht machen, wenn es dir unangenehm ist oder denkst, du müsstest es, weil es allen Männern gefällt."

„Keine Sorge, ich tue nichts, was ich nicht will", beruhigte ich ihn. Dann nahm ich ihn wieder in den Mund und saugte zuerst sanft, dann fester.

Mit der Hand fuhr ich den Schaft auf und ab. Er schmeckte so gut, salzig und doch frisch geduscht. Anhand seiner Körperhaltung und Atmung konnte ich gut feststellen, was ihm gefiel und was eher weniger. Ich nahm ihn so tief es ging in meinem Mund auf, bis ich fast würgen musste, und das gefiel Ben am allermeisten. Ich konnte seinen Lusttropfen schmecken und saugte weiter und weiter. Meine Zunge spielte mit seiner Eichel und glitt immer wieder an seinem Schaft entlang, bis ich ihn wieder tief in meinen Mund schob. Zwischen meinen Beinen entstand eine Hitze, die fast nicht mehr auszuhalten war. Ich berührte mich selbst zwischen meinen Beinen, während ich Bens großen Schwanz in der anderen Hand hatte. Ich war so nass, ich konnte es kaum länger aushalten. Ich schielte ihn von unten an. Ben hatte die Augen geschlossen und genoss meine Liebkosungen. Als ich ruckartig aufhörte und aufstand, schaute er mich für einen Wimpernschlag etwas enttäuscht an, dann loderte sofort pures Verlangen in seinen Augen auf. Ich schubste ihn sanft auf das Bett, zog mir mein Schlafshirt über den Kopf und krabbelte Ben hinterher.

Ich setzte mich ohne große Umschweife rittlings auf ihn und versenkte seinen extrem harten Liebesstab in meiner heißen, nassen Mitte. Wir stöhnten beide gleichzeitig auf. Ich stützte mich auf seiner Brust ab und begann, mich langsam kreisend zu bewegen. Ben knetete meine Brüste und neckte meine bereits aufgestellten Nippel. Ich warf den Kopf in den Nacken, während ich mich immer schneller bewegte. Ein Stöhnen drang aus meinem Hals. Ben umfasste meine Hüften und begann im gleichen Rhythmus nach oben zu stoßen.

Gut angeheizt durch meinen Blowjob knurrte Ben, dass er es gleich nicht mehr aushalten würde und stieß noch mal fester zu. Berauscht von unserem Liebesakt spürte ich, wie auch meine Welle der Erlösung nicht mehr weit entfernt war. Ich ließ mich nach vorne auf Bens Brust fallen und spürte die letzten Stöße kaum noch, als der Orgasmus erbarmungslos zuschlug und meinen gesamten Körper zum Vibrieren brachte. Für einen Moment schwanden mir die Sinne und im nächsten fühlte ich mich an Jason Derulo's Song „Trumpets" erinnert. Ich hörte in meinem Orgasmuswahn die Trompeten aus dem Lied spielen. Und während ich noch lächelnd und erschöpft auf Ben lag, wurde mir bewusst, dass ich tatsächlich das Lied von Jason Derulo hörte. Ich bildete mir das nicht ein.

„Verdammter Mist …!" Fluchend, aber doch vorsichtig, befreite Ben sich von mir und sprintete zu seiner Hose, in deren Tasche sein Handy läutete. „Das darf doch wohl nicht wahr sein! Sorry, Liebling, aber da muss ich rangehen."
Mit einem mehr als verärgerten, scharfen „Was?" ging er an sein Telefon. Er verließ das Schlafzimmer und redete in der Küche weiter. Ich war noch zu benebelt von dem Orgasmus, sodass ich nicht verstehen konnte, was er alles sagte. Ich streckte mich genüsslich und drehte mich auf den Bauch.
Als Ben zurück ins Schlafzimmer kam, stütze ich mich auf meine Arme und schaute ihn fragend an.
„Es tut mir leid, ich muss ins Studio, anscheinend passt etwas mit meinem Song nicht …", genervt griff er nach seiner Hose und dem Hemd. Ich sah ihn enttäuscht an. Hatte ich doch gehofft, er würde mit zum Blutspenden kommen.
„Schon okay. Kommst du später ins Reggies?"
„Aber klar doch. Ich muss ja schließlich was essen."
Zwinkernd gab er mir noch einen Abschiedskuss und dann war er auch schon zur Tür hinaus. Ich gähnte herzhaft und grabschte nach der Tüte am Boden, um mir etwas zu essen herauszuholen. Schließlich musste ich mich vor der Blutspende stärken.

Kapitel 9

Das Wochenende verging schnell und ohne weitere nennenswerte Geschehnisse. Ich freute mich sehr auf meinen Urlaub, auch wenn es nur eine Woche war. Ich hatte ihn bitter nötig und hoffte, Ben noch etwas öfter zu sehen und auch besser kennenzulernen. Bei ihm schien das kein Thema zu sein. Mir kam es so vor, als ob er mich schon besser kannte, als mir lieb war, nach so kurzer Zeit. Ben konnte Sonntag nicht bis Schichtende bleiben, da aber nicht mehr viel los war, konnte er beruhigt gehen.

Er sagte, er hätte eine Überraschung für mich und ich hoffte schon, dass er mich mit zu Chess Records nahm und mir alles zeigen würde. Kurz vor Ladenschluss unterhielt ich mich noch mit Liz und schwärmte ein wenig von Ben.

„Und? Was hast du in deinem Urlaub alles so vor? Oder sollte ich sagen, was habt ihr vor?" Mit einem verschwörerischen wissenden Lachen zwinkerte sie mir zu und stieß mir spielerisch den Ellbogen in die Seite.

„Ehrlich gesagt, ich weiß es nicht. Ben hat nicht gesagt, ob er auch frei hat oder freinehmen kann. Er meinte nur, er hätte eine Überraschung für mich. Vielleicht zeigt er mir ja, wie es bei Chess Records aussieht." Hoffnungsvoll strahlte ich Liz an.

„Oder ... es ist was Besseres!"

„Besser? Was könnte besser sein, als endlich mal meinen Lieblingsarbeitgeber zu sehen?"

„Deinen was? Hey, ich dachte du arbeitest gern hier?" Liz zog mich auf, denn auch sie wollte nicht ihr ganzes Leben lang hier Bedienung spielen. Da sie die Highschool allerdings abgebrochen hatte, wurde es für sie etwas schwieriger, einen gut bezahlten Job zu finden.

„Also, ich geh dann mal. Bis in einer Woche!" Ich lächelte Liz müde und glücklich an und ging nach Hause. Ich war schon so gespannt auf Bens Überraschung, dass ich zu Hause erst einmal noch Georgie schrieb.

✉ Hey Großer, wie gehts dir? Bist du noch wach?

Prompt kam seine Antwort. Auf Georgie war eben Verlass.

✉ Jetzt wieder, aber ist nicht schlimm. Was gibts?

✉ Ach, nichts Besonderes. Wollte nur fragen, wie es dir so geht.

✉ Mir geht es gut, danke. Ach, du hast ja jetzt Urlaub, oder? Schon was geplant?

✉ Nein, nicht wirklich. Ben sagte, er hätte eine Überraschung für mich und jetzt bin ich total aufgeregt und kann noch nicht schlafen.

✉ Ah, Überraschung, wie? Na, da hast du sicher bald jede Menge zu erzählen. ;-) Ich wünsch dir 'nen schönen Urlaub, wir sehen uns spätestens Sonntag zum Brunchen. *drück dich*

✉ Ja, danke, dir auch ne schöne Woche. Bye Bye. :-*

Es war immer ein tolles Gefühl, mit Georgie zu reden oder auch nur zu schreiben. Inzwischen war ich aber doch ziemlich müde und die Grübelei tat ihren Rest, also ging ich ins Bett.

Am nächsten Tag klingelte es um 11:00 Uhr an der Tür. Ich war gerade aufgestanden und hatte mich fertig gemacht.

Betty schaute etwas verstört aus der Wäsche und wollte schon zum Baseball-Schläger greifen.

Wer konnte das sein? Und just in dem Moment als ich fertig angezogen und hergerichtet war. Ich ging zur Tür und öffnete sie. Im Hausflur stand ein Mann im Teddybär-Kostüm. In der Hand hielt er einen Blumenstrauß und eine kleine Packung Pralinen.

„Sind Sie Aurelie Buffay?"

„Äh, ja? Darf ich fragen, wie Sie ins Haus gekommen sind?"

„Es kam gerade jemand heraus und ließ mich hinein. Hier ist ein singendes Telegramm für Sie von Benjamin Bing."

Ein singendes Telegramm? So was hatte ich noch nie erhalten. Ich war total aufgeregt, starrte den armen Mann im Bärenkostüm dümmlich an und lachte dabei voller Vorfreude.

Betty war natürlich total aus dem Häuschen. Sie hatte quasi schon Herzchen-Augen bekommen und klatschte begeistert in die Hände.

Der Mann gab mir die Blumen mit den Pralinen und zog eine kleine Pfeife heraus, um den richtigen Ton zu treffen.

„Aurelie, oh Aurelie, so klappt das nie. Wir beiden sehen uns viel zu selten, ich sage nicht uns trennen Welten, ach Aurelie.

Wenn du willst, dann packe deinen Koffer, denn ich habe für dich ein spezielles Offer. Wenn du willst, fahren wir beide weg, und lassen es uns gut gehen. Ich kann heute nicht vorbeikommen, aber ich warte auf deine Nachricht!"

Dann ging der Bär und ich stand total verblüfft da. Wollte ich mit ihm in Urlaub fahren? War das die Überraschung? Ich hatte eigentlich nicht viel Geld übrig, aber zum Teufel, ich wollte mehr über diesen Mann erfahren und daher raste ich zu meinem Handy und tippte schnell eine Nachricht an Ben:

✉ Ja, ja und noch mal ja. :-)

✉ Sehr gut, ich hab schon drauf gewartet. :-) Genieß den Tag, ich hole dich dann morgen Mittag ab. Pack genug Sachen ein, für den Rest der Woche.

Gleich eine ganze Woche? Oh man, wie aufregend. Ich strahlte von einem Ohr bis zum anderen und Betty stand schon fix und fertig mit gepackten Koffern da. Sie zeigte auf ihre Armbanduhr: *Mach dich endlich fertig, worauf wartest du denn noch?*

Ja, worauf wartete ich eigentlich? Ich sprang gut gelaunt in der Wohnung herum und suchte schon mal meinen kleinen Koffer. Tja, aber wohin ging es? Für welche Kleidung sollte ich mich entscheiden? Etwas Festliches? Lieber nur legere Sachen? Hoffentlich wollte er nicht zum Campen, darauf stand ich nämlich gar nicht. Vielleicht gab es in der Nähe einen Club zum Tanzen oder Weggehen, dann könnte ich mein Tellerkleid mit den passenden High Heels einpacken. Während ich noch grübelnd vor meinem Kleiderschrank stand, entschied ich mich schließlich doch dafür, von allem ein bisschen einzupacken. Sicher ist sicher.

Betty hingegen kam mit einer ganzen Sammlung von Koffern aller Größen an. So wie es aussah, nahm sie den kompletten Kleiderschrank mit.

Den restlichen Tag wusste ich nicht recht, was ich mit mir anfangen sollte. Ich tigerte rastlos in der Wohnung herum, putzte hier und da noch etwas und konnte kaum den nächsten Morgen erwarten. Ich schrieb noch schnell Georgie an, um ihm mitzuteilen, dass ich nicht zu Hause wäre.

> ✉ George, du wirst nicht glauben, was passiert ist!!

> ✉ Hey Kleines, was ist denn los? Was Schlimmes??

> ✉ Nein, im Gegenteil! Ben hat mich eingeladen, mit ihm wegzufahren! Morgen Mittag holt er mich ab. Er meinte, ich solle Sachen für den Rest der Woche packen! Ist das nicht aufregend?! Ich freu mich riesig. 8-)

> ✉ Eine ganze Woche gleich? Du kennst ihn doch kaum! Ich halte das für keine so gute Idee ... Aber ich sehe schon, du bist Feuer und Flamme und ich kann dich eh nicht abhalten.

> ✉ Du brauchst dir keine Sorgen zu machen, ich kann schon auf mich aufpassen. ;-) Würdest du aber vielleicht meine Blumen gießen? Das wäre sehr nett von dir! Und nein, du kannst mich nicht aufhalten.

Das ist die Gelegenheit, rauszufinden, wie er wirklich ist. Ich bin ganz hin und weg von diesem Mann. Er hat mir das mit einem singenden Telegramm mitgeteilt! Stell dir das mal vor! Das war super. *hach*

✉ Okay, okay, komm mal wieder runter. So schwärmerisch kenn ich dich gar nicht. Sei trotzdem vorsichtig und melde dich zwischendurch!

✉ Ich weiß, ich hab so was auch noch nie erlebt. Ich glaube, ich bin wirklich auf dem besten Weg, mich richtig zu verlieben ... Das ist spannend und macht mir auch etwas Angst. Aber hey, tolles Abenteuer. :-) Ich melde mich, sobald ich weiß, wohin wir fahren oder was wir machen. Bussi und mach dir nicht zu viele Sorgen!

✉ In Ordnung, dann bis bald. Bussi, Süße.

Ja, das war Georgie, immer auf der Hut und übervorsichtig bzw. überfürsorglich mir gegenüber. Ich drückte das Handy an mich und musste lächeln. Was würde ich nur ohne ihn machen ...

Der restliche Tag und die folgende Nacht dauerten viel zu lange, aber dann kam doch endlich die Zeit, zu der mich Ben abholen wollte. Punkt 12 Uhr stand er vor meiner Wohnungstür. Wie ist er eigentlich ins Haus gekommen? Auch egal, ich packte meinen Koffer und, ganz der Gentleman, brachte Ben ihn für mich zum Auto und half mir beim Einsteigen.

„WOW!! Was ist das denn für ein cooler Oldtimer? Gehört der dir??" Voller Bewunderung schaute ich mich im Auto um und genoss den Anblick.

„Den habe ich für unsere Reise gemietet. Ich hab gehört und zum Teil auch gesehen, dass du dich mit den 50er-Jahren verbunden fühlst und ich dachte, das wäre die richtige Überraschung für dich." Fragend sah Ben mich an. Ich war so sprachlos und konnte nur noch ihn und das Auto anstarren.

Dann endlich, nach ein paar Sekunden, konnte ich mich aus meiner Starre befreien und rutschte auf dem durchgehenden Sitz zu ihm rüber und küsste ihn sanft und lange.

„Ich kann es kaum erwarten, zu erfahren, wohin es mit diesem schönen Baby geht! Und wir müssen unbedingt viele Fotos damit machen." Er hatte einen blauweißen 1958er Impala Chevrolet gemietet, der kostete sicher ein Vermögen und ich konnte mich gar nicht sattsehen an diesem riesigen Straßenkreuzer.

„Ist der nicht viel zu teuer? Wie kannst du dir denn sowas leisten?" Ben legte mir die Hand liebevoll an die Wange.

„Für dich ist mir nichts zu teuer und wenn ich dir jetzt schon verrate, wo wir hinfahren, bringe ich mich bei der Ankunft darum, deine leuchtenden Augen zu sehen."

Voller Zuneigung sah er mich an und mein Herz setzte kurz aus. Bei seinem Blick kam ich ins Grübeln. Ging das nicht alles viel zu schnell? Es kam mir so vor, als würden wir uns schon ewig kennen und es machte mir schon etwas Angst, ich wollte nicht enden wie meine Schwester. Auf der anderen Seite war ich nicht wie sie, ich würde nicht völlig überstürzt durchbrennen.

Durchbrennen? Wer redet denn hier von Durchbrennen? Das hier ist Urlaub! Nicht mehr und nicht weniger, also stell dich nicht so an. Wenn er mehr für dich empfindet, ist das doch gut und du kannst es jetzt vielleicht schon herausfinden. Augen zu und durch!

Betty hatte mal wieder recht. Ich war kein Angsthase und was sollte schlimmstenfalls schon passieren? Entweder ging es gut oder nicht und wenn nicht, dann hatte ich es schnell und früh genug herausgefunden, um zu viel Zeit investiert zu haben.

Ich kuschelte mich an Bens Schulter und wir fuhren los. Leider war ich so kaputt vom letzten Tag und der schlaflosen Nacht, dass es nicht lange dauerte und ich an ihn gelehnt einschlief. Ich merkte noch, wie Ben einen Arm um mich legte und mir leicht den meinen streichelte, dann war ich eingeschlummert.

„Aufwachen, kleine Schlafmütze."

Vorsichtig schob Ben mich von sich weg und küsste mich leicht auf die Stirn.

„Wir sind angekommen, Kleines. Du musst jetzt aufwachen." Verschlafen rieb ich mir die Augen und streckte mich erst mal. „Oh je, ich bin eingeschlafen, dass tut mir so leid!" Erst jetzt bemerkte ich, dass mein Mundwinkel nass war und sah den großen Sabberfleck auf Bens Hemd.

„Und ich hab gesabbert? Gott, wie peinlich! Wieso hast du mich nicht eher geweckt oder mich auf die andere Seite geschoben? Das ist mir so peinlich!!!" Ich lief hochrot an, dass sah man sogar durch mein Make-up hindurch, aber Ben lachte nur. Kein hämisches Lachen, sondern ein offenes, ehrliches.

„Ach, Rotschopf, du sahst so süß aus und ich habe deine Nähe und Wärme genossen, ich konnte dich nicht wecken! Und der Sabberfleck? Der trocknet wieder. Ist nicht so schlimm, die meisten Menschen sabbern." Wieder sah er mich so warmherzig an, dass ich nicht anders konnte und mitlachte.

Betty hingegen war vor Scham tatsächlich im Erdboden versunken, mitsamt ihren Koffern.

„Also, wo sind wir hier?" Gespannt sah ich mich um und wollte schon aus dem Auto steigen, aber Ben hielt mich zurück.

„Moment." Er stieg aus, rannte ums Auto und hielt mir die Tür auf. „Vielen Dank, der Herr." Ich schenkte ihm ein Lächeln und sah mich wieder um.

„Wir sind in Wisconsin, Whitefish Bay am Lake Michigan. Etwas weiter außerhalb vom Ort gibt es eine Touristenstadt, die den 50er-Jahren nachgebaut ist, und zwar komplett. Überraschung!" Ben schaute mich zappelig an und wartete auf meine Reaktion. Ich hingegen schaute ihn verblüfft an, bevor ich ihm wahrhaftig um den Hals fiel.

„Komplett alles ist wie in den 50er-Jahren? Das ist ja so was von cool!" Ich war total überwältigt und brachte kein weiteres Wort mehr hervor.

„Deswegen auch der Wagen? Aber woher ..."

„Woher ich das wusste? Naja, Liz sagte mir, dass ihr an eurem Oldie-Abend meist eure eigenen Klamotten tragt und als ich mich mit George unterhalten habe, rutschte ihm raus, dass du auf die Zeit total abfährst, daher kam mir dieser Gedanke. Ich war bisher noch nie in diesem extra aufgebauten Dorf gewesen, aber ich finde, es ist einen Trip wert. Und sollte es uns nicht gefallen, gibt es hier in Whitefish Bay auch genug anderes, was wir unternehmen können. Der Strand ist toll hier, man kann spazieren gehen und sich erholen, oder wir fahren einfach weiter ..." Ben redete so begeistert von allem hier, dass ich nicht anders konnte, als ihn stürmisch zu küssen. Wären wir nicht auf der Straße gewesen, hätte ich mich komplett vergessen. Als nächstes checkten wir in unserer Unterkunft ein und bezogen unser Zimmer. Ben hatte nicht reserviert, weil er nicht wusste, ob ich nicht lieber ein Einzelzimmer wollte, aber zum Teufel, nein! Dieser Mann war großartig und ich wollte jede Sekunde bei ihm sein.

Nachdem wir uns erfrischt hatten und die Koffer halbwegs ausgepackt waren, spazierten wir etwas umher und erkundeten die Gegend. Wir kamen zum Strand, der wirklich toll war und entdeckten ein kleines Fischrestaurant, in welchem wir später noch zu Abend aßen.

Am nächsten Tag machten wir uns gestärkt und ausgeruht auf den Weg ins Dorf. Vor dem Eingang war in großen Buchstaben „Fifties Area" zu lesen. War ja passend. Meine Freude steigerte sich immer weiter und ich zog Ben hinter mir her, um schnellstmöglich alles ansehen zu können. Sie hatten wirklich alles, von Autos über Tankstellen, Diner, Friseursalons, Geschäfte, bis hin zu Tanzlokalen und Autokino. Aus den Lokalen hörte man Musik, natürlich nur Oldies aus den 50er-Jahren. Es war alles so aufregend und faszinierend. Die Leute liefen in der Kleidung von damals herum und auch die Frisuren waren wie früher. Die Preise waren allerdings der Neuzeit angepasst. Wir liefen etwas umher und aßen dann in einem Diner zu Mittag, bevor wir nachmittags zum Shoppen gingen. Und ich shoppte wie eine Weltmeisterin, neue Kleider und Röcke mit passenden Oberteilen und Schuhen und natürlich jede Menge Accessoires. Am Ende glühten nicht nur unsere Füße, sondern auch Bens Kreditkarte, denn er bestand darauf zu zahlen, egal um was es ging. Ich wehrte mich bei jedem Mal aufs Neue, schließlich wollte ich ihn nicht ausnutzen. Irgendwann, nach ständig endlosen Diskussionen, gab ich auf und genoss es einfach, so umsorgt zu werden.

Betty hatte nur noch Dollarzeichen in den Augen und fächelte sich mit einem großen Fächer theatralisch Luft zu, während hinter ihr mindestens drei Männer, vollgepackt mit Taschen und Schachteln, liefen.

Ich fühlte mich dort so heimisch, dass ich gar nicht merkte, wie schnell die Tage vergingen. Freitagabend war große Tanzveranstaltung im Dorf, quasi eine riesige Party mitten auf der Straße. Die Musik war berauschend. Es wurden Bing Crosby, Dean Martin, Ames Brothers und natürlich der King, Elvis Presley, gespielt. Ben und ich tanzten, bis uns die Füße wehtaten. Er konnte richtig gut tanzen, sogar etwas Rock'n'Roll. Ich war total erstaunt und begeistert zugleich, und er sagte mir immer wieder, wie hübsch ich in meinem neuen blauen Tellerkleid aussah.

Als das Fest, leider viel zu früh, zu Ende war, suchten wir noch einen Club in der Nähe auf. Dieser hatte 2 Ebenen. In der ersten wurden aktuelle Songs aus den Charts gespielt und in der zweiten liefen Songs von den 70ern bis zu den 90ern. Vor der nächsten Tanzrunde tranken wir ein paar Cocktails an der Bar und redeten und lachten. Bens Stimmung war so unbeschwert und es fühlte sich alles richtig an. Wir gingen auf Ebene 2, um noch etwas zu tanzen, als der DJ eines meiner Lieblingslieder auflegte: „The Time of My Life" von Bill Medley und Jennifer Warnes aus dem Film „Dirty Dancing". Dieser Film war der Grund, warum ich Tanzen gelernt hatte. Ich liebte ihn und dieses Lied am allermeisten.

Meine Augen begannen zu leuchten, und dann kam Ben auf mich zu und flüsterte mir ins Ohr:

„Mein Baby gehört zu mir, ist das klar." Mein Herz setzte aus, und ich bekam einen Augenblick lang keine Luft mehr. Er hatte es gesagt, das Zitat aus dem Film, ohne dass ich ihn darauf hingewiesen hatte. Oder hatte ich von dem Film schon mal was erwähnt? Ich hatte keine Ahnung. In diesem Moment gab es kein Zurück mehr. Ich hatte mich in Ben verliebt, unwiderruflich! Ich küsste ihn glücklich und schmiegte mich ganz eng an ihn. So tanzten wir noch circa drei Lieder lang, bis wir dann zurück zu unserem Hotel gingen.

Als sich hinter mir die Tür schloss, kam Ben ganz nah zu mir, drückte mich leicht dagegen und fing an, mir den Nacken zu küssen. Seine Hände wanderten über meine Schultern runter zu meinen Brüsten, die er leicht durch das Kleid knetete, und dann weiter zu meinem Bauch und über meine Hüften.

„Wollen wir das nicht aufs Bad verlegen?", flüsterte ich schon etwas heiser, da meine Lust geweckt war und mein Verlangen sich steigerte. Ben drehte mich um und in seinen Augen loderte bereits pure Leidenschaft. Er machte mir den Reißverschluss auf und streifte das Kleid über die Schultern, das prompt zu Boden fiel. Er half mir, darüberzusteigen und zog mich unter nicht enden wollenden Küssen Richtung Badezimmer. Ich knöpfte sein Hemd auf und tat es ihm gleich. Es landete in irgendeiner Ecke des Zimmers, aber das war mir im Moment egal. Ich wollte nur noch diesen Mann spüren, und mein Körper auch. Er schien sich regelrecht selbstständig zu machen. Ich legte meine Hände an seine Brust und schob ihn ins Bad. Dort entledigte ich ihn noch von der restlichen Kleidung, allerdings nicht sonderlich anmutig. Ich riss ihm buchstäblich die Kleider vom Leib. Er allerdings hatte es nicht so eilig.

Er küsste mich wieder am Hals und dann zur Schulter, wo er zuerst einen Träger meines BHs nach unten schob, dann küsste er sich über das Schlüsselbein zur anderen Seite und schob dort den Träger nach unten, bevor seine Hände zu meinem Rücken wanderten, um dort den Verschluss zu öffnen. Während mein BH auf den Boden flog, ging Ben in die Knie und liebkoste, neckte und knetete meine Brüste. Meine Brustwarzen streckten sich ihm einladend entgegen. Seine Berührung hinterließ eine heiße Spur auf meiner Haut, während er sich weiter abwärts zu meinem Höschen vorarbeitete. Auch dort ließ er sich quälend lange Zeit. Ich konnte es nicht mehr erwarten und zog ihn an seinem Kopf wieder nach oben, um ihn erneut stürmisch und voller Begierde zu küssen.

Meine Zunge drang in seinen Mund ein und spielte mit seiner. Ich war so im Rausch, dass ich erst bemerkte, dass er das Wasser angeschaltet hatte, als er mich unter den Strahl der Dusche stellte. Im ersten Moment gab mir das Wasser einen kleinen Dämpfer, aber nach ein paar Sekunden hatte ich mich schon wieder gefangen. Es war herrlich warm, genau richtig und so angenehm. Ben kam zu mir und hatte bereits einen Schwamm in der Hand.

Er stellte sich hinter mich und seifte mir die Brüste und den Bauch ein. Ich legte meinen Kopf nach hinten an seinen Hals und schloss die Augen. Seine Berührung fühlte sich so gut an. Ich drückte mich fester an ihn und spürte seine Erektion an meinem Po. Seine Hand wanderte zusammen mit dem Schwamm zu meiner empfindlichsten Stelle zwischen meinen Beinen, bevor er mich ruckartig umdrehte und mir den Rücken einseifte. Ich drängte mich an ihn und mein mit Seife bedeckter Körper rieb sich an seinem, auf und ab und auf und ab. Ich wand mich dazu leicht, als wäre er eine Stange, an der Stripperinnen sich räkelten.

Als ich zu seiner Erektion kam, reagierte ich instinktiv. Ich nahm seinen Großen zwischen meine Brüste und rieb ihn auf und ab. Ben warf den Kopf in den Nacken und stöhnte auf. Als seine Spitze das nächste Mal zwischen meinen Brüsten zum Vorschein kam, nahm ich sie sanft in den Mund und spielte mit meiner Zunge daran. Bens Stöhnen ging in ein Keuchen über, während er versuchte, nicht die Kontrolle zu verlieren.

„Okay, das genügt!", knurrte er schon fast. Er spülte schnell die restliche Seife von uns ab, dann hob er mich hoch, sodass ich seine Eichel an meinem Eingang spüren konnte, drang aber nicht ein. Ich wand mich in seinen Armen, um etwas tiefer zu kommen, aber ich war nicht stark genug.

Vor dem Bett setzte mich Ben ab, drehte mich wieder mit dem Rücken zu sich. Er machte das Radio leise an und es lief gerade von Jason Derulo: „Want to Want Me".

„Beug dich nach vorne aufs Bett", raunte er mir zu. Ich tat wie mir geheißen, voller Erwartung dessen, was jetzt kam. Ben strich mit den Händen meinen Rücken entlang zu meinem Po und knetete ihn, bevor seine Finger mein Lustzentrum fanden. Ich stöhnte und wand mich unter seinen Händen. Ich wollte ihn endlich spüren, tief in mir.

„Ich möchte dir alles geben. Alles, was du brauchst! ... and if you want me, girl you got me, there's nothing I wouldn't do, no I wouldn't do, just to get up next to you ..." er sang leise den Song mit und dann spürte ich ihn endlich in mir. Er drang vorsichtig in mich ein und steigerte so meine Lust noch mehr. Ich krallte meine Hände in das Bett und keuchte auf. Ben fasste mich an den Hüften und stieß etwas fester zu.

„Du bist so eng, Rotschopf. Ich muss mich jedes Mal so zurückhalten, um nicht vorzeitig abzuspritzen." Er versetzte mir einen Klaps auf den Po und ich quiekte auf. Nicht vor Schmerz, sondern weil es sich gut anfühlte. Noch nie hatte ein Mann mich so genommen wie er. Er gab mir noch einen Klaps und erhöhte gleichzeitig sein Tempo. Ich fing leise zu wimmern an, da sich in meiner Körpermitte ein Sturm zusammenbraute, dessen Entladung nicht mehr allzu lange auf sich warten ließ.

Ben beugte sich zu mir vor und fasste in meine Haare. Er zog vorsichtig daran, sodass ich den Kopf heben musste und leicht in den Nacken legte.

„So, Süße, und jetzt wirst du für mich kommen." Er lehnte sich wieder zurück, meine Haare noch in der einen Hand, und packte mit der anderen fest meine Hüfte. Er stieß hart und schnell zu und ich japste nur noch nach Luft.

Wir waren beide kurz vor dem Höhepunkt, als Ben herausschrie:

„Ich liebe dich, Aurelie!" Wir kamen relativ gleichzeitig, doch bevor ich realisieren konnte, was er eben gesagt hatte, machte sich mein Mund selbstständig.

„Ich liebe dich auch, Ben." Vor Überraschung über das, was ich gerade gesagt hatte, schlug ich mir die Hand vor den Mund und die wohligen Wellen des Orgasmus ebbten schneller ab, als mir lieb war. Ben hob mich hoch und drehte mich zu sich, sodass ich ihm ins Gesicht schauen konnte. Seine Augen glitzerten feucht und waren voller Liebe.

„Du liebst mich?"

„Nun ja, ich habe mich in dich verliebt, ja", gestand ich ihm. Er hob mich hoch und wirbelte mich vor Freude durch die Luft. Dass wir beide nackt dabei waren, störte ihn nicht im Geringsten. Er küsste mich wild und sanft zugleich.

„Ich hatte so gehofft, dass du das auch sagen würdest." Mit einem breiten Lächeln sah er mich an, bevor er mich wieder küsste. Danach legten wir uns ins Bett, fest aneinander gekuschelt und schliefen ein.

Kapitel 10

Die Woche war so schnell rum, dass ich gar nicht hinterher kam. Als wir Sonntagmittag wieder heimfuhren, wurde ich ganz melancholisch. Ich wollte hier nicht weg. Hier war unser kleines Nest. Während ich mich wieder an Bens Schulter im Auto lehnte, dachte ich über die Woche nach und über das, was alles passiert war. Die Spaziergänge und Sonnenuntergänge am Strand natürlich und vor allem die „Fifties Area". Die Nacht als er meinen Lieblingsfilm zitierte und wir uns sagten, dass wir uns liebten. Ich lächelte und blickte Ben zärtlich an. Dieser Mann gehörte jetzt wirklich mir, wie wundervoll, ich konnte es noch immer nicht glauben.

Leider holte uns die Realität viel zu schnell wieder ein. Mein Urlaub war zu Ende und ich musste wieder in die Arbeit. Ben tat jedoch alles, um mir die Tage zu versüßen.
Er kam jeden Tag in die Bar, während ich Schicht hatte und so langsam schien es die anderen zu nerven, wenn wir zwischendurch turtelten und flirteten. Als ich Donnerstagabend nach Hause kam, war meine Wohnung voller roter Rosen. Ich war total perplex. Beim ersten Strauß steckte eine Karte von Ben mit drin:

Eine kleine Überraschung für meinen süßen Rotschopf. Hoffe, du hattest einen schönen Tag. Dein Ben xx

Ich drückte die Karte an mich, seufze glücklich und schaute mich noch mal um. Das mussten an die 20 Sträuße mit jeweils 10 Rosen und Grünzeug sein. Wow, das musste wahnsinnig teuer gewesen sein. Und wie kamen die überhaupt in die Wohnung? Da steckte sicher Georgie mit im Spiel. Der war ja auch so ein Romantiker. Ich schnupperte an der ersten Rose und blickte mich dann um. Oh je, wo sollte ich die nur alle hinstellen? So verteilt konnten sie nicht bleiben, und alle auf einem Fleck fand ich auch nicht gut. Sollte ich ein paar verschenken?

Betty schüttelte entrüstet den Kopf. *So was verschenkt man doch nicht!! Bist du irre? Tz, also mal ehrlich, weißt du denn gar nichts zu schätzen?*

Natürlich wusste ich die Blumen zu schätzen, aber meine Wohnung war einfach zu klein für so viele Rosensträuße.

Ich rief Ben erst mal auf dem Handy an und bedankte mich. Prompt lud er mich für Freitag zum Essen ein. Er meinte, es wäre ein neu aufgemachtes Restaurant und es wäre schon seit Monaten ausgebucht. Er freute sich wie ein kleines Kind, daher konnte ich die Einladung nicht abschlagen. Etwas mulmig wurde mir, nachdem wir aufgelegt hatten, dann aber doch. Woher hatte er nur so viel Geld? Verdient man als Songwriter wirklich so viel? Ich konnte mich doch nicht die ganze Zeit aushalten lassen. Ich musste allerdings auch zugeben, dass ich gern verwöhnt wurde. Die meisten meiner Bekanntschaften hielten davon nicht viel.

Freitagabend raste ich nach der Arbeit nach Hause, warf alles von mir, hüpfte unter die Dusche und erneuerte mein Make-up. Gerade als ich aus dem Badezimmer kam, klingelte es an der Tür. Gut, dass ich meinen Bademantel angezogen hatte. Ich öffnete und draußen stand ein Kurier mit einer großen Schachtel.

„Aurelie Buffay?"

„Ja, bitte?" Ich suchte verwundert den Gang rechts und links ab.

„Das hier ist für Sie, von Ben."

„Oh, danke schön." Ich schloss die Tür. Was war das denn jetzt schon wieder? Und wieder genau dann, als ich aus dem Bad kam und wer hat diesmal die Haustür geöffnet? Ich öffnete die Schachtel und fand darin eine Karte und ein traumhaft schönes, enganliegendes Kleid vor.

Liebe Aurelie, ich weiß, ich soll dich nicht so verwöhnen, aber ich sah dieses Kleid und wusste, es würde nur dir stehen. Bitte zieh es doch gleich zum Abendessen an. Ich warte auf dich.
Dein Ben xx

Das Kleid war so exquisit, dass ich mich nicht über Ben ärgern konnte. Ich schlüpfte hinein und es passte wie angegossen. Es war schwarz, reichte bis zu den Knien und hatte etwas Spitze am Saum. Oben herum war es mit Spaghetti-Trägern ausgestattet, und das Dekolleté war mit weißen Perlen verziert. Es brachte meine Brüste und auch den Rest meiner Figur optimal zur Geltung. Als ich fertig zum Ausgehen war, wollte ich Ben gerade anrufen und ihm sagen, dass ich vor dem Haus auf ihn warten würde. Doch als ich meine Wohnungstür öffnete, stand er schon davor und sah mich mit einem bewundernden Lächeln an. Seine Augen leuchteten.

„Ich wusste, dass es dir stehen würde."

„Ben? Äh, wie bist du denn ins Haus gekommen?"

„Du siehst so fantastisch aus, dass ich fast befürchte, ich kann dich so nicht auf die Straße lassen! Du verursachst sicher eine Massenkarambolage!" Ich kicherte wie ein kleines Mädchen und die Frage, wie er ins Haus kam, war bereits schon wieder vergessen.

Betty hatte nicht nur ein festliches Kleid an, nein, sie hatte auch noch ein Krönchen auf dem Kopf und ein Zepter in der Hand. Sie fühlte sich wie eine Prinzessin.

Ben sah allerdings auch nicht schlecht aus. Er trug einen schwarzen Anzug mit weißem Hemd und schwarzer Fliege. Er sah umwerfend aus. War der Anzug maßgeschneidert, oder hatte er das Glück, einen gefunden zu haben, der wirklich so perfekt passte? Er schien sich wohl darin zu fühlen, so, als würde er so etwas jeden Tag tragen ... Ich starrte ihn eine Zeit lang an und zog ihn förmlich mit den Augen aus, als Ben mich aus meinem Tagtraum befreite und mir eine Hand reichte.
„Wollen wir?"
Er führte mich zum Auto und wir genossen still die Fahrt zum Restaurant.
„Jetzt sag mir doch mal, wie du in diesem Nobelschuppen einen Tisch ergattern konntest? Und du kannst dir das wirklich leisten?" Ich sah ihn doch etwas besorgt an, denn ich konnte mir das nicht leisten.
„Mach dir doch über Geld bitte keine Sorgen. Ich leg dir gern die Welt zu Füßen. Egal, was es kostet. Und was den Nobelschuppen angeht, in meiner Branche hat man Beziehungen!" Er blickte mich verschwörerisch an. Als wir angekommen waren, machte ich große Augen. Es gab sogar einen Parkservice. Ich war noch nie in einem so teuren Restaurant gewesen und kam mir etwas fehl am Platz vor.

Zum Glück fiel es in diesem schicken Kleid nicht weiter auf, dass ich sonst nicht in solchen Kreisen verkehrte.

Ben begrüßte den Türsteher mit Handschlag und die Dame vom Empfang begleitete uns zu unserem Tisch. Die Speisekarte war so exklusiv, dass nicht mal Preise hinter den Gerichten standen.

„Man, hier sind wohl nur Leute, für die Geld echt keine Rolle spielt, oder?!", flüsterte ich Ben zu. Ich wusste nicht, was ich bestellten sollte, da ich ja auch nicht wusste, wie viel das Ganze hier kostete.

„Jetzt entspann dich doch mal. Bestell dir, was du willst. Heute Abend ist es egal. Und wenn es eine Million Dollar kostet, ist es auch egal. Ich möchte einen tollen Abend mit dir verbringen. Lass uns essen und Spaß haben und das Ambiente genießen!"

Ben sah mich beruhigend aus diesen blaugrünen Augen, die bei dem leicht schummrigen Licht sehr gut zu Geltung kamen, an und setzte ein so zuckersüßes Lächeln auf, dass ich fast dahingeschmolzen wäre. Ich bestellte Fisch, der hoffentlich nicht all zu teuer war und Ben aß Steak. Als Nachtisch bestellte er eine Auswahl an verschiedenen Kuchen und Cremes. Ich schlemmte, bis ich dachte, ich müsste platzen. Das war natürlich nicht sehr damenhaft, aber es schmeckte alles so gut, und Ben schien es nichts auszumachen.

Im Gegenteil, er amüsierte sich königlich.

„Komm mit, ich möchte dir was zeigen."

„Zeigen? Was denn?", brachte ich vor dem letzten Bissen heraus.

„Das wirst du gleich sehen." Wieder umspielte ein Lächeln seine Lippen und er streckte mir seine Hand entgegen, welche ich sehr gerne annahm.

Er führte mich aus dem Restaurant heraus auf die Terrasse. Dort war ein beleuchteter Garten zu sehen, in dem sich bereits einige Gäste tummelten. Rechts war ein DJ-Pult aufgebaut, und es wurde leise Musik gespielt. Weiter hinten entdeckte ich einen Pavillon, der gleichzeitig als Tanzfläche diente.

„Darf ich bitten?" Ben zeigte mit einer Bewegung auf den Pavillon. Meine Augen weiteten sich vor Freude und ich nickte heftig.

„Aber klar, ich bin zwar total vollgefressen, aber gegen ein Tänzchen hab ich nichts einzuwenden." Ich küsste ihn leicht, bevor wir uns auf die Tanzfläche begaben und dann eng umschlungen anfingen, uns zu bewegen.

„Wo hast du eigentlich gelernt, so zu tanzen?", fragte ich an seine Schulter gelehnt.

„Ich hatte Tanzunterricht. Und wenn ich etwas beginne, treibt mich der Ehrgeiz, bis ich es beherrsche." Die Antwort fiel etwas kühl aus, was mir aber nicht auffiel. Was ich allerdings wahrnahm, waren seine Arme. Er schien in letzter Zeit viel trainiert zu haben, wobei ich mich fragte, wann er dafür noch Zeit hatte. Denn schließlich war er entweder im Studio oder bei mir, oder bei mir im Reggies. Ich fühlte noch mal seinen Oberarm.

Und ja, definitiv muskulöser.

„Wann findest du denn noch Zeit zum Trainieren?" Ich blickte ihn erstaunt an.

„Wenn man will, findet sich für alles immer ein wenig Zeit." Er küsste mich auf die Stirn und wirbelte mich plötzlich im Kreis umher. Ich hatte gar nicht bemerkt, dass der DJ jetzt schnellere Lieder spielte. Ich lachte auf und ließ mich nur zu gern führen und umher drehen. Wir tanzen eine ganze Weile, bevor wir uns noch einen Drink an der Bar genehmigten. Dieses Restaurant glich eher einem Country-Club.

Überall gab es Räume und neue Details zu entdecken. Spät nachts fuhr Ben uns nach Hause. Ich war glücklich und so müde, dass ich kaum meine Augen offen halten konnte.

„Können wir diesmal nicht zu dir fahren? Ich weiß noch nicht mal, wo du wohnst", stammelte ich zwischen zwei Gähnern. „Ein andermal, du bist ja total müde und würdest jetzt eh nicht viel davon sehen. Zumal auch nicht wirklich aufgeräumt ist, da lass ich erst jemanden rein, wenn die Reinigungsfirma da war." Mit einem Mal war ich hellwach.

„Du hast eine Reinigungsfirma? Man, die scheinen bei Chess Records ja echt gut zu bezahlen."
Ich redete eigentlich mehr mit mir selbst als mit Ben und kratzte mir nachdenklich die Stirn.

„Nein, nein, so ist das nicht. Die Putzfrau wird von der Hausverwaltung gestellt", versuchte Ben mich zu beruhigen. Das ging allerdings nach hinten los, denn ich wurde nur noch deprimierter.

„Der Hausverwaltung? Sag mal, dass muss ja eine echt schicke Wohngegend sein. Bei mir gibt es so was nicht. Womit wir wieder bei deiner Arbeit wären, und dass du wohl echt viel verdienst. Kein Wunder, dass ich noch nicht bei dir war. Ich. Eine normale Kellnerin ..." bedrückt lehnte ich mich an die Fensterscheibe.

„Nein, um Gottes Willen, du solltest vielleicht nicht mehr so viel trinken, das macht dich ja ganz kirre im Kopf! Lass uns von was anderem reden, morgen sieht die Welt schon wieder anders aus und dein Job ist ja nur vorübergehend. Gleich nächste Woche können wir uns ja überlegen, wie du auch einen Job in der Musikbranche bekommst." Zärtlich fuhr er mir durch die Haare. Das war so beruhigend, dass ich wieder müde wurde und als wir vor meinem Haus waren, konnte ich meine Augen nicht mehr offen halten. Ben trug mich in die Wohnung, zog mich aus und legte mich ins Bett. Als er mich zudeckte, gab er mir noch einen unschuldigen Kuss auf die Wange und die Stirn und verabschiedete sich.

Als ich am nächsten Tag aufwachte, war alles etwas verschwommen und ich hatte einen leichten Filmriss. Hatte ich tatsächlich so viel getrunken? Das konnte ich mir nicht vorstellen. Da jetzt aber auch mein Kopf zu dröhnen anfing, musste es wohl doch so gewesen sein. Ich schlurfte ins Bad, um mich etwas frisch zu machen, aber als ich mein Spiegelbild sah, wurde mir nur noch schlechter. Wie sah ich denn aus? Ich sollte eigentlich grausig aussehen, wirres Haar, verschmierte Schminke im Gesicht, rote Augen. Stattdessen, schien mein Haar frisch gekämmt zu sein und in meinem Gesicht war kein bisschen Make-up zu sehen. Mir blickte ein Sommersprossen-Gesicht mit leicht rötlichen Augen entgegen, das nicht so wirkte, als hätte ich letzte Nacht zu viel getrunken.

„Wie ist das möglich?", flüsterte ich zu mir selbst.

Betty lag noch schnarchend mit ihrer Augenmaske im Bett und bekam von dem Ganzen nichts mit.

Ich kämmte meine Haare noch mal, spritzte mir etwas Wasser ins Gesicht und ging in die Küche. Auf dem Tisch fand ich zwei Schmerztabletten und ein Glas Wasser mit einer Notiz von Ben.

Morgen Rotschopf,
es tut mir leid, ich hätte dich nicht so viel trinken lassen sollen, aber du warst so süß. Als Entschädigung hast du hier schon mal einen kleinen

*Muntermacher, der gleichzeitig gut für deinen Kopf ist.
Melde dich, wenn du wach bist.
Dein Ben xx*

Wie aufmerksam er doch war, wobei ich ohne ihn gar nicht erst in diese Situation geraten wäre. Normalerweise trank ich nicht so viel, aber jetzt war es nun mal so und ich musste das Beste daraus machen. Ich nahm die Tabletten und schaute auf die Uhr. Es war kurz nach elf Uhr. Man, ich hatte echt lang geschlafen, entsetzt schaute ich noch mal auf die Uhr. Vielleicht hatte ich ja Sehstörungen. Nope, definitiv nicht. Was muss das für ein bombastischer Abend gewesen sein. Ich konnte mich nur dunkel erinnern, an das Essen, den Tanz und ... Und dann an nichts mehr, weder an die Drinks noch wie wir nach Hause kamen oder wie ich ins Bett gekommen war, geschweige denn, dass ich mich abgeschminkt hätte.
Ich angelte mein Handy von der Anrichte und schrieb Ben.

> ✉ Hallo mein Süßer. Bist du schon wach? Ich wollte dir für das schöne Kleid und den Abend danken. Es war wirklich fantastisch. Leider kann ich mich nicht mehr an alles erinnern. Tatsächlich ist nach dem Tanzen Schluss. Hast du mich ins Bett gebracht?

> ✉ Morgen Sonnenschein. Der Abend war großartig! Und ja, ich hätte dich nicht so viel trinken lassen dürfen, es tut mir leid, aber ich war selbst auch beschwipst. Ich habe uns ein Taxi rufen lassen und dich ins Bett gebracht. Ich hab dich auch abgeschminkt und siehe da, es kam eine ganz andere Aurelie zum Vorschein. ;-)

✉ Äh, ja. Eine, die du gar nicht oder nur selten zu Gesicht bekommen wirst. :-P Abschminken hättest du mich aber nicht müssen. Ich verwende da immer ein spezielles Produkt, da ich sonst sofort Pickel kriege. Aber danke trotzdem, nächstes Mal mache ich es wieder selbst.

✉ Ich habe die Creme das aus deinem Bad genommen. War das falsch? Wollen wir Nachmittag etwas unternehmen?

✉ Aus dem Bad? Nein, das war schon richtig, danke. Aber nach Unternehmungen ist mir heute, glaube ich, nicht. Ich muss mich ausruhen, damit ich Montag wieder fit für die Arbeit bin.

✉ Oh, okay. Wir könnten auch einen Film zu Hause gucken oder so?

✉ Ja, das hört sich besser an. Muss jetzt erst aber noch einkaufen. Soll ich zu dir kommen?

✉ NEIN! Nein, ich meine, ich könnte dir doch beim Einkaufen helfen? Dann musst du nicht alles alleine tragen.

✉ Ach, das geht schon. Dann sehen wir uns gegen 16:00 Uhr?

✉ Okay, wenn es nicht früher geht. Klar, bis später. :-)

✉ Bis später, Bussi. :-)

Er hatte mich abgeschminkt? Ich wusste nicht recht, was ich davon halten sollte. Ich ging noch mal ins Bad, da ich damit rechnete, dass er meine Sachen nicht wieder aufgeräumt hatte.

Auf dem Weg zurück grübelte ich darüber, dass mir das vorher nicht aufgefallen ist, obwohl ich doch so ein Ordnungsfanatiker war. Im Bad schaute ich mich um, entdeckte aber nichts, was nicht an seinem Platz war. Ich öffnete den Spiegelschrank und fand meine Abschminkcreme genau an dem Platz vor, an dem sie sonst auch stand. Er hatte sie also doch weggeräumt, und nicht irgendwohin, sondern genau an denselben Platz zurück, wo sie vorher stand! Okay? Ich fand das etwas merkwürdig, kannte ich doch bisher keinen Mann, der so aufgeräumt hätte.

Inzwischen wurde auch Betty wach. Sie gähnte herzhaft und wurde dann etwas hysterisch, weil sie nicht mehr sehen konnte. Sie fuchtelte wild mit den Armen rum und schrie wie am Spieß. Schließlich fiel ihr dann doch noch ein, dass sie ja ihre Schlafmaske nicht abgenommen hatte.

Ich kicherte etwas, was mir natürlich gleich einen bösen Blick einbrachte. Sie war allerdings genauso angeschlagen wie ich und wankte beim Aufstehen. Nach einem kurzen Schluck Wasser beschloss sie, wieder ins Bett zu gehen. Kaum dass sie lag, fing sie auch schon wieder an zu schnarchen. Sie würde sich wohl länger nicht melden.

Fix und fertig vom Vorabend schrieb ich meine Einkaufsliste für kommende Woche, als mein Telefon läutete. Es war George.

„Hey, George."

„Hey, Aurelie! Du klingst ja noch nicht wirklich wach. Hab ich dich etwa geweckt? Um die Zeit?"

„Nein, nein, ich bin wach. Nur etwas verkatert. Ben war mit mir gestern essen. In diesem neuen Nobelschuppen Downtown."

„Waaasss?? Ihr wart im El Salvador? Krass, der Schuppen ist ja auf Monate ausgebucht! Wie seid ihr da reingekommen?"

„Keine Ahnun. Ben meinte nur, er hätte Beziehungen durch die Musikbranche. Ich sag dir, das ist ein piekfeiner Laden. Auf der Speisekarte standen nicht mal Preise für das Essen. Ich hab keine Ahnung, was der Abend gekostet hat, aber sicher nicht wenig." Ich seufzte.

„Ach, mach dir mal keine Sorgen, er wird es schon haben. Wenn er doch so gute Beziehungen hat. Hey, vielleicht kann er mir auch ein paar Karten für das nächste Basketballspiel besorgen?"

„Seit wann stehst du auf Basketball?" Ich schaute fragend das Telefon an und konnte George am anderen Ende glucksen hören.

„Naja, ab und zu geh ich doch mal unter Leute."

„Ach. Seit wann denn das? Moment mal, du hast jemanden kennengelernt, oder?"

Ich musste ihn etwas necken, sonst dachte er noch, ich würde weich werden.

„Hey, dass musst du mir unbedingt morgen beim Brunchen erzählen, aber jetzt muss ich los zum Einkaufen."

„Einkaufen? Wenn du wartest, könnte ich gleich mitkommen. Wenn du möchtest?"

„Klar, warum nicht. Ben kommt erst gegen 16:00 Uhr. Ich kann heute allerdings nicht viel machen. Diese Kopfschmerzen sind echt höllisch. Ich hoffe, die Tabletten wirken bald."

„Okay, dann bis gleich, ich beeil mich."

„Ja, gut, bis gleich."

Ich legte auf und zog mir bequeme Sachen an. Mir war egal, was die anderen dachten, ich konnte mich jetzt nicht aufbrezeln, dazu war ich noch zu fertig.

Der Einkauf mit George verging wie im Flug und er erzählte noch ein bisschen von seiner neuen Bekanntschaft, die er über das Internet kennengelernt hatte. Natürlich bei einem Online-Game.

Als Ben kam, war ich immer noch kaputt vom Einkaufen. „Ich hab doch gesagt, ich helfe dir. Wieso hast du mich nicht helfen lassen?"

„Das ging schon in Ordnung, George hat mir geholfen", erwiderte ich mit einem Schulterzucken.

„George hat dir geholfen?", fragte Ben jetzt etwas überrascht.

„Ja, wir haben telefoniert, und als ich sagte, ich müsste noch einkaufen, kam er vorbei. Er musste auch noch etwas erledigen und hat mir tragen geholfen."

„Ach, so ist das?! Dein Freund darf dir nicht helfen, aber George schon?" Jetzt wurde er etwas patzig und als ich mich zu ihm umdrehte, sah ich in sein wütendes Gesicht.

„Bist du jetzt etwa eifersüchtig? Dazu gibt es keinen Grund! Du weißt doch, George ist wie ein Bruder für mich. Und er wollte mir von seiner neuen Errungenschaft in Sachen Frauen erzählen. Das kommt nicht oft vor!"

Ich gluckste und ging auf Ben zu, um ihm beruhigend die Hände auf die Brust zu legen.

„Du weißt doch, es gibt nur dich für mich." Ich schaute ihn von unter herauf mit einem Unschuldsblick an.

„Entschuldige, das war total blöd von mir. Natürlich kann George dir helfen. Und morgen ist ja auch wieder Brunch angesagt, oder?"

„Ja, sonntags immer. Möchtest ... möchtest du mitkommen?"

„Nein, schon gut, nach gerade eben klingt das so, als ob ich dich nicht aus den Augen lassen würde!" Ben lachte auf und küsste mich dann, aber sein Kuss fühlte sich diesmal besitzergreifend an. Stürmisch und fordernd. Seine Zunge drang in meinen Mund ein und entfachte einen Wirbelsturm, der durch meinen ganzen Körper zu wandern schien.

Meine Lust erwachte, aber mein Körper war einfach noch zu geschwächt von letzter Nacht. Ben schien das zu spüren, denn er löste sich langsam von mir, berührte meine Schultern und streichelte mir sanft über die Wange.

„Na komm, lass uns ausruhen", sagte er sanft und ging mit mir rüber zur Couch.

„Wie kommt es eigentlich, dass du nach gestern so verdammt gut aussiehst und ich wie eine Pennerin?" Ben lachte laut auf, aber es stimmte. Ich betrachtete ihn noch mal, das Haar frisch gewaschen, Gesicht frisch rasiert, keine geschwollenen oder roten Augen. Er sah fit und erholt aus, dabei konnte er unmöglich so lange geschlafen haben wie ich.

„Ich hatte nur nicht ganz so viele Drinks wie du, Honey. Außerdem wirst du nicht glauben, was ein vitaminreiches Frühstück und etwas Sport so alles leisten können." Er zwinkerte mir zu, zog mich dann in seinen Arm und gab mir die Fernbedienung für den Fernseher.

„Ja klar, Sport! Als ob du heute schon Sport gemacht

hättest ..." Ich verdrehte die Augen. Wieder gluckste Ben und verwuschelte meine Haare. Ich quietschte auf und gab ihm einen kleinen Rempler in die Rippen. Dann kuschelte ich mich wieder an seine Schulter.

Es war so bequem auf dem Sofa und im Fernsehen lief nichts Interessantes, sodass ich irgendwann wieder einschlief. Als ich wieder aufwachte, hörte ich, wie Ben sich bei jemandem bedankte und roch den betörenden Duft von Pizza. Er hatte eine große Familienpizza bestellt, mit allem Drum und Dran, genau wie ich es mochte. Wie konnte er mich in dieser kurzen Zeit schon so gut kennen?

Und er hatte auch noch bei meinem Lieblingsladen bestellt. Wahnsinn.

„Gerade wollte ich mein Dornröschen wach küssen. Schade, da bist du mir zuvorgekommen." Ich schmunzelte, ließ mich nach hinten auf die Couch sinken und tat so, als ob ich noch schlafen würde. Ben kicherte und kam zu mir.

„Aufwachen, Dornröschen. Abendessen wartet." Mit diesen geflüsterten Worten küsste er zuerst sanft meine Wange, dann meine Nasenspitze, flüchtig meinen Mund und wanderte schließlich zu meinem Ohrläppchen und meinem Hals. Ich bekam Gänsehaut bis zu den Zehenspitzen. Als ich meine Augen aufschlug, sah ich in sein wunderschönes Gesicht. Das Herz ging mir auf und ich griff nach seinem Gesicht, um ihn wieder zu mir zu ziehen und noch mal mit aller Leidenschaft zu küssen. Leider war der Geruch der Pizza übermächtig und mein Magen knurrte so laut, als würde er sich jeden Moment selbst verspeisen. Entschuldigend lächelte ich Ben an und stürzte mich dann so gar nicht ladylike auf die Pizza.

Den restlichen Abend verbrachten wir lachend und redend vor dem Fernseher und später im Bett. Ben blieb bei mir, achtete aber akribisch darauf, dass ich mich auch wirklich ausruhte und alle meine Annäherungsversuche verliefen im Sand, bis wir schließlich beide einschliefen.

Kapitel 11

Sonntag früh hätte ich schwören können, dass Ben versuchte, mich von meinem Treffen mit George abzubringen. Zuerst wollte er noch mit mir im Bett kuscheln, dann brauchte er ewig im Bad, ich sollte mit unter die Dusche kommen und zum Schluss versuchte er tatsächlich, mir Frühstück zu machen. Ich fand das alles sehr lieb von ihm, auch wenn es mir etwas auf die Nerven ging. Ich fragte ihn noch mal, ob er nicht mitkommen wolle, aber er verneinte. Er müsste noch etwas erledigen. Naja, dann eben nicht.

Brunchen mit George war entspannend wie eh und je, und nachdem es mir nach dem gestrigen Tag voller Ruhe wieder besser ging, konnte ich mich auch wieder ordentlich vollstopfen. Langsam aber sicher musste ich wirklich mit Sport anfangen, bevor ich hier aus allen Nähten zu platzen drohte.

„Sag mal, hast du nicht Lust, nächste Woche etwas mit Ben und mir zu unternehmen? Vielleicht könnten wir ja so was wie ein Doppeldate machen?"

„Ein Doppeldate? Das gab's ja noch nie ..."

George überlegte und rieb sich gedankenverloren über das Kinn.

„Ich glaube, dafür ist es noch zu früh. Stacy und ich müssen uns erst noch besser kennenlernen. Wir hatten ja erst ein Treffen ..."

„Oh, schon gut. Dann kommst du vielleicht mit ins Kino? Du kannst nicht die ganze Zeit zu Hause hocken, du Nerd!"

„He, he, Vorsicht, Sprossi! Ich sitze nicht die ganze Zeit zu Hause. Ich geh auch einkaufen!", war Georgies beleidigte Antwort.

„Okay, dann komm doch morgen Mittag ins Reggies, Ben ist sicher auch da und dann machen wir etwas aus?!" George stöhnte auf, er war nicht gern unter Leuten, was für einen Nerd ja nichts Ungewöhnliches ist, stimmte aber zu. Freudig fiel ich ihm um den Hals und dachte in dem Moment, ein Knurren zu hören. Verwirrt blickte ich mich etwas um.

„Ich glaube, ich fange an zu spinnen. Bildete mir gerade ein, ich hätte ein leises Grollen gehört, als ich dich umarmt habe." George blickte mich merkwürdig von oben nach unten an.

„Jep, du fängst an zu spinnen. Hunde sind hier doch nicht erlaubt ..."

Als ich George zum Abschied noch mal umarmte, fing auch schon mein Handy an zu läuten.

„Lass mich raten, dein Lover?", spottete George, bevor er mir über den Arm strich und sich endgültig verabschiedete. Im Gehen rief er mir noch zu:

„Lass dich nicht in einen goldenen Käfig sperren, Süße!"
In einen Käfig? Ich? Ganz sicher nicht, ich liebte Ben zwar, aber meine Freiheit ließ ich mir nicht nehmen. Ich holte mein Handy aus der Tasche und ging ran.

„Hey, Rotschopf. Störe ich euch noch? Oder seid ihr schon fertig?"

„Ben, du rufst auf die Sekunde passend an, wir haben uns gerade verabschiedet."

„Schön zu hören, ich hol dich ab und dann machen wir noch etwas Schönes, okay? Bis gleich."

Noch bevor ich etwas erwidern konnte, hatte er schon aufgelegt. Es dauerte keine fünf Minuten. War er denn in der Nähe gewesen? Ich stieg ins Auto und Ben brachte mich nach Hause, wo wir überlegten, was wir nachmittags anstellen könnten. Wir spazierten am Nachmittag in der Mall umher bis zum Abendessen, als Ben sich danach relativ schnell verabschiedete. Er ließ mich jetzt nicht wirklich zurück, oder?

„Was ist denn los?", fragte ich sichtlich irritiert.

„Ich hab noch einen Termin, sei nicht sauer, aber der ist wichtig."

„Termin? Sonntagabend? Na, wenn das so ist ... kann ich ja wohl schlecht was dagegen sagen." Ich zog eine Schnute und schmollte.

„Keine Sorge, es ist doch für uns und unsere Zukunft!" Ben berührte sanft meine Wange und dann war er auch schon weg. Ich konnte ihn noch nicht mal küssen zum Abschied. Mit hängenden Schultern ging ich zur Hochbahn, um nach Hause zu fahren. Ben konnte ich diesen Abend nicht mehr erreichen. Das musste ein echt wichtiger Termin sein, sonst meldete er sich immer sofort zurück. Was hatte er noch mal gesagt? Für unsere Zukunft? Wow, das ging schnell ... vielleicht etwas zu schnell? Ich grübelte noch, als ich bereits im Bett lag und träumte dementsprechend nur wirres Zeug.

Die nächste Woche versuchte ich immer wieder vergeblich, Ben dazu zu bewegen, dass er mir das Studio zeigte. Angeblich wären Besucher nicht erlaubt, was ich mir nicht so ganz vorstellen konnte. Ich hatte Frühschicht im Reggies, sodass wir eigentlich die Abende zusammen hätten verbringen können, doch Ben hatte die ganze Woche abends Termine. Es kam mir etwas merkwürdig vor, ich ließ mir aber meine Enttäuschung nur sehr selten anmerken.

Schließlich waren wir erst so kurz zusammen und mussten beide arbeiten. Er schrieb mir, wann immer es ging und beteuerte, dass es bald vorbei wäre.

Auch Georgie meinte, ich sollte dem Ganzen keine zu große Bedeutung beimessen. Aber in meinem Hirn ratterte es. Ich bekam ja auch keine Erklärung dafür, was genau er da machte ... Naja, ich vertrieb mir die Zeit stattdessen mit Fotos ansehen und alten Filmen. Eines Abends traf ich mich mit Rachel, einer alten Freundin aus der Highschool, die ich schon seit Ewigkeiten nicht mehr gesehen hatte. Leider hatten wir uns zu sehr auseinander gelebt und so wurde der Abend nicht ganz so amüsant, wie ich dachte.

Am Wochenende war Ben dafür wieder 100% mein. Freitag, nach meiner Schicht, holte er mich vom Reggies ab und fuhr mit mir in den Park, wo er bereits ein romantisches Picknick hatte vorbereiten lassen. Es war ein warmer Sommerabend und überall hingen Lampions, die nicht nur den Park zierten, sondern auch den Weg zu unserer Picknickdecke.

„Wow, Ben! Das ist ja fantastisch!" Begeistert klatsche ich in die Hände und hüpfte auf und ab.

„Für dich nur das Beste!" Er küsste mich auf die Wange und legte einen Arm um meine Taille.

„Komm, lass uns mal genauer schauen, was es denn Leckeres gibt." Und es gab unheimlich viel! Hähnchen, kleine belegte Brote, Erdbeeren, Rotwein, verschiedene Kuchen, Salate ... Ich traute meinen Augen kaum. Pünktlich meldete sich auch mein Magen, denn ich hatte nichts gegessen, auf Bens Hinweis hin.

Das sah alles so schmackhaft aus, dass mir das Wasser im Mund zusammenlief und ich am liebsten sofort losgelegt hätte. Bens Umarmung hinderte mich allerdings daran.

„Na, nun warte doch noch einen kleinen Moment." Lachend legte er auch noch den zweiten Arm um mich. Ich schlang meine um seinen Hals und blickte ihm tief in die Augen.

„Danke, keiner hat sich bisher so viel Mühe gegeben wie du!"

„Dann warte erst mal ab, der Abend wird nämlich noch besser!" Er blickte mich geheimnisvoll an und dann küssten wir uns lange und ausgiebig. Wir sanken auf die Decke, und natürlich knurrte mein Magen wieder so laut, dass uns beiden ein Kichern entfuhr.

„Schon gut, schon gut. Dein Magen hat gewonnen." Ben gab sich geschlagen, was nicht hieß, dass das Feuer in seinen Augen erlosch. Es glühte das ganze Essen über weiter, und je nachdem, was ich mir gerade in den Mund steckte, glühte es heißer und heller oder etwas dunkler. Als Ben uns das zweite Glas Wein eingegossen hatte, sprang er plötzlich auf, rannte zu einem nahen Busch und holte eine Gitarre heraus. Verwirrt blickte ich ihn an.

„Ich dachte immer, du könntest Klavier spielen ..."

„Ja. Naja Keyboard, das hilft mir beim Komponieren. Gitarre beherrsche ich nicht so gut. Trotzdem habe ich vor etwas längerer Zeit ein Lied für dich geschrieben und die Stimmung passt so gut, dass ich es dir gerne vorspielen möchte."

„Du hast ein Lied für mich geschrieben?" Ich war so gerührt, dass mir fast die Tränen kamen.

Ben setzte sich, stimmte die Gitarre und fing leise an, die ersten Wörter zu singen.

Nach dem ersten Abschnitt sah er mich an, bevor er mit dem Refrain weitermachte. Ich wagte kaum zu atmen, um ja kein einziges Wort zu verpassen und wiegte mich leicht im Takt der Melodie mit.

Ben schloss die Augen und konzentrierte sich voll und ganz auf sein Gitarrenspiel und den Text. Er sang voller Gefühl, Leidenschaft und Hingabe die ersten beiden Strophen und auch wenn er keine klassische Singstimme hatte, so hörte sich alles zusammen einfach fantastisch an.

Er wiederholte den Refrain und sah mich fragend an. Ich nickte ihm aufmunternd zu, er solle doch weitermachen.

Jetzt wurde er lauter und auch sein Spiel wurde intensiver, als er zur Schlussstrophe kam.

Danach sang er den Refrain noch mal, diesmal wieder leiser und ließ den Song dann ohne ein weiteres Wort langsam ausklingen. Sein Atem ging schnell und im ersten Moment konnte er mich nicht ansehen. Es lagen so viele Emotionen auf seinem Gesicht und in diesem Song. Ich wusste nicht, was ich sagen sollte.

Er hatte mein Herz berührt, es klopfte wie wild, als wollte es aus meiner Brust springen. Als er endlich den Blick hob, sah ich Schmerz in seinen Augen.

„Aurelie, diesen Song hab ich geschrieben, drei Tage, nachdem ich dich das erste Mal im Diner gesehen hatte. Ich wollte ihn dir schon öfter vorspielen, aber letztendlich hat mich immer der Mut vorher verlassen. Vom ersten Augenblick an wollte ich, dass du mir gehörst. Ich will dein Held, dein Ein und Alles sein, für immer! Ich liebe dich! So sehr!" Sein Blick wurde weicher, er legte die Gitarre zur Seite und kam näher. Ich konnte mich nicht mehr zurückhalten und schluchzte hemmungslos los. Tränen des Glücks liefen mir über die Wangen. Ich war so gerührt und hatte einen dicken Kloß im Hals, dass ich nur ein gepresstes „Ich liebe dich auch" herausbrachte.

Betty saß bereits in einem See aus Tränen, die ihr links und rechts aus den Augen schossen, wie kleine Springbrunnen.

„Also hat es dir gefallen, ja?"

„Gefallen? Ich liebe es, wie kann ich mir das auf meinen MP3-Player laden?" Ich lachte und Ben zog mich wieder in seine Arme. Ich lag jetzt auf seinem Schoß und küsste ihn verlangend. Wir wollten gerade so richtig loslegen, als uns zwei Polizisten überraschten. Erschrocken fuhren wir auseinander und hoch. Die Polizisten schmunzelten, da wir aber noch alle Klamotten am Leib hatten, wurden wir nur höflich gebeten, den Platz zu säubern und zu verlassen. Als sie weg waren, brachen wir in lautes Gelächter aus. Wir kicherten immer noch, als wir bereits aufgeräumt hatten und auf dem Weg zum Auto waren.

Zu Hause kam ich Ben wieder näher, legte meine Arme um seinen Hals und raunte ihm ins Ohr:

„Weißt du eigentlich, wie sexy Männer mit Gitarre sind?!"

„Wow! Dann sollte ich wohl mehr Gitarre spielen als Keyboard ..." flüsterte er zwischen sanften Küssen.

Unser Verlangen von vorhin wurde wieder entfacht, aber diesmal war es etwas anders. Es fühlte sich tatsächlich wie *Liebe machen* an und nicht nur wie Sex. Wir ließen uns so viel Zeit wie noch nie. Erkundeten den Körper des anderen Zentimeter um Zentimeter und probierten die ganze Nacht verschiedene Stellungen aus. Die Nacht und unser Liebesspiel endeten erst, als bereits die Sonne aufging und den Himmel in ein zartes Rosa tauchte. Ich kuschelte mich an Ben und lauschte seinem stetig langsamer werdenden Herzschlag, was mich letztendlich in den Schlaf begleitete. Ich wachte erst wieder auf, als es schon Samstagmittag war und mir einmal mehr ein köstlicher Duft in die Nase stieg.

Wie schaffte dieser Mann es, immer wieder vor mir aufzuwachen und dann auch noch zu kochen? So tief schlief ich normalerweise nie! Er verblüffte mich immer wieder aufs Neue. Schnell zog ich sein Hemd an, dass ich auf dem Boden liegen sah und ging in die Küche. Ben stand in Shorts am Herd und belegte gerade eine Pizza.

„Uh! Lecker! Ich liebe selbstgemachte Pizza!", raunte ich ihm ins Ohr, während ich mich von hinten an ihn schmiegte und meine Arme zu seinem mittlerweile gut ausgebildeten Sixpack wandern ließ.

„Mahlzeit, Schlafmütze", flüsterte er mir zu.

„Ich weiß nicht, wie du das schaffst, immer vor mir auf zu sein. Das war bei noch keinem so ..." Meine Stimme hatte einen grüblerischen, aber doch belustigten Ton.

„Tja, es ist eben keiner wie ich." Ich hörte sein Lächeln, bevor ich es sah.

„Ich decke schon mal den Tisch." Mit diesen Worten drehte ich mich von ihm weg und sah auf den Tisch, der bereits gedeckt war, mit einem Strauß Blumen in der Mitte. „Was zum ...?" Ich brachte den Satz nicht mehr zu Ende und hörte Ben hinter mir leise lachen.

„Bereits geschehen, Prinzessin." Diesmal kuschelte sich Ben von hinten an mich, legte seinen Kopf auf meine Schulter und betrachtete sein Werk.

„Du bist der Wahnsinn!" Ich drehte mich zu ihm um und küsste ihn ungestüm und hingebungsvoll. Am liebsten hätte ich ihn hier und jetzt auf der Stelle vernascht, aber da sprach mal wieder mein Magen und zwar so extrem laut, dass es mir peinlich war. Ben gluckste und schaute auf die Uhr.

„Zehn Minuten wirst du dich noch gedulden müssen, meine Hübsche."

„Zehn Minuten? Das reicht!" Neckisch zog ich ihm die Unterhose aus und rieb meine Hand an seinem bereits erwachenden Glied. Er sog scharf die Luft ein und machte die Augen zu. Als er sie wieder öffnete, durchbohrte mich sein glühender Blick. Mir wurde heiß und kalt und meine Knie versuchten tatsächlich, schwach zu werden. Filmreif riss er dann sein Hemd auf, das ich ja immer noch anhatte, sodass die Knöpfe absprangen. Ich keuchte auf und in meinem Unterleib brodelte es.

Er hob mich mit Leichtigkeit hoch und setzte mich auf den schön gedeckten Tisch.

„Aber hier ist doch schon ..." Wieder konnte ich meinen Satz nicht beenden, weil Ben in diesem Moment mit einer geschmeidigen Bewegung den Tisch leerfegte und alles in einem großen Getöse auf dem Boden landete. Im nächsten Moment fand ich mich auf dem jetzt freien Tisch liegend wieder und Ben war auch schon über mir.

„Ich bekomme niemals genug von dir! Und wenn du mich hier und jetzt willst, dann tue ich alles dafür, selbst wenn das heißt, Scherben aufzukehren und den Tisch neu zu decken! Ich brauche dich!"

Er sagte diese Worte mit Inbrunst und doch hatte er einen gewissen verzweifelten Unterton, der mir einen leichten Stich im Herzen versetzte. Dann küsste er mich forsch, seine Zunge drang heiß in meinen Mund ein, sodass ich mir leicht überrumpelt vorkam, obwohl ich das Ganze ja angezettelt hatte. Dann küsste er wieder meine Brüste, bis sie hart und steif waren. Sie reckten sich ihm gierig entgegen, genau wie mein Becken. Bens Hand umfing meine empfindliche Liebesknospe, und ich stöhnte auf. Ich legte meine Arme nach hinten und hielt mich dabei am Tischende fest. Ich krallte mich richtiggehend fest, da Ben mittlerweile mit seinem Mund und seiner Zunge meine Perle verwöhnte und ich kaum noch Luft bekam, vor lauter Wellen des Glücks. Meine Lust war bereits so weit gesteigert, dass nicht mehr viel gefehlt hätte zu meinem Höhepunkt, doch Ben war gemein und hörte kurz vorher auf. Er kannte meinen Körper schon so genau, dass er wusste, wann er aufhören musste, um mich damit zu quälen.

In dem Moment, ich war schon völlig in anderen Sphären, klingelte die Eieruhr und unser Frühstück/Mittagessen war fertig. „So, mein hübscher Rotschopf, ich denke, dein Körper ist jetzt wach genug, um essen zu können." Er sagte dies mit einer honigsüßen Stimme, konnte aber ein Kichern nicht unterdrücken.

Ich riss die Augen auf.

„WAS? Das ist doch jetzt nicht dein Ernst!" Schmollend setzte ich mich auf.

„Doch Süße, ich brauche nach letzter Nacht eine kleine Verschnaufpause. Ich hoffe, du bist nicht zu enttäuscht, sonst macht meine Zunge natürlich gleich weiter!" Fragend und mit einem amüsierten Lächeln blickte er mich an.

Betty zog enttäuscht ihr Negligé aus und stapfte ins Bad, um sich anzuziehen.

„Nein, schon gut. Das war ja auch wirklich der Wahnsinn letzte Nacht!" Ich konnte nicht anders und fing an zu strahlen, während mein Gesicht eine leichte Röte bekam. Wir zogen uns beide wieder an und genossen leise, ich eher schnell und gierig, die Pizza.

„Wenn du mir sagst, was du außer Pizza noch gern isst, dann könnte ich uns noch etwas anderes zaubern. Für morgen Mittag vielleicht?"

„Morgen brauchst du nicht kochen. Ich bin doch beim Brunchen mit George", klärte ich ihn noch mal mit vollem Mund und schmatzend auf.

„Ach ja … Brunch mit George, wie jeden Sonntag …"
Seine Stimme hatte für einen Augenblick einen genervten Unterton, der sofort wieder weg war, als er einen neuen Versuch startete.

„Aber du kennst meine weltberühmten Rippchen noch nicht. Wäre das keine Verlockung, den Brunch sausen zu lassen?" Seine Stimme wurde samtig und versuchte mich einzuwickeln. Er zwinkerte mir zu und sein Blick wurde intensiver.

„Nein, aber die kannst du mir gern nächstes Wochenende machen."

„Okay, fein. Dann eben nicht!" Jetzt wurde er etwas pampig.

„Jetzt sei nicht sauer", versuchte ich es.

„Sonntagsbrunch mit George ist Tradition. Wir machen das schon seit zwei Jahren! Klar kommt es hin und wieder mal vor, dass einer nicht kann oder etwas anderes vorhat, aber das ist höchst selten. Mir tut das gut, ich sehe George unter der Woche ja kaum."

Ich ging auf die andere Seite des Tisches und strich ihm beruhigend über den Arm.

„Und direkt danach gehöre ich wieder dir", gurrte ich ihm ins Ohr. Da packte er mich plötzlich und zog mich auf seinen Schoß, nur um mich noch mal wild, schon fast grob, zu küssen.

„Du gehörst mir, Rotschopf! Und keiner wird dich mir wegnehmen!" Jetzt schwang Verzweiflung und ein Hauch Sehnsucht in seiner Stimme mit.

„Keine Sorge, George ist der Bruder, den ich nie hatte. Es gibt keinen anderen außer dir!"

Kapitel 12

Die nächsten zwei Wochen vergingen wie im Flug. Auf Arbeit war diesmal so viel los, dass ich kaum Zeit für Ben hatte. Dieser wiederum war nur tagsüber da, denn abends hatte er „Termine". Er wollte immer noch nicht sagen, was genau er machte oder mit wem er Termine hatte, und ich wurde zunehmend wütender darüber. Jedes Mal, wenn ich fragte, wechselte er das Thema, grinste mich geheimnisvoll an oder ignorierte die Frage einfach.

Als ich es Freitagabend nicht mehr aushielt, wollte ich nach der Arbeit zu ihm fahren und ihn zur Rede stellen. Erst da fiel mir auf, dass er es tatsächlich geschafft hatte, dass ich nicht einmal seine Adresse wusste. Ich hatte keine Ahnung, wo er wohnte, und dass nach all den Wochen. Ich fuhr nach Hause und zückte mein Handy. Ich überlegte erst noch, ob ich ihm schreiben oder lieber gleich anrufen sollte. Ich entschied mich für Letzteres.

Ich wählte seine Nummer und wartete bis es läutete, was es nicht tat, denn es ging sofort die Mailbox ran. Aufgebracht legte ich wieder auf. Eine Nachricht zu schreiben, hatte demnach auch keinen Sinn, da das Handy ausgeschaltet war. Ich machte mich also bettfertig, und versuchte dann noch mal, Ben zu erreichen, hatte aber wieder nur die Mailbox am Ohr. Fuchsteufelswild, wie ich jetzt war, hinterließ ich ihm eine Nachricht, die sich gewaschen hatte.

„Jetzt hör mir mal zu, Mister! Ich weiß nicht, welche Termine du seit fast drei Wochen jeden Abend hast und dass du es mir nicht sagen willst, macht das Ganze nicht besser, aber jetzt reicht es mir! Ich bin normalerweise nicht der eifersüchtige Typ, aber was zu viel ist, ist zu viel! Und dann hast du noch nicht mal dein Handy an?! Nein, ich muss dir auf die blöde Mailbox quatschen! Also entweder sagst du mir auf der Stelle, wo du immer steckst, oder du kannst das alles vergessen! Ich hab keine Lust auf Spielchen! Ach so, hier ist Aurelie, falls du es noch nicht wissen solltest. Ich geh jetzt ins Bett, also ruf mich morgen an!"

Zufrieden legte ich auf und warf mein Handy aufs Sofa. Sofort überkamen mich Schuldgefühle. War ich zu barsch gewesen? Was wenn es tatsächlich so wichtige Termine sind und ich quäke ihm die Ohren voll? Aber würde er mir dann nicht sagen, wo er ist und vor allem mit wem!? Meine Schuldgefühle verpufften wieder. Ich richtete mich gerade auf. Brust raus, Bauch rein.

Betty war ganz meiner Meinung, sie übte eine Schimpftirade vor dem Spiegel und hatte dabei das Nudelholz in der Hand, das sie bedrohlich auf und ab schwenkte. *Gut so! Lass dir ja nichts gefallen, so etwas haben wir nicht nötig!*, bekräftigte sie mich.

Stimmt! Aber an Schlafen war jetzt auch nicht zu denken, dazu war ich viel zu aufgewühlt. Ich ging im Wohnzimmer auf und ab und überlegte, was ich jetzt tun sollte. Würde er gleich anrufen? Ich entschied mich, das ‚Depri-Eis' aus dem Gefrierfach zu holen, mit einem großen Löffel und einer extra Portion Schokoladensoße. Damit verzog ich mich auf das Sofa und schaltete den Fernseher ein. Er war auf den Börsenkanal eingestellt. Nanu? Börse? Ich schaute keinen Börsenkanal, und Ben hatte ich auch noch nie dabei gesehen und das, obwohl er ja jeden Tag da war! Naja, vielleicht war er beim Durchzappen einfach dort stehen geblieben?

Hm, hm? Betty zweifelte schon wieder.

Irgendwann stieß ich auf eine alte Schnulze und heulte nach ein paar Minuten Rotz und Wasser in mein Eis, bis ich schließlich an Ort und Stelle einschlief.

Als es an der Tür läutete, wusste ich im ersten Moment nicht, was los war.

„Wer ist da?", rief ich verschlafen. Ich rieb mir die Augen und machte mich auf den Weg zur Tür.

„Wer hier ist? Na, rate mal, Geburtstagskind!" Hinter der Tür hörte ich ein Lachen. Moment. Geburtstag? Was für ein Tag war heute? Ich kratzte mich am Kopf und musste stark überlegen.

„George? Bist du das?"

„Ja klar, Kleines. Oder hast du den Weihnachtsmann erwartet? Ich komme doch immer zu deinem Geburtstag! Jetzt mach schon auf, mir fallen die Arme ab."

Rasch öffnete ich die Tür und ließ George rein. Als ich die Tür hinter ihm schloss und ins Wohnzimmer ging, warf ich noch einen Blick auf den Kalender. Tatsächlich! Es war der 18.08., mein Geburtstag! Der Mistkerl hatte es sogar geschafft, dass ich meinen eigenen Geburtstag vergessen hatte! Sofort kam die Wut wieder in mir hoch.

Ich stapfte hinter George her, der ein Riesenpaket dabei hatte, das ziemlich schwer aussah. Er stellte es im Wohnzimmer ab, drehte sich um und hielt strahlend seine Arme auf, um mich in eine Umarmung zu ziehen.

„Happy Birthday, Sommersprosse!" Er drückte mich so fest, dass meine Wut für den Moment wieder verrauchte und ich mich einfach freute, ihn zu sehen.

„Danke, danke." Ich schielte zu meinem Geschenk.

„Was zum Geier ist denn da drin? Ich hoffe, nichts Teures. Du weißt, dass das nicht nötig ist!" Ich ermahnte ihn spielerisch und hob zum Spaß den Zeigefinger.

„Teuer? Äh, definiere doch teuer … Ich glaube, wir haben da unterschiedliche Ansichten. Na los! Mach schon auf!"

George freute sich mindestens genauso sehr wie ich, daher packte ich schnell aus und fiel halb in Ohnmacht, als ich sah, was er gekauft hatte.

„Ein Laptop? Du schenkst mir einen nagelneuen Laptop? Ich glaube, du spinnst! Der hat sicher ein Vermögen gekostet!" Ich fiel ihm vor Freude um den Hals, denn einen neuen Laptop hatte ich bitter nötig.

„Naja, damit kannst du dann deine Bewerbungen für Chess Records und so weiter schreiben. Du willst ja nicht ewig Kellnerin bleiben, oder?! Und außerdem ist das ein echtes Nerd-Geschenk. Was hast du denn erwartet? Ich hab ja auch meine Beziehungen in der Branche, das ist also völlig in Ordnung. Für meine Sommersprosse nur das Beste!" Ich klebte immer noch an seinem Hals. Erst als er anfing, nach Luft zu japsen, ließ ich ihn endlich los. Fragend sah er mich an.

„Was ist los? Wieso weinst du? War es das falsche Geschenk? Ich … ich kann es auch umtauschen." Ich fasste mir an die Wange und tatsächlich, ich spürte eine nasse Spur von meinem Auge runter zum Kinn.

„Nein, das ist es nicht! Es ist ein super Geschenk und wehe, du wagst es, den wieder mitzunehmen und umzutauschen!"

„Okay? Was ist dann?"

„Ach, es ist nichts! Naja … ich meine … es geht um Ben." Niedergeschlagen und mit hängenden Schultern schaute ich zu Boden.

„Wieso? Was ist mit Ben? Hat er dich verletzt?"

George machte sich kampfbereit und Betty feuerte ihn nach Leibeskräften im Cheerleader-Outfit mit Pompons an.

„NEIN! Nein, um Gottes willen! Wo denkst du hin." George rollte den Kopf von links nach rechts und machte leicht tänzelnde Bewegungen.
„Gut, sonst hätte ich mir Ben mal vorknöpfen müssen!" Wie er da so in meinem Wohnzimmer stand, sich die Finger dehnte und diese typische „ich hau dem eins in die Fresse"-Bewegung machte, konnte ich nicht mehr anders. Ich prustete los und hielt mir den Bauch vor lauter Lachen.
„Ach George, der war gut! Als hättest du eine Chance gegen Ben!"
Ich musste mich bei ihm abstützen vor Lachen, sonst wäre ich wohl umgefallen.
„He! Das ist nicht lustig! Ich meine das todernst!" Jetzt war es an George, beleidigt das Gesicht zu verziehen. Er verschränkte die Arme und setzte sich aufs Sofa, um den neuen Laptop für mich betriebsbereit zu machen.
„Hihihi. Entschuldige! Das sah nur zu komisch aus, ehrlich! Natürlich glaube ich dir, dass du dich für mich mit ihm anlegen würdest. Aber mal ehrlich, dein bisschen Training kann mit seinem nun mal nicht mithalten! Nicht mal ansatzweise …" Ich ließ mich neben ihm aufs Sofa plumpsen und blickte wieder traurig zu Boden.
„Willst du mir jetzt verraten, was los ist?" Er stupste mich mit der Schulter etwas an. Ich holte tief Luft.
„Ich glaube, er betrügt mich!" Kaum waren die Worte aus meinem Mund, liefen auch schon wieder die ersten Tränen über meine Wange.

„Bitte? Wie kommst du denn da drauf? Der Kerl himmelt dich an! Nein, warte. Er betet dich, und den Boden auf dem du gehst, an! Ab und zu kommt es mir schon so vor, als wäre er von dir besessen. Der würde dich nie im Leben betrügen!"

„Komisch, das von dir zu hören, wo du doch bis jetzt immer etwas zu meckern hattest an meinen Freunden." Ich stupste ihn zurück.

„Mag sein. Und ja, so oft hab ich Ben auch noch nicht gesehen, aber immer wenn wir miteinander geredet haben, ging es nur um dich. Kein Witz. Nur um dich!"

„Dann ist sein Verhalten umso merkwürdiger. Seit etwa drei Wochen kriege ich ihn abends nicht mehr zu Gesicht. Punkt 20:00 Uhr verabschiedet er sich mit den Worten, er hätte noch ‚Termine'", das Wort Termine setzte ich mit meinen Fingern in Anführungszeichen.

„Ich weiß allerdings weder, was für Termine das sind, noch wo die sind oder mit wem. Und wenn ich ihn drauf anspreche, ignoriert er das entweder oder er sagt, es wäre eine Überraschung für uns."

„Hm. Okay, etwas merkwürdig ist das schon, ich gebe es zu. Aber wirklich. Ich glaube nicht an eine Affäre."

„Gestern wollte ich ihn zur Rede stellen, da ist mir aufgefallen, dass ich nicht einmal weiß, wo er wohnt! Außerdem war sein Handy aus und ich hab ihm eine bitterböse Nachricht auf der Mailbox hinterlassen …"

„Wie jetzt? Du warst noch nicht in seiner Wohnung? Wie kommt das denn?"

„Es hat sich irgendwie nicht ergeben. Er kommt entweder nach der Arbeit gleich mit zu mir oder er holt mich ab …" Ich ließ meine Schultern hängen, zog die Knie an, legte meine Arme darauf und den Kopf auf diese.

Ich verbrachte den ganzen Vormittag bis zum frühen Nachmittag mit George, ohne eine Nachricht von Ben zu erhalten. Ich bekam haufenweise Glückwünsche von alten Freunden, Bekannten und meinen Kollegen, aber nichts von Ben.

Als George vielleicht 30 Minuten weg war und ich schon überlegte, wie ich Ben finden sollte, läutete es wieder an der Tür. Kurz darauf ein Klopfen. Man, wer hatte es denn da wieder so eilig. Schon wurde ich erneut ungehalten.

„Ja, ja, Moment! Ich komm ja schon!" Ärgerlich stürmte ich zur Tür, um sie aufzureißen und meinem Gegenüber gehörig die Meinung zu sagen. Doch als ich die Tür aufmachte und gerade Luft holte, blieb mir diese im Hals stecken, denn vor der Tür stand ein Officer.

„Sind Sie Aurelie Buffay?"

„Äh ... ja?"

„Dürfte ich kurz hereinkommen?"

„Äh ... sicher. Um was geht es denn?"

An mir ging ein Officer mit Sonnenbrille, tief ins Gesicht gezogener Mütze und Dreitagebart vorbei. Er kam mir bekannt vor, obwohl ich niemanden von der Polizei kannte. Ich folgte ihm ins Wohnzimmer. Ich war plötzlich total aufgeregt und das Adrenalin schoss durch meine Adern. Was, wenn etwas passiert ist, mit meinen Eltern zum Beispiel? Oder mit George, obwohl er erst vor einer halben Stunde gegangen ist ...

Betty war leichenblass. Sie zitterte am ganzen Körper und bekreuzigte sich permanent, obwohl wir gar nicht religiös waren. Eine echte Drama-Queen eben.

„Miss Buffay, wo waren Sie heute Vormittag?"

„Ich war zu Hause."

„Waren Sie alleine, oder kann das jemand bestätigen?"
„Mein Freund George war bei mir. Aber wieso? Was ist denn los?"
„Ist es wahr, dass Sie heute Geburtstag haben?"
„Wie bitte? Äh, ja. Ja, das stimmt, aber was …"
Ich konnte den Satz nicht beenden, denn der Officer nahm die Fernbedienung für das Radio und schaltete das CD-Fach ein. Sofort ertönte „My Pony" von Ginuwine. Wie kam das denn in meinen CD-Player?

Mein Kinn klappte runter, denn der Officer fing an sich zu bewegen. Sexy zu bewegen. Er begann zu tanzen im Stil von Strippern á la „Magic Mike". Er schleuderte seine Mütze auf das Sofa und kam langsam auf mich zu.

Ich war immer noch schockiert und stand wie angewurzelt und mit offenem Mund da.

„Officer? Ich … äh …" Das Wort „äh" verwendete ich gerade eindeutig zu oft.

„Was, was machen Sie da? Was wird das?"

Ich ging einen Schritt zurück, während sich auf dem Gesicht des Officer's ein Lächeln breitmachte.

Betty hingegen war aus ihrer Schockstarre bereits aufgetaut und wedelte mit Dollarscheinen. Sie kreischte geradezu und hatte Herzchen-Augen.

Ich bewegte mich weiter rückwärts, als der Officer begann, sein Hemd aufzuknöpfen. Er drehte sich und machte Bewegungen, wie ich sie live noch nicht gesehen hatte. Er tanzte wirklich super, und wenn ich gewusst hätte, was vor sich geht, hätte ich es auch sicherlich genossen.
Als das Hemd offen stand, bewegte sich seine Hand Richtung Sonnenbrille. Er warf sie mit einer geschmeidigen Geste aufs Sofa, zur Mütze, wie es nur wenige können.

Da erkannte ich, dass es Ben war, der sich hier so sexy bewegte.

„Was? Ben, du bist das? Du hast mir einen Riesenschreck eingejagt!" Ich wollte eigentlich schon wieder wütend werden, aber mit einem Satz war er bei mir, wirbelte mich hoch und setzte mich auf einen Stuhl.

Erschrocken stieß ich einen spitzen Schrei aus. Dann zog er langsam sein Hemd aus und warf es hinter sich. Er bewegte seine Hüften im Takt der Musik, mal schneller, mal langsamer. Er machte einen Salto rückwärts und landete gekonnt langsam auf dem Bauch. Er machte weiter mit eindeutigen Bewegungen, wie aus dem Schlafzimmer.

Ich riss nur noch meine Augen auf und schlug mir die Hände vors Gesicht. Das konnte doch alles nicht wahr sein!

Betty kreischte wie wild und aus den Ein-Dollarscheinen wurden bereits Zehn-Dollarscheine. Sie hüpfte auf und ab und konnte sich gar nicht mehr beruhigen.

Mittlerweile hatte ich mich auch wieder gefasst und begann ebenfalls zu jubeln. Ich konnte es nicht fassen mit welcher Eleganz und Geschmeidigkeit Ben sich bewegte. So etwas hatte ich noch nie an ihm gesehen.

Mittlerweile stand er wieder und kam auf mich zu. Er umtanzte mich und wackelte mit seiner Hüfte und seinem Knackpo. Er setzte sich fast auf mich und seine Bewegungen erinnerten an einen Lapdance.

„Dies ist dein Geburtstagsgeschenk. Dafür war ich jeden Abend in den letzten Wochen weg, ich musste ja schließlich Unterricht nehmen. Und außerdem musst du nicht mehr ins Kino, um so etwas zu sehen, denn jetzt hast du ja einen waschechten Stripper zu Hause. Dein eigener Stripper, nur für dich", damit tippte er mir auf die Nase und glitt von mir weg, um sich gleich darauf schwindelerregend schnell zu drehen. Er stoppte abrupt und riss sich die Hose runter. Darunter hatte er einen Stringtanga an, der vorne die Form eines Elefanten hatte.

Bei diesem Anblick musste ich laut lachen. Begeistert klatschte ich mit Betty um die Wette.

Ben wackelte mit allem, was er hatte, und der Rüssel des Elefanten hüpfte nur so auf und ab. Abwechselnd tanzte er, machte Flickflacks und sexy Bewegungen, etwa 15 Minuten lang.

Als er fertig und total verschwitzt war, sprang ich auf und umarmte ihn.

„Danke! Danke, das war wirklich großartig. Hätte ich gewusst, dass du dafür übst, wäre ich natürlich nicht so aufbrausend gewesen."

„Hättest du es gewusst, wäre es keine Überraschung gewesen!"

„Stimmt auch wieder! Ich wusste nicht, dass du dich so bewegen kannst. Wahnsinn! Das war echt der Hammer!" Ich hüpfte wieder auf und ab und klatschte dabei in die Hände.

„Ich hab dich tatsächlich nicht erkannt, als du vor der Tür gestanden hast. Und woher wusstest du überhaupt, dass ich Geburtstag habe? Darüber hatten wir doch nicht gesprochen, oder etwa doch? Mein Gedächtnis lässt mich zurzeit ganz schön im Stich …"

„Sorry, mein kleiner Geburtstagsrotschopf, aber ich muss jetzt erst einmal duschen." Er gab mir einen Kuss auf die Wange und verschwand im Bad.

Betty wäre am liebsten gleich hinterher. Sie war schon dabei, sich die Klamotten vom Leib zu reißen, aber als sie feststellte, dass ich nicht mitmachte, verzog sie sich schmollend in ihr Bett.

Ich war immer noch geplättet von dieser Tanz-Strip-Nummer. Wie Ben sich bewegt hatte ... Wow! Er hatte das gelernt, extra für mich! Ich war baff! Seine Bewegungen waren so leicht, so geschmeidig und seine Muskeln kamen so richtig schön zur Geltung. Gut definiert und toll anzusehen. Bevor ich mich wieder gefangen hatte, war Ben auch schon mit Duschen fertig und stand mit Handtuch vor mir. Er rubbelte sich die Haare ab und schaute mich erwartungsvoll an.

Es wäre gelogen, wenn ich sagen würde, ich hätte ihn nicht zu gern auf der Stelle vernascht, aber Ben schien noch ziemlich außer Puste zu sein und er wimmelte mich fast schon ab.

„Was willst du denn jetzt machen? Wir haben ja das ganze Wochenende noch vor uns."

„Hm ... Naja, wir könnten etwas shoppen gehen, und was essen ...?", schlug ich vor.

„Alles, was du willst, Rotschopf. Ist ja schließlich dein Geburtstag!"

Ich klatschte wieder freudig in die Hände und strahlte ihn an. Nachdem wir uns fertig gemacht hatten, ging die Shopping-Tour auch schon los. Zuerst fuhren wir zum Water Tower Place und dort gingen wir zielstrebig zu Victoria's Secret.

Ben kaufte mir neue Unterwäsche und Parfüm. Wir klapperten viele Läden ab, bis wir schließlich vor Tiffany's & Co standen. Ich wollte schon vorbeigehen, aber Ben zog mich, mit den ganzen Taschen und Tüten in den Händen, gnadenlos hinein. Bei all dem ganzen Geblinke und Gefunkel konnte ich nur ungläubig schauen. Wollte er mir hier tatsächlich Schmuck kaufen? Ich staunte über die Preise und geriet ins Schwitzen. Mir wurde wirklich übel bei dem Gedanken, so teure Sachen zu tragen.

„Und? Wie wäre es mit einer Kette?"

„Ben, das ist wirklich zu teuer hier! Das muss nicht sein. Wir haben ja schon so viel gekauft, was ich mir gar nicht erträumt hätte. Ich danke dir, aber es reicht jetzt! Wirklich!"

„Nein, nein, nein. Es ist dein Geburtstag. Und ich will nur das Beste für dich. Schau mal, diese hier ist doch hübsch." Er stand bei einer der Glasvitrinen und zeigte auf eine weißgoldene Kette mit Herzanhänger, welcher ein kleines Schloss in der Mitte hatte.

„Und ich nehme den passenden Schlüssel dazu!" Er schaute mich voller Begeisterung an.

„Willst du mich wegschließen?"; sagte ich im Scherz zu ihm und knuffte ihn in die Seite.

„Du gehörst zu mir. Jeder soll wissen, dass du bereits vergeben bist und diese Kette passt perfekt dafür!" Plötzlich wurde sein Gesichtsausdruck eisig und die Worte hörten sich schon fast wie eine Drohung an. Doch dann war dieser Moment auch schon wieder vorbei und er lachte wieder. Ich wusste nicht genau, wie ich darauf reagieren sollte. War das gerade ein Scherz von ihm? Aber er sagte das todernst. Ich traute mich nicht, zu widersprechen, schließlich zahlte ich die Kette nicht, und so ließ ich Ben gewähren.

Wir brachten die Sachen nach Hause und ruhten uns etwas aus, bevor wir noch mal zum Abendessen aufbrachen.

Wieder fuhren wir in ein sündhaft teures Restaurant am anderen Ende der Stadt, wo die Portionen klein und die Preise dafür umso größer waren.

„Mir hätte eine Pizza zu Hause gereicht", sagte ich kleinlaut. Ich hatte keine Lust mehr auf seine Geldverschwenderei.

„Dein Geburtstag ist eben nur einmal im Jahr und das muss gefeiert werden. Schau mal, ich habe auch George und seine neue Freundin ... wie hieß sie gleich noch mal ... Stacy, eingeladen."

Betty beäugte das Ganze argwöhnisch, aber freute sich dann umso mehr. Sie holte zum Schluss einen Geburtstagskuchen und pustete dann die Kerzen aus. Sie streute noch Konfetti drauf und freute sich.

Auch ich war begeistert und fiel Ben um den Hals.
„Vielen, vielen Dank! Das war der beste Geburtstag, den ich bisher hatte." Ich küsste ihn auf die Wange und dann gab ich ihm noch einen langen, zärtlichen Kuss, welcher gleich wieder in meinem Körper nach unten wanderte. Das würde ich mir später schon noch holen. Ich hatte den „Officer" von heute Morgen noch nicht vergessen.
Das Abendessen war lustig und lecker zugleich. George und seine Freundin waren humorvoll und erzählten lauter Nerd-Witze. Ben und George kamen auch wirklich gut miteinander aus. Wir lachten und hatten richtig Spaß. Sogar so viel, dass der Kellner kam und uns bat, etwas leiser zu sein.
Der Abend ging viel zu schnell zu Ende. Ben übernahm die gesamte Rechnung, und George konnte sich nicht genug bedanken. Wir verabschiedeten uns und fuhren alle nach Hause.
„Jetzt mal ganz im Ernst! Wie kannst du dir das alles leisten? Du hast heute ein paar hundert Dollar ausgegeben! Das nimmt man nicht mal einfach so vom Gehalt." Ich schaute ihn vom Beifahrersitz aus an.
Er seufzte kurz.

„Ich wollte es dir erst erzählen, wenn der Vertrag unter Dach und Fach ist, aber gut, dann eben jetzt. Mein Song, also besser gesagt DEIN Song, wird veröffentlicht! Ich habe bereits einen Vorschuss bekommen und den Rest gibt es, wenn er dann in den Charts platziert ist." Freudestrahlend sah er kurz zu mir herüber. Mir klappte die Kinnlade nach unten.

„Mein Song? Also den, den du für mich geschrieben hast? Bald hört ihn die ganze Welt? Das ... das ist ja großartig! Sensationell!" Ich wäre ihm fast schon wieder um den Hals gefallen, aber der Sicherheitsgurt hinderte mich Gott sei Dank daran.

Die restliche Fahrt über sang Ben mir mein Lied noch mal vor und ich zerfloss auf dem Beifahrersitz vor Glück und Liebe.

Kapitel 13

Zu Hause angekommen konnte ich mich nicht mehr beherrschen und fiel im wahrsten Sinne des Wortes über Ben her. Ich küsste ihn und fummelte an seinen Klamotten rum.

„Sag mal, hast du das Officer-Outfit noch?" Ich blickte ihm tief in die Augen und sah, wie darin Gier und Leidenschaft erwachten.

„Natürlich, ich leihe mir keine Kostüme. Ich ziehe nichts an, was schon tausend andere vor mir anhatten. Möchtest du gerne, dass ich es noch mal anziehe?"

Ich nickte heftig und Betty bereitete schon mal einen Stuhl und Dollarscheine vor.

„Warte hier." Er gab mir noch mal einen Kuss und einen Klaps auf den Po und verschwand wieder im Bad.

Ich jauchzte auf und zog mir etwas „Bequemes" an, um ebenso sexy wie mein Officer zu sein. Dann warf ich mich aufs Bett und wartete, bis Ben wieder aus dem Bad kam.

Es klopfte vom Bad. Es hörte sich an, als würde er mit dem Schlagstock gegen die Tür klopfen.

„Äh, ja, bitte? Wer ist da?" Ich verkniff mir ein Lachen und wartete gespannt.

Die Tür ging auf und Ben kam im Officer-Outfit mit Mütze und Sonnenbrille heraus, genau wie heute Mittag.

„Sie haben einen Officer gerufen, M'am."

„Ja, ja, das hab ich." Ich nickte und konnte ein breites Grinsen nicht verhindern.

Ben schaltete wieder die CD mit „My Pony" ein und fing an, sich dazu zu bewegen. Ich staunte immer noch über die Moves, die er machte und klatschte im Takt der Musik in die Hände. Diesmal zog er sich betont langsam aus und ich wurde immer wuschiger. Als er nur noch die Shorts anhatte, tanzte er sich Richtung Bett und kam wie ein Raubtier näher. Er kam mit einem Satz zu mir und küsst mich ungestüm. Ich steckte ihm gierig meine Zunge in den Mund, und versuchte seinen wilden Tanz dort fortzuführen.

Seine Hände wanderten über meinen Körper und hinterließen wohlige Schauer. Ich seufzte leise in seinen Mund, als er meine Brüste knetete und über meine Hüften streichelte. Eine Hand wanderte weiter über meinen Oberschenkel, während die Zweite sich in meinem Nacken festkrallte und er so seinen Kuss noch verstärken konnte. Ich klammerte mich an ihn und fuhr mit meinen Fingernägeln über seinen Rücken. Nein. Ich kratzte über seinen Rücken.

Das törnte Ben wohl an, denn auf einmal riss er sich von meinem Mund los und stöhnte laut auf. Ich war bereits völlig außer Atem und wollte ihn nur noch in mir spüren. Sein großer Ständer drückte gegen meinen Oberschenkel und als ich danach greifen wollte, rückte Ben etwas weg und hauchte mir ins Ohr:

„Du hast doch sicher ein kleines Spielzeug hier, dass wir verwenden können." Ich schaute ihn mit einer Mischung aus Verlegenheit und Schock an.

„Ein Spielzeug? Ich? Nein, nein, so etwas hab ich nicht!", brach es aus mir heraus und meine Stimme überschlug sich etwas.

„Na, mal sehen. Ich glaube 95% der Frauen bewahren das in der Schublade neben dem Bett auf … Ist ja auch nur zu verständlich, kommt man doch jederzeit schnell und bequem ran."

Ich schluckte lautstark. Ben beugte sich nach vorne, um zur Schublade zu gelangen, doch ich warf mich mit einem Satz zwischen ihn und das Nachtkästchen.

„NEIN! Ich meine, nein. Da brauchst du gar nicht erst zu schauen!" Ich wollte ihn wieder zurück auf das Bett schieben, aber er war zu stark für mich.

„Es ist okay. Es wird dir gefallen! Vertrau mir!" Sein Blick bohrte sich in meinen und ich wusste nicht so recht, was ich jetzt machen sollte. Ich hatte noch nie mit jemand anderem mein Spielzeug benutzt. Einerseits war das für einsame Stunden gedacht und ich wollte nicht, dass er es sieht, geschweige denn, dass er es verwendet. Andererseits war es aufregend und es konnte viel Spaß machen

Betty war da anders als ich. Sie holte eine ganze Kiste mit Spielzeug unter dem Bett hervor und breitete alles aus, um sich ein Teil auszusuchen. Dabei testete sie alles, ob es auch noch funktionierte. Als sie endlich einen Vibrator gefunden hatte, lachte sie laut und verschwand damit.

Mein Widerstand schwand und ich ließ Ben gewähren. Meine Wangen brannten vor Scham, als er das Vibro-Ei aus der Schublade holte.

„Das ist doch sehr passend für uns. Viel Kraft und Spaß in einem kleinen Ei versteckt."
Ich brachte kein Wort heraus und starrte nur auf das Vibro-Ei in Bens Hand.

Er schaute mich lüstern an.

„Es wird dir gefallen. Entspann dich! Ich bin schon vorsichtig." Er rückte mich wieder in die richtige Position zurück und drückte mich auf die Kissen. Danach schaltete er das Deckenlicht aus und machte die kleine Nachttischlampe an, sodass ich mich besser entspannen konnte. Ich spürte seinen Atem an meinem Hals, aber er küsste mich nicht, stattdessen zog er mir das Negligé und meinen Slip aus und warf beides auf den Boden. Dann pustete er ganz sanft meinen Hals entlang zu meinen Brüsten. Ich bekam Gänsehaut, und meine Nippel richteten sich augenblicklich auf und reckten sich ihm entgegen. Er hauchte einen Kuss auf jede Seite und begann dann, mich wieder wild und stürmisch zu küssen. Ich keuchte auf, wartete insgeheim aber immer auf das Geräusch des Vibro-Eies.

„Nimm meine Finger in den Mund." Ich kam seinem Wunsch nach und tat so, als wären seine zwei Finger sein großer Ständer, den ich jetzt viel lieber in den Mund genommen hätte.

Ich spürte seine Erektion wieder an meinem Bein und wollte sie in meine Hand nehmen.

„Schließ deine Augen und lass dich einfach fallen", flüsterte er mir ins Ohr. Ich überlegte kurz, ob ich das wirklich machen sollte, doch Ben ließ mir keine Wahl. Er strich mit seiner Hand über mein Gesicht und brachte mich so dazu, meine Augen zu schließen.

„Und schön geschlossen lassen!"

„Okay, ich versuch es", hauchte ich zurück. Mein Körper stand unter Strom. Ich war in freudiger Erwartung auf das, was jetzt kam.

Betty stöhnte aus einiger Entfernung lauthals. Sie amüsierte sich bereits prächtig.

Und dann hörte ich es. Das summende Geräusch des Vibro-Eies ließ mich unwillkürlich zusammenzucken. Es war das leise Brummen, also hatte er nicht gleich voll aufgedreht, das war gut. Ich spürte Bens Lippen auf meinen Brüsten. Sein Mund liebkoste sie und umschloss meine harten Nippel. Er neckte und leckte sie und dann fühlte ich das kalte Plastik. Dadurch, dass Ben sie vorher abgeleckt hatte, spürte ich die leichten Vibrationen noch besser und meine Brustwarzen richteten sich noch weiter auf, bis es schmerzte. Ben umrundete sie mit dem Ei immer abwechselnd links und rechts, bis ich ein Stöhnen nicht mehr unterdrücken konnte. Mein Oberkörper bog sich ihm entgegen und meine Hände krallten sich ins das Bettlaken.

Er nahm das Ei wieder weg und fuhr mit seiner Zunge eine Spur von den Brüsten bis runter zu meiner Liebesperle, die er zuerst noch etwas reizte, bevor das Ei der Spur folgte. Ich hob ihm mein Becken entgegen und warf meinen Kopf von einer Seite auf die andere. Ich war so erregt und spürte das Pochen in meinem Unterleib stärker werden. Ben spreizte vorsichtig mit seinen Fingern meine Schamlippen, und dann war das Ei auch schon an meiner empfindlichsten Stelle. Ich sog scharf die Luft ein und rutschte unwillkürlich ein Stückchen nach oben. Die Emotionen überfluteten mich. Eine Welle der Lust nach der anderen überrollte mich. Ben massierte zwischenzeitlich meine Oberschenkel auf der Innenseite und küsste meinen Körper überall, wo er mich erreichen konnte. Das Ei hielt er an Ort und Stelle und raubte mir so fast den Verstand.

Er spürte, dass ich schon fast am Höhepunkt war. Dann führte er das Ei weg von meiner Perle, runter zu meinem Eingang. Er führte es kurz ein und ich stöhnte auf. Ich hatte nicht mitbekommen, dass er inzwischen nackt war und hatte jetzt, als ich die Augen öffnete, einen guten Ausblick auf seine beachtliche Erektion.

„Bevor wir weitermachen, musst du dich erst einmal wieder etwas beruhigen, süßer Rotschopf. Willst du mich auch etwas verwöhnen?" Ich nickte und wollte das Ei schon entfernen, aber Ben hielt mich zurück. Er drosselte die Geschwindigkeit, sodass ich es noch spüren konnte, es aber keine Gefahr gab, dass ich doch noch einen Orgasmus bekommen würde. Ich krabbelte zu ihm hin und nahm seinen Großen in die Hand. Ich streichelte ihn sanft, Ben lehnte sich nach hinten und stützte sich mit den Händen ab, sodass ich besseren Zugang hatte. Ich beugte mich runter und leckte genüsslich seinen Schaft von unten nach oben und dann um die pralle Spitze herum. Bens Atem ging schneller und wurde zu einem Keuchen. Meine Zunge neckte seine Eichel immer mehr und meine Hand umschloss seinen Schaft.

Dann schloss ich meine Lippen um seine Erektion und augenblicklich drang ein tiefes Knurren aus Bens Kehle. Einen kurzen Augenblick musste ich an das Knurren aus der „Cheesecake Factory" denken, dass ich letztens beim Brunch mit George gehört hatte. Aber so schnell der Gedanke da war, so schnell war er auch schon wieder verschwunden.

Ich nahm seinen Penis tief in meinen Mund. Abwechselnd saugte ich ausgiebig daran, dann ließ ich meine Zunge immer wieder seinen ganzen Schwanz umspielen. Auf und ab und auf und ab. Ben stöhnte wieder, und plötzlich packte mich seine Hand am Hinterkopf und drückte ihn nach unten, während sein Becken nach oben schnellte. Er stieß ein paarmal schnell und tief zu, sodass ich kurzfristig würgen musste.

Dann ließ er auch schon wieder von mir ab.

„Entschuldige! Aber es fühlte sich gerade so geil an, ich hab die Kontrolle verloren. Ich konnte nicht anders, dein Mund ist einfach himmlisch!", brummte er mir entgegen. Ich schluckte hart.

„Nein, schon okay. Eine Vorwarnung wäre nett gewesen." Ich musste leise kichern, und schon war Ben wieder über mir und drehte die Geschwindigkeit des Vibro-Eies wieder auf. Ich schrie laut auf und warf den Kopf in den Nacken.

Ben zog das Ei vorsichtig aus meiner Spalte, nur um es gleich darauf wieder auf meine empfindliche Perle zu setzen. Wieder durchfuhren mich Schauer, die mir Gänsehaut bereiteten.

„Oh Gott, ich glaube ich komme gleich!", schrie ich Ben entgegen. Er fackelte nicht lange, und nahm das Vibro-Ei erst einmal weg. Dann drängte er sich zwischen meine Beine.

„Nicht ohne mich, Honey!" Damit drang er in mich ein und ich japste nach Luft. Es fühlte sich unglaublich an. In mir brodelte es wie noch nie. Ich streichelte über seine Brust und seinen Bauch und zog ihn dann an der Hüfte näher zu mir und damit auch weiter in mich hinein.

Ben entkam ein Grollen, und er bewegte sich schneller. Scheinbar hatte ihn das ganze Szenario mehr angetörnt, als ich dachte. Er richtete sich auf und nahm meine Beine auf seine Schultern, dann hielt er sie fest und stieß härter zu.

Ich krallte mich über mir am Kopfende des Bettes fest und biss mir auf die Lippen, um nicht lautstark loszuschreien und so die ganze Straße davon in Kenntnis zu setzen, was hier gerade ablief.

Ben stieß noch einmal hart zu, dann nahm er meine Beine wieder runter.

„Bereit?" Seine Stimme war heiser. Bereit wofür? Ich konnte nicht antworten, da mir bereits die Sinne schwanden und ich nur noch auf die Wellen der Erlösung wartete, die schon sehr schnell kommen sollten.

Ben stellte meine Beine neben sich, während er sich weiterhin rhythmisch in mir bewegte. Dann hörte ich wieder das Ei vibrieren. *Will er mich ficken und gleichzeitig mit dem Ei verwöhnen?*, schoss es mir durch den Kopf. Da spürte ich es bereits auf meiner Perle. Ich bäumte mich auf, während Ben schneller und härter zustieß. Ich wusste nicht, was ich mehr spürte. Bens großen Schwanz, der mich komplett ausfüllte, oder die Vibrationen. Ich hatte allerdings keine Zeit mehr, darüber nachzudenken, denn ich spürte bereits, wie eine gigantische Orgasmuswelle auf mich zukam. Jetzt hatte ich mich tatsächlich nicht mehr im Griff und schrie und stöhnte meinen Orgasmus hinaus. Für einen Moment verschwand alles um mich herum, ich zersprang in tausend Stücke und schwebte auf der Welle.

Ben war noch nicht ganz bereit, er warf das Ei zur Seite und bewegte seine Hüften unerbittlich weiter. Dabei packte er mich an meinen Hüften, sodass er noch tiefer eindringen konnte. Ich spürte seinen Schwanz zucken und kam ein weiteres Mal. Es war der mächtigste Orgasmus, den ich je erlebt hatte und ich wurde tatsächlich kurzzeitig ohnmächtig davon. Ich spürte ein leichtes Klatschen auf meiner rechten Wange und nahm verschwommen Bens Stimme war.

„Aurelie? Aurelie, hörst du mich? Aurelie, komm schon, wach auf!" Leichte Panik war in seiner Stimme zu hören und machte einem erleichterten „Oh, Gott sei Dank" platz, als ich die Augen wieder aufschlug.

„Was ... was ist passiert?" Mein Körper bebte noch von den Nachwirkungen dieses Megaorgasmus.

„Du warst kurz ohnmächtig! Ich wusste ja nicht, dass ich so etwas draufhabe!" Er lachte mich spitzbübisch an. „Aber ich denke, das sollten wir nicht zu oft machen, sonst trägst du vielleicht noch Schäden davon!" Er grinste verschmitzt vor sich hin, während ich erst realisieren musste, was gerade passiert war.

„OH MEIN GOTT! Das war der unglaublichste und heftigste Orgasmus, den ich bisher in meinem Leben hatte!" Ich drehte meinen Kopf zu Ben und küsste ihn leidenschaftlich und noch völlig außer Atem.

„Ich danke dir für diese Erfahrung. Wirklich, aber wir sollten das nicht so schnell wiederholen. Wie du schon sagtest!" Jetzt musste ich mitlachen, doch es dauerte nicht lange, denn ich war so erschöpft, dass ich nur noch herzhaft gähnen konnte und schon einschlief, während ich mich noch an Bens Brust kuschelte.

Betty amüsierte sich noch mit ihrer Spielzeugkiste und hatte sich Unterstützung geholt. Woher kam dieser Toyboy auf einmal? Sie hatten Stellungen drauf, von denen ich nur träumen konnte. Sah aus wie Kamasutra, aber sicher wusste ich es nicht.

Kapitel 14

Der ganze letzte Tag und die Nacht, mit dem besten Orgasmus aller Zeiten, hatten mich so ausgelaugt, dass ich erst Sonntagmittag wieder aufwachte. Noch etwas benommen schlich ich in die Küche, auf der Suche nach einem Kaffee. Ich trank ja äußerst selten Kaffee, aber jetzt brauchte ich einen.

Betty war tatsächlich auch wach und saß mit einer Zigarette, Gesichtsmaske und Lockenwicklern im Haar am Küchentisch und las Zeitung. Sie sah aus, als wäre sie aus einer anderen Zeit.

Und wie hatte sie es geschafft, nach dieser Nacht schon auf zu sein?

„Kaffee … Kaffee!!"

„Willst du eine Tasse Kaffee?" Ben stellte mir belustigt eine Tasse frischen Kaffee vor die Nase, während ich es mir auf einem Stuhl bequem machte.

„Wie kommt es, dass du so viel besser gelaunt und erholter bist als ich? Und woher wusstest du, dass ich heute Kaffee brauche?" Ich stütze meinen Kopf auf meine Hand und schlief fast wieder ein.

„Ich brauche nicht viel Schlaf und bin bereits geduscht, dass weckt müde Knochen auf. Ganz zu schweigen von dem Kaffee hier, den ich doch auch ab und zu mal trinke. Besonders nach Nächten wie letzter!" Er prostete mir mit seiner Tasse zu und trank noch einen Schluck, ehe er sich dem Frühstück widmete. Er presste Orangen aus und ich schaute mich nach meinem Handy um.

„Sag mal, hast du mein Handy gesehen? Ich muss George sagen, dass heute nichts aus unserem Brunch wird."

„Das hab ich schon erledigt."

„Du hast was schon erledigt?

„Na, George abgesagt."

Er sagte das mit einer Selbstverständlichkeit, die mich ärgerlich machte.

„Du hast George abgesagt? Wieso? Dazu hast du kein Recht! Wo ist mein Handy?" Ich blickte mich wieder suchend im Wohnzimmer um, und entdeckte es auf dem Tisch. Ich stolperte mehr zum Tisch rüber, als dass ich ging.

„Ich hatte dein Handy nicht in der Hand, falls du das denkst! Ich hatte ihm gestern nach dem Abendessen bereits erklärt, dass du heute wohl lieber ausschlafen würdest und es nicht zum Brunchen schaffen wirst. Er war sehr verständnisvoll und konnte sich schon denken, was bei uns noch los sein würde. Er sagte, es wäre schon okay, und dass er dann eben mit Stacy frühstücken gehen würde."

„Mit Stacy?" Jetzt war ich nicht nur angepisst, sondern auch noch leicht eifersüchtig. Ich wurde einfach so ersetzt, von jemandem, den er kaum kannte? Und dann nur Frühstück? Wahrscheinlich in irgendeinem Waffelhaus ... Ich schnappte mir mein Handy und öffnete die Chat-App. Ich hatte keine neue Nachricht von George und auch keine an ihn geschrieben. Wieso schaute ich denn überhaupt nach? Ich hatte keinen Grund an Bens Worten zu zweifeln, zumal er ja auch Georges Nummer hatte. Trotzdem hatte ich ein seltsames Gefühl in der Magengegend, und diesmal war es nicht der Hunger! Ich drehte mich wieder zu Ben, der mit zwei Gläsern frischem Orangensaft dastand und mich liebevoll ansah.

Und doch war etwas merkwürdig! George hatte mit keinem Wort erwähnt, dass wir uns nicht zum Brunchen sehen. Wollte er diskret sein? Das passte irgendwie nicht zu ihm. Ich wollte jetzt aber nicht weiter darüber nachdenken und ging zu Ben und meinem Orangensaft.

Ich musterte Ben, während wir unser leckeres Essen genossen. Ich hatte ein seltsames Gefühl, dass ich nicht näher beschreiben und auch nicht richtig erklären konnte, aber es war da. Irgendwo, tief im Unterbewusstsein.

Leider ging auch der Sonntag viel zu schnell vorbei und ich wollte etwas Zeit für mich, also bat ich Ben, abends nach Hause zu fahren.

„Und im Übrigen, hast du jetzt bis nächstes Wochenende Zeit, deine Wohnung zu putzen, denn dann will ich sie sehen und wissen, wo du wohnst!"

Mein Tonfall ließ keine Widerworte zu, und so sollte es auch sein. Ich hatte es satt, von Ben immer vertröstet zu werden.

Wir hatten uns unsere Liebe gestanden, da konnte ich doch wohl erwarten, zu wissen, wo mein Freund wohnte.

Über Bens Gesicht huschte ein erschrockener Ausdruck, bevor er mir lächelnd antwortete:

„Na klar, kein Thema! Es wird ja auch höchste Zeit. Schade, dass ich jetzt gehen muss, aber ich respektiere natürlich, dass du deinen Freiraum und Zeit für dich brauchst."

Er gab mir noch einen Kuss und dann war er auch schon zur Tür raus. Es schien, als hätte er es auf einmal sehr eilig.

Ich ging ins Bad und ließ mir Badewasser ein, ich wollte mal wieder so richtig entspannen. Die letzten Tage und Wochen mit Ben waren so aufregend und auch irgendwie extrem gewesen, dass ich das bitter nötig hatte. Ich gab mein

Lieblingsschaumbad „Cocos-Paradies" ins Wasser und rief dann kurz bei George an.

„Aurelie! Hey, was gibt's?"

„Hey George, wie geht's dir? Und wie war dein Frühstück heute? Hast mir gar nicht gesagt, dass du mit Ben schon abgemacht hattest, dass Brunch heute ausfällt!"

Mein Ton war leicht gekränkt, schließlich fiel unser Brunch nur extrem selten aus.

„Ja. Naja, es ist eben nur Frühstück und kein Brunch ... aber es war okay. Stacy fand das klasse, hab aber gleich gesagt, dass der Sonntag für unseren Brunch reserviert ist und nur in Ausnahmefällen gestrichen wird."

„Ja, wo du gerade von Streichen redest ... Ben sagte mir, er hätte das gestern nach dem Essen noch mit dir geklärt, dass es heute ausfallen würde?"

„Ja, er kam kurz bevor wir gefahren sind noch mal an und meinte, du hättest heute keine Zeit, weil du dringend Schlaf benötigen wirst. Er hatte ein zweideutiges Grinsen im Gesicht, von daher hab ich nichts weiter gesagt. Auch zu dir nicht, denn das geht mich nichts an."

„Oh, ach so war das also. Aber das nächste Mal, kannst du das schon noch mal mit mir bereden, denn ich wusste heute früh von nichts und war etwas irritiert. Hey George, ich muss Schluss machen, bevor meine Badewanne überläuft! Küsschen, bis bald."

„Ja, mach's gut, Aurelie und lass dich nicht ärgern!"
Ich machte im Bad leise das Radio an und stieg dann in die Wanne.

Betty saß in einem Whirlpool und genoss es sichtlich, von den ganzen Düsen massiert zu werden. Sie hatte erneut Lockenwickler im Haar, damit sie morgen wieder gut aussah.

Ich streckte mich aus und machte die Augen zu. Das warme Wasser tat seinen Rest, sodass ich nach kurzer Zeit schon total entspannt war und an nichts mehr dachte, sondern nur dem Radio lauschte.

Plötzlich hörte ich ein Klirren, so als wäre ein Glas auf den Boden gefallen. Ich setzte mich schlagartig kerzengerade auf und lauschte, konnte aber keine Geräusche hören. Aus der Wanne heraus rief ich:

„Hallo? Ist da jemand?" Ich kam mir vor, wie in diesen Horrorfilmen, wo die Hauptdarsteller auch immer zuerst fragten, ob da jemand ist. Als würden die je eine Antwort erhalten ...

Genauso wenig erhielt ich eine Antwort. Ein Einbrecher würde ja auch kaum zurückrufen:

„Ja, ich bin hier und raube sie gerade aus!"

Betty sprang aus dem Whirlpool und schlüpfte in einen Bademantel. Sie holte sich einen Baseballschläger und war zu allem bereit. Sie öffnete leise eine Tür und lief dann kreischend in das Nachbarzimmer. Wollte sie auf diese Weise jemanden verjagen? Oder warnen, dass sie jetzt kam? Es sah auf alle Fälle sehr komisch aus.

Mir allerdings stand jetzt das gleiche Problem gegenüber. Ich stieg aus der Wanne und zog mir etwas an. Leider hatte ich keinen Baseballschläger und so nahm ich den Fön. Ich ging zur Tür und lauschte noch mal. Nichts zu hören. Ich öffnete sie langsam und so leise wie möglich und guckte um die Ecke, ob ich etwas oder jemanden sehen konnte. Da ich nichts entdecken konnte, ging ich ganz aus dem Bad und schaute mich in meiner Wohnung um, ob ich etwas Verdächtiges sah oder eine Erklärung für das Geräusch fand. Nach ein paar Minuten stand fest, es war niemand unangemeldet in meiner Wohnung und es lag auch nirgends ein Glas oder Glassplitter auf dem Boden.

Ich ging erleichtert zurück ins Bad, als mir im letzten Moment auffiel, dass mein Festnetztelefon auf meinem Sideboard nicht, wie üblich, in der Ladestation stand, sondern neben dran lag. Ich ging langsam rüber und stellte es wieder hinein. Komisch. Ich stellte es immer in die Ladestation!

Mich fröstelte etwas, da ich aber nirgendwo ein Zeichen für einen Einbruch, oder Ähnliches, festgestellt hatte, musste ich es wohl das letzte Mal vergessen haben.

Ich ging wieder ins Bad und machte mich fertig fürs Bett. Morgen war wieder „Frühschicht" angesagt und ich wollte ausgeruht sein.

Kapitel 15

Ben schaute am Nachmittag kurz vorbei und sagte mir, dass er noch mal weg müsste. Es gab noch einiges wegen seinem Lied, oder besser gesagt wegen meinem Lied, zu klären. Als er ging, schaute ich ihm verliebt hinterher. Liz wollte sofort alles über meinen Geburtstag hören und wissen, welche Geschenke ich bekommen hatte.

Ich ließ geschickt ein paar kostspielige und pikante Details aus, aber erzählte ihr im Großen und Ganzen von dem tollen Tag und dem Abendessen. Sie war entzückt und ein klein wenig neidisch, hätte sie doch auch gern jemanden wie Ben. Der kam pünktlich zum Abendessen wieder, und als er fertig war, konnten wir nach Hause fahren, denn ich hatte Feierabend.

Die nächsten Tage vergingen ähnlich. Ben brachte mich zur Arbeit, war zwischendurch weg und kam dann zum Abendessen wieder und fuhr mit mir nach Hause. Ich konnte es kaum erwarten, bis es endlich Freitag war. Ich dachte, wir würden Freitag gleich nach der Arbeit zu Ben fahren. Aber, wie immer, wurde ich enttäuscht.

„Du willst jetzt zu mir fahren? Das lohnt sich doch gar nicht mehr. Morgen nach dem Einkaufen fahren wir, dann siehst du auch alles viel besser im Tageslicht. Aber ich sag dir gleich, meine Wohnung ist anders als du dir vorstellst. Du wirst sicher enttäuscht sein."

„Das lass mal meine Sorge sein! Ich bin schon so gespannt!" Ich klatschte freudig in die Hände. Ich war tatsächlich sehr neugierig und aufgeregt. Das kam alles nur, weil Ben mir seine Wohnung so lange vorenthalten hatte.

Betty bereitete inzwischen schon so was wie eine „Willkommens-Party" vor. Auch sie war aufgeregt und noch neugieriger als ich!

In dieser Nacht fand ich kaum Schlaf, ich musste immer wieder an Bens Wohnung denken und wie es da wohl aussehen mochte. Nach stundenlangem Herumwälzen im Bett, stand ich so leise wie möglich auf und ging ins Wohnzimmer. Ich schaute kurz aus dem Fenster und überlegte, ob ich mir einen Tee machen sollte oder warme Milch mit Honig. Sollte ja angeblich beim Einschlafen helfen.
Noch während ich überlegte, hörte ich hinter mir das Knarren des Fußbodens. Ich brauchte mich nicht umzudrehen, um zu wissen, dass Ben aufgestanden war. Er kam direkt zu mir und umarmte mich von hinten. Er legte sein Kinn auf meine Schulter und ich konnte seine Bartstoppeln spüren. Sie waren so lang, dass sie nicht mehr kitzelten, aber kurz genug, um nicht schmerzhaft zu sein.
„Was ist los, Rotschopf? Kannst du nicht schlafen?", flüsterte er an meinem Hals.
„Hab ich dich etwa geweckt? Entschuldige, dass wollte ich nicht." Ich schmiegte mich in seine Arme und lehnte meinen Kopf an seinen.
„Ich muss immer wieder an deine Wohnung denken, ich weiß auch nicht. Ich bin einfach so … so gespannt."
„Dann muss ich dich wohl auf andere Gedanken bringen!" Er küsste meinen Hals und ging dann zur Stereoanlage, um das Radio einzuschalten. Ich schaute ihm zu, begriff aber nicht, was er vorhatte. Im Radio lief

angenehm ruhige Musik, Ben schob den Couchtisch und das Sofa etwas zur Seite, machte den Dimmer meiner Stehlampe minimal an und kam wieder zu mir. Er hielt mir die Hand hin:

„Darf ich um diesen Tanz bitten?"

„Oh, du bist so süß! Wie könnte ich da Nein sagen?" Ich legte meine Hand in seine und er zog mich ganz fest an sich. Ich legte meine Arme um seinen Hals und schmiegte mich fest an seinen Körper. Er hielt mich in seiner Umarmung gefangen, und so tanzten wir zuerst eng umschlungen etwas auf der Stelle. Ich hörte Maroon5 mit „Never Gonna Leave This Bed" und Enrique Iglesias' „Hero". Es war so romantisch. Der Mond schien leicht ins Wohnzimmer und tat seinen Rest. Ich war einfach nur glücklich, schaute Ben an und merkte, dass mir eine kleine Träne die Wange herunterlief.

„Sonnenschein, was ist los?"

„Ach, nichts. Das ist nur so romantisch! Ich bin einfach so glücklich!" Ben hob mein Kinn etwas, um mich zärtlich zu küssen. „Ich liebe dich, Rotschopf. Schon so lange und so sehr!" Er küsste mich wieder, und dann drehte er mich von sich weg und wieder zu sich hin, sodass ich lachen musste. „Ich liebe dich auch!" Wir tanzten jetzt in einem größeren Kreis, mit ausladenderen Gesten zu Jasons Derulo's „Other Side" und Taylor Swift's „This Love". Wir tanzten noch ein Weilchen bei Mondschein und gedimmten Licht, bis mich die Müdigkeit doch noch einholte und wir uns im Bett aneinander kuschelten.

Samstag brauchte ich kein Frühstück. Dafür aß Ben betont langsam, zumindest kam es mir so vor, und auch sonst trödelte er zu viel für meinen Geschmack.

Betty versuchte alles, damit die Zeit schneller verging. Sie ließ eine Eieruhr klingeln, die Schulglocke läuten, die Baustellenuhr bimmeln … *Sag mal, wie lange willst du dich noch an der Nase rumführen lassen? Schnapp ihn dir jetzt und dann nichts wie los! Er hat genug Zeit vergeudet!* Jetzt war sie gereizt. Aber sie hatte recht.

„Also jetzt hab ich aber die Nase voll! Du stehst jetzt sofort auf und wir fahren, Mister!" Ben sah mich erstaunt an.
„Schon gut, schon gut. Ich bin ja schon fertig." Er hob beschwichtigend die Hände. Trotzdem hatte ich das Gefühl, dass weitere Stunden vergingen, bis wir endlich losfuhren. Ich flog förmlich durch den Einkaufsladen und sammelte nur die Lebensmittel ein, die überlebenswichtig waren. Danach zog ich Ben geradewegs zur Kasse und zurück zum Auto. Ben konnte nur leise vor sich hin lachen. Ich wollte die Einkäufe nicht erst wieder zu mir bringen, daher fuhren wir gleich zu Ben.
Wir fuhren fast eine halbe Stunde zum Humbold Park und dort in die Crystal Street. Die Häuser dort sahen schon ein klein wenig anders aus und vor allem merkte man deutlich, dass man in einer Wohngegend war und nicht mehr im Industrieviertel. Der Humbold Park war genau gegenüber, kein Wunder also, dass Ben so sportlich war.

Betty staunte nicht schlecht. Sie fing gleich an, eine Geschenkeliste für die Hochzeit zu erstellen und informierte sich über Essen und Kuchen. Ich musste sie wieder bremsen, das ging schon wieder zu schnell mit ihr.

Vor Bens Haus angekommen, hielt er mir, wie üblich, wieder die Autotür auf und holte einen zweiten Satz Schlüssel aus der Tasche.

„Hast du denn deinen Haustürschlüssel gar nicht bei den anderen? Das könnte ich nicht, da würde ich ihn ja ständig vergessen", sagte ich amüsiert.

„Doch! Ich … ja … normal habe ich das schon, das ist der …. Ersatzschlüssel! Genau, der Ersatzschlüssel!"

„Und wieso sperrst du jetzt mit dem Ersatzschlüssel auf, wenn du doch den normalen Schlüsselbund auch dabei hast?" Ich war irritiert. Ben sah mich aus zusammengekniffenen Augen an.

„Willst du jetzt die Wohnung sehen, oder nicht?", kam seine gereizte Antwort.

„Natürlich, entschuldige. Ich meinte ja nur." Er sperrte die Tür auf und wir gingen hinein.

„Oben wohnt noch eine andere Familie. Mir gehört das Reich im Erdgeschoß."

Ich ging hinein und sah mich ganz genau um. Die Wohnung war auf- und ordentlich eingeräumt. Kein Schnickschnack aber auch keine persönlichen Sachen, wie Bilder oder Fotos. Alles in allem, sah es irgendwie aus, wie eine Wohnung aus der Zeitschrift „Besser Wohnen". Alles sehr auf einander abgestimmt, aber es fehlte einfach der persönliche Touch.

„Du hast es ja recht gemütlich hier, aber wieso hast du keine Bilder oder Fotos aufgehängt? Das sieht ja doch etwas unpersönlich aus, findest du nicht?"

„Nein, finde ich nicht. Ich mag es so! Bilder stören nur und Fotos verstauben, die muss man ständig sauber machen." Seine gereizte Stimmung wurde nicht besser, im Gegenteil! Je länger wir uns in der Wohnung aufhielten umso schlimmer wurde es, bis er schon fast aggressiv wurde.

„Was hast du für ein Problem? Ich dachte, wir könnten den Rest des Wochenendes bei dir verbringen? Hier ist es doch so viel schöner als bei mir im Industrieviertel. Den

Park direkt vor der Nase … Kein Wunder, dass du so sportlich bist", versuchte ich es auf die nette Tour.

Ich ging, liebevoll lächelnd, zu ihm und fuhr dann mit den Handflächen über sein Hemd. Ich spürte die darunterliegenden Brustmuskeln, die er angespannt hatte. Er schien generell sehr angespannt zu sein.

„Was ist denn los?", versuchte ich es wieder.

„Ach, es ist nichts. Ich hab es nur nicht gern, wenn jemand in meiner Wohnung ist. Das ist alles. Lass uns doch ein bisschen im Park spazieren gehen und dann wieder zu dir fahren. Deine Wohnung ist so viel gemütlicher als meine!"

„Was? Das meinst du doch nicht ernst?! Meine Wohnung ist winzig gegen deine und außerdem … sollten wir sie nicht ‚einweihen'?"

„Was meinst du mit einweihen?" Jetzt war Ben irritiert. Ich ließ meine Hände über seinen Körper gleiten bis hinunter zu seinem Schritt. Dort streifte ich über seinen Penis und sah ihm dabei lüstern in die Augen.

„Oh, ach so! Jetzt verstehe ich!"

Er küsste mich und schielte dabei so unauffällig wie möglich auf seine Armbanduhr. Ich bemerkte es jedoch trotzdem.

„Erwartest du noch jemanden?"

„Was? Was ist denn das für eine Frage, natürlich nicht!" Er machte eine abfällige Bewegung mit seiner Hand und zog mich näher zu sich. Ich bekam ein seltsames Gefühl in der Magengegend, so als würde etwas nicht stimmen. Ben benahm sich immer öfter widersprüchlich. Allerdings war ich durch seine Küsse und seine Lippen an meinem Hals abgelenkt, sodass ich nicht weiter nachfragte.

Er zog mich mit sich ins Schlafzimmer und zog mich unter heißen Küssen, die eine brennende Spur auf meinem

Körper hinterließen, aus. Ich wollte ihm beim Ausziehen auch helfen, aber er lehnte kopfschüttelnd ab. Wir legten uns auf das Bett, küssten und berührten uns überall. Ben ging schneller als sonst vor und es hatte den Anschein, als wäre er in Eile. Er streichelte, saugte, knetete meine Brüste und den Rest meines Körpers mit der gleichen Hingabe wie sonst, nur alles schneller und kürzer. Das hinderte mich allerdings nicht daran, mir bei ihm Zeit zu lassen. Ich genoss es, über seine Muskeln zu streichen, seine Brust zu küssen und mit meiner Zunge eine Spur zu seinem erwachenden Ständer zu legen. Ben stöhnte auf. Ich wollte gerade seinen heißen und prallen Schwanz in den Mund nehmen, als ich nach oben gerissen wurde. Ben zog mich auf sich, sodass ich rittlings auf ihm saß.

„Ich will dich spüren! Jetzt gleich!", flüsterte er mit rauer Stimme und sah mir dabei direkt in die Augen.

Ich sah in seinen Funken der Lust sprühen und mein Herz machte einen Sprung. *Na, das ging aber schnell*, dachte ich noch. Ben hob mich etwas hoch, sodass ich seinen harten Schwanz in mir versenken konnte. Er fühlte sich so gut an und ich konnte ihn ganz tief in mir spüren. Ich fing an, meine Hüften kreisen zu lassen und stützte meine Hände auf Bens Brust ab. Ich biss mir lustvoll auf die Lippe und spürte seine Hände auf meinen Hüften. Sie versuchten meinen Takt schneller werden zu lassen, aber ich ließ mich nicht beeinflussen.

Ich lehnte mich nach hinten und umfasste Bens Knöchel, um mich abstützen zu können, dann wippte ich auf und ab und konnte in sein Gesicht sehen. Er war von dem freien Blick auf mein Liebeszentrum und seinen Großen, der langsam rein- und rausglitt, extrem angetörnt. Er stöhnte auf. Ich bewegte mich schneller. Mein Kopf fiel in den Nacken und ich konzentrierte mich nur auf das Gefühl, ihn in mir zu spüren, Bens Hände an meiner Hüfte und dem Po und dann plötzlich Bens Daumen auf meiner Liebesknospe. Er umkreiste meine pralle Perle gekonnt und intensivierte somit meine Lust. Seine zweite Hand knetete eine meiner auf und ab hüpfenden Brüste. Ich keuchte auf und biss mir wieder auf die Lippe. Meine Bewegungen wurden schneller und dann setzte ich mich wieder auf bzw. lehnte mich zu Ben nach vorne und küsste ihn, während mein Ritt immer heftiger wurde.

Ben umfasste mein Gesicht, und seine Zunge spielte mit meiner wildes Fangen, bis er mich wieder an der Hüfte packte und seine Stöße fester, fast schon brutal wurden. Dann drehte er uns beide um, sodass ich unter ihm lag. Er drängte sich wieder zwischen meine Beine, zog mich näher zu sich und stieß unbarmherzig zu. Ben kam kurze Zeit später zum Höhepunkt, während ich noch etwas Zeit gebraucht hätte. Leider war mir diese nicht vergönnt. Ben sackte auf mir zusammen, bevor er sich, völlig außer Atem, zur Seite rollte.

„Oh, das war toll! Was wollen wir zum Abendessen machen?" „Äh, wie bitte, was? Ich hatte mein kleines ‚Vergnügen' noch nicht und du denkst schon ans Abendessen?"

„Du bist nicht zum Höhepunkt gekommen? Ich dachte … das vorher … Das war nicht … Oh Shit! Soll ich dich noch mal mit meiner Zunge verwöhnen, denn mein Großer macht erst mal Pause." Er blickte an sich hinab und schaute mich dann mit einem entschuldigenden Lächeln an.

„Nein. Schon gut. Jetzt hab ich auch keine Lust mehr. Aber das krieg ich doppelt zurück!" Ich war etwas angefressen. Zuerst das ganze Gezicke wegen der Wohnung, dann sozusagen nur ein Quickie und zu allem Überfluss noch nicht mal ein Orgasmus. Solche Anwandlungen war ich von Ben nicht gewohnt.

„Versprochen, ich revanchiere mich bei nächster Gelegenheit!" Dann sprang er auch schon auf, suchte seine Sachen und zog sich an. „Kommst du? Das Wetter ist noch so herrlich, lass uns rüber in den Park gehen." Und weg war er. Er ging ins Wohnzimmer und schien zu prüfen, ob alles in Ordnung war.

Betty war stinksauer. Sie stand mit verschränkten Armen da. Sie mochte es gar nicht, unbefriedigt zurückgelassen zu werden. Sie hatte einen roten Kopf und warf dann aus lauter Frust eine Vase auf den Boden, die gleich in tausend Stücke zersplitterte. Dann holte sie Ihre Spielzeugkiste wieder hervor, denn schließlich hatte sie nicht vor, dass auf sich sitzen zu lassen. Sie verschwand mit dem ganzen Kram im Bad und ich hörte nur noch Brummen und Summen und lautes Gestöhne.

Recht hatte sie! Ich zog mich langsam an. Ich kam allerdings nicht dazu, ins Wohnzimmer zu Ben zu gehen, denn er kam gerade wieder ins Schlafzimmer und sah das ungemachte Bett. Er war kurz davor, auszuflippen, was auch nicht typisch war für ihn.

„Wieso hast du denn das Bett nicht gemacht? Das muss alles ordentlich sein!" Wild fuchtelnd rannte er zum Bett und richtete das Laken, die Kissen und die Bettdecken.

„Also jetzt hab ich aber die Nase langsam voll! Erstens, hör auf mich wegen jeder Kleinigkeit anzupflaumen! Zweitens, machen wir mein Bett auch nicht sofort, wenn wir aufstehen. Also was soll das Theater jetzt? Und Drittens, verheimlichst du mir doch was! Das ganze Getue hier ist doch nicht normal, auch wenn du keinen Besuch in deiner

Wohnung magst, aber dein Verhalten ist völlig übertrieben!"
Jetzt wurde ich richtig wütend. Ben sah mich verständnislos an.

„Ich hab dir gesagt, ich möchte nicht, dass jemand in meine Wohnung kommt. Du hast mich gedrängt, sie dir zu zeigen. Wir hatten sogar Sex hier! Und jetzt regst du dich auf, weil ich es so haben will, wie es vorher war?"

„Ich rege mich über deine Art, mit mir hier so umzuspringen, auf! Das ist nicht nett und das bist auch nicht du! Also, was ist hier los?"

„Hier ist nichts los, ich möchte nur endlich gehen. Können wir das jetzt!?"

Das war keine Frage mehr, sondern schon ein Befehl. Ich packte wütend meine Sachen und rauschte an ihm vorbei nach draußen.

„Jetzt sei nicht sauer", versuchte Ben mich zu beruhigen. Aber diesmal hatte er es eindeutig übertrieben.

„Ich möchte jetzt bitte nach Hause! Zu mir! In meine Wohnung! Wo du herzlich willkommen bist! Und ich so viel Unordnung machen kann, wie ich möchte!"

Ben widerstand dem Drang, mich zu berühren. Resigniert ging er zum Auto und sperrte auf. Die Heimfahrt und auch der restliche Abend waren alles andere als warmherzig, von meiner Seite aus.

Kapitel 16

In den nächsten Tagen und Wochen war das Thema „Bens Wohnung" gestorben. Keiner verlor auch nur ein Wort darüber, und so kamen wir langsam aber sicher über die erste Phase des Verliebtseins hinaus.

Ben war fast jede Sekunde, die er konnte, bei mir. Egal ob er mich mittags zur Arbeit brachte, oder abends auf mich wartete, bis ich Schluss hatte. Ben war da. Beim Aufräumen zu Hause fand ich in einer Schublade seine Sachen. Wann hatte er die denn gebracht? Wollte er jetzt schon bei mir einziehen? Das bildete ich mir sicher nur ein.

Ich hatte kaum Zeit für mich, denn immer, wenn ich mich umdrehte, war Ben in der Nähe. Außer sonntags. Zum Brunchen durfte ich noch alleine gehen. Und das brauchte ich auch dringend. Die Zeit mit Georgie bedeutete mir sehr viel.

Betty hatte eine Idee: *Lass dir von Phil doch was Tolles kochen und bring es Ben zu Chess Records. Dann kannst du ihm beim Essen in Ruhe sagen, dass du etwas mehr Freiraum brauchst. Du wolltest noch nicht mit jemanden zusammenziehen, denn das seid ihr quasi, still und heimlich. Er ist ja ständig da!*

Die Idee war gar nicht schlecht. Wenn ich in der Bar arbeitete, war Ben nicht die ganze Zeit über da. Das nächste Mal, wenn er weg müsste, würde ich Essen holen und zu ihm gehen. Gesagt, getan. Gleich am nächsten Tag bot sich die Gelegenheit. Ben brachte mich zur Arbeit und sagte mir, er würde dann kurz vor Schichtende wiederkommen und mich abholen.

Ich bat Phil, mir für meine Pause etwas Leckeres zu Essen zu machen. Dann fragte ich Liz, ob es ihr viel ausmachte, wenn ich 10 Minuten länger wegblieb, da ich ja zu Fuß um den Block zu Chess Records musste.

Wie erwartet hatte Liz nichts dagegen. Ich war ihr sehr dankbar.

Dann stiefelte ich mit Essen beladen los zu meinem Lieblingsplattenlabel. Am Empfang sah mich eine junge Frau neugierig und lächelnd an.

„Hi, ich bin Denise. Kann ich Ihnen helfen?"

„Ja, hi, ich bin Aurelie, Bens Freundin. Ich wollte ihm sein Essen bringen. Kann ich zu ihm?"

„Ben?" Sie schaute mich fragend an.

„Oh, Entschuldigung. Benjamin Bing. Er ist Songwriter hier", versuchte ich es noch einmal.

„Es tut mir leid, einen Benjamin Bing kenne ich hier nicht. Sind Sie sicher, dass er hier arbeitet?"

„Ja, natürlich bin ich das, sonst wäre ich doch nicht hier!"

„Einen Moment, ich schaue noch mal schnell im Computer nach, ich kann mir ja auch nicht alle Namen merken." Sie lächelte mich aufmunternd an, schüttelte aber während sie auf ihrer Tastatur rumhackte, den Kopf.

„Es tut mir wirklich leid, aber auch im Computer habe ich keinen Benjamin Bing."

„Das ist unmöglich. Wir sind seit gut drei Monaten zusammen und er erzählt mir fast täglich, was hier alles passiert. Und letztens hat er sogar einen Vertrag für seinen Song abgeschlossen. Er soll vermarktet werden. Benjamin ist Songwriter. Sehen sie doch bitte noch mal nach."

„Ich habe bereits alles gecheckt. Es gibt hier keinen Benjamin Bing. Es tut mir sehr leid." Mit einem entschuldigenden Schulterzucken schaute sie mich wieder an.

„Oh. Okay. Dann gehe ich mal wieder."
Ich war total verwirrt. Was sollte das denn jetzt? Ben musste hier doch arbeiten! Langsam ging ich zurück zum Reggies.

Betty war genauso geschockt und verwirrt wie ich. Sie zog sofort ihren Laptop heraus und tippte wie wild auf der Tastatur herum. Scheinbar wollte sie Ben jetzt Googeln.

Das bringt doch nichts, sagte ich in Gedanken zu ihr. Ich fange doch nicht nach drei Monaten an, meinen Freund zu Googeln. Ich frage ihn später einfach. Das ist sicher ein großes, dummes Missverständnis.

Die Zeit, bis Ben endlich wieder zurück war, kam mir ausnahmsweise wie eine Ewigkeit vor. Ich konnte mich nicht konzentrieren, verwechselte Bestellungen, erstellte falsche Rechnungen und, zu allem Überfluss, goss ich einem Kunden ein Glas Wasser über die Hose. Ich war total neben der Spur.

Liz half mir aus der mehr als unangenehmen Situation, aber nur unter der Voraussetzung, dass ich ihr erzählte, was in meiner Pause passiert war.

Ich wollte gerade zu erzählen anfangen, als ich Ben durch die Tür kommen sah.

Betty hatte bereits ein Grab geschaufelt, in das sie Ben eingraben wollte. Sie wollte gar nicht erst irgendwelche Lügen hören.

Ich baute mich mit verschränkten Armen vor Ben auf und schaute ihn wütend an.

„Hey Rotschopf. Bist du etwa schon fertig für heute?"

„Nein, ich bin hier noch nicht fertig, aber ich bin gleich fertig mit dir!", fauchte ich ihn an. „Ich wollte dich in der Arbeit überraschen und hatte Essen dabei! Ich sagte der Tussi am Empfang, dass ich zu Benjamin Bing wollte, und rate mal – sie sagte mir, es würde kein Benjamin Bing bei Chess Records arbeiten! Was soll das? Hast du mich angelogen?" Vor lauter Aufregung fing meine Stimme an zu zittern, während ich Ben fest in die Augen sah.

Für eine Millisekunde huschte Angst über sein Gesicht, dann hatte er sich jedoch wieder im Griff.
„Wow, wow, wow! Jetzt komm erst mal wieder runter! Wer hat dir denn das erzählt?"
„Na, die Empfangstussi! Denise, glaube ich, hieß sie."
„Denise? Dann ist mir ja alles klar. Sie arbeitet erst kurz bei uns. Ich hatte mir einen Spaß mit ihr erlaubt und ihr gesagt, ich würde anders heißen."

Betty und ich waren noch nicht überzeugt. Wieso sollte er sich für jemand anderes ausgeben? Betty hatte noch die Schaufel in der Hand und wollte wieder loslegen, das Grab noch ein Stück tiefer auszuheben.

„Wieso solltest du dich für jemand anderes ausgeben? Und warum solltest du das noch nicht aufgeklärt haben? Sag mir jetzt einfach die Wahrheit! Arbeitest du bei Chess Records oder nicht?" Ich blickte ihn flehend an. Wenn ich eins nicht leiden konnte, dann in Ungewissheit leben.

„Natürlich arbeite ich dort! Woher sonst sollte ich das ganze Geld haben? Meinst du, ich bin der Sohn eines reichen Geschäftsmannes, der sich als jemand anders ausgibt, nur um seine große Liebe zu erobern?" Ben lachte unsicher auf. „Das wäre doch total krank! Soll ich es dir

beweisen? Dann lass uns noch mal hingehen! Jetzt auf der Stelle!"
„Ich kann nicht. Meine Schicht ist noch nicht aus!"
„Okay, weißt du was? Ich gehe hin und stelle das mit Denise richtig. Und dann soll sie dich anrufen, damit du mir glaubst!"
„Okay, gut! Ich meine, nein, das muss auch nicht sein ... ach, ich weiß auch nicht." Ich ließ die Arme sinken und schaute etwas hilfesuchend und bedrückt zu Boden.
„Hey! Kleines!? Vertraust du mir nicht? Vertrauen heißt auch, dem anderen zu glauben!"
„Natürlich vertraue ich dir! Das Ganze war nur so merkwürdig ... Aber ..." Ich schaute Ben mit großen Augen an. „Was hast du da eben von großer Liebe gesagt?"

Betty warf die Schaufel in hohem Bogen weg und holte stattdessen wieder ihren Brautstrauß. Man! Sie konnte sich aber echt nicht entscheiden!

Ben kam einen Schritt näher zu mir, legte seine Hand an meine Wange und sah mit diesen tollen blaugrünen Augen fast bis in meine Seele.
„Ich meine das vollkommen ernst! Du bist meine große Liebe und ich werde alles dafür tun, damit du bei mir bleibst!"
Ich war zutiefst gerührt und konnte mir gerade noch so eine Träne verdrücken.
„Oh, Ben! Ich liebe dich auch!" Er küsste mich lange und innig, bis uns Liz leider störte. Sie stand räuspernd hinter mir.
„Ich möchte ja ungern stören, aber die Gäste bedienen sich nicht von selbst. So leid es mir tut." Sie klopfte mir leicht auf die Schulter und ging wieder. Ich hatte das Gefühl,

innerlich zu verglühen, meine Wangen brannten und der Gedanke daran, dass er vielleicht doch nicht bei Chess Records arbeitete, war in meinem Kopf ganz weit nach hinten gerückt.

Ben telefonierte fast die ganze restliche Zeit, bis meine Schicht zu Ende war und wir nach Hause gehen konnten. Mein Plan von etwas mehr Abstand war auch wieder verschwunden, denn Ben tat wirklich ALLES, um mich glücklich zu machen.

Kapitel 17

Die nächsten Tage und Wochen ging so weit alles gut. Ich schwebte wieder auf Wolke sieben, und Ben benahm sich ganz normal. Doch das Drama nahm seinen Lauf! Ben kam immer öfter mit zum Sonntagsbrunch. Ich versuchte, mir meine Anspannung nicht anmerken zu lassen, aber George fiel das natürlich auf. Ich konnte ihm aber nicht erklären, was los war, da Ben ja ständig dabei war. Auch versuchte er jeden Kontakt zu George langsam und unauffällig zu unterbinden. So fiel ihm für Sonntag immer etwas ein, was wir unternehmen konnten, und wenn ich mich von George nach dem Brunchen verabschiedete, hielt er meine Hand fest, sodass ich George nur kurz oder halbherzig umarmen konnte.

Wenn ich telefonierte, wurde ich, ganz beiläufig, gefragt, mit wem ich mich denn unterhalten hätte und wenn ich mal etwas länger mein Handy in der Hand hatte, kam bereits die gleiche Frage.

Ben wurde immer eifersüchtiger, und eines Tages trieb er es auf die Spitze. Ich hatte eine Nachricht von George bekommen und musste grinsen, weil er ein dummes Foto geschickt hatte, als Ben zu mir gestürmt kam und mein Handy verlangte.

„Was soll das? Mit wem schreibst du schon wieder? Und warum musst du dabei lachen?"

„Hallo? Ich hab eine Nachricht von George bekommen. Ein komisches Foto einer Katze! Was ist dein Problem?"

„Von George? Sag mal, findest du nicht, dass du in letzter Zeit etwas zu viel mit George schreibst? Ihr seht euch doch eh Sonntag wieder!"

„Also jetzt komm mal wieder runter! Ich schreibe mit Georgie, so viel und so oft ich möchte, dass lass ich mir von keinem nehmen!"

„Ach, dann ist George also doch so etwas wie der Notnagel? Sollte es mit uns nicht klappen, oder wie?"

„Er soll was sein? Also jetzt übertreibst du maßlos! Ich dachte, du kannst George gut leiden? Wieso bist du dann jetzt plötzlich eifersüchtig?" Bei dem Gedanken daran, dass George mein „Notnagel" sein sollte, musste ich herzhaft lachen.

„Das ist ja wohl mein gutes Recht. Ich weiß, man spioniert nicht im Handy des anderen, aber ich habe deines letztens in der Hand gehabt. Der Umgang und die Anreden von George und dir sind alles andere als freundschaftlich!" Ben sah mich mit wutverzerrtem Blick an.

Mir blieb das Lachen im Hals stecken und ich war zutiefst schockiert.

„Du hast was? Du spionierst mir hinterher? Was war das vor ein paar Wochen noch mit „vertraust du mir"? Das ist ja wohl die Höhe. George und ich kennen uns, seit wir Teenager sind. Wir sind die besten Freunde! Na klar reden wir uns nicht an, als würden wir uns erst drei Tage kennen!" Ich schrie Ben die Wörter förmlich entgegen, so aufgebracht war ich jetzt. Vor lauter Wut fühlte ich, wie sich meine Augen langsam mit Wasser füllten. *Nein, jetzt bloß nicht heulen!* Dachte ich mir und wurde darüber noch wütender.

„Ich will jetzt ein für alle Mal wissen: Betrügst du mich mit George?"

„Waaas? Also jetzt schlägt's aber dreizehn! Spinnst du jetzt komplett? Ich fass' es nicht … NEIN! Tue ich natürlich nicht!"

„Dann zeig mir dein Handy noch mal!"

„Was? Wieso? Einen Teufel werd ich tun!"

„Ich möchte dich zu manchen Sachen etwas fragen."

„Das geht nicht, ich habe es letztens bereinigt und alle Chats gelöscht …" Wieso fühlte ich mich auf einmal schuldig? Ich hatte überhaupt nichts verbrochen?!

„Ach, das ist ja ein komischer Zufall!" Während ich im Zimmer auf und ab ging, blieb Ben ganz still stehen und fixierte mich mit kalten Augen.

„Ich möchte nicht mehr, dass ihr euch mit Süßer, Süße, Kleines oder sonst irgendwelchen Kosenamen ansprecht. Das gehört sich nicht!"

„Okay, weißt du was? Es reicht mir! Seit Wochen kann ich keinen Schritt mehr machen, ohne dass du dabei bist! Ich brauche auch mal wieder etwas Zeit für mich! Alleine! Und da du jetzt definitiv einen Schritt zu weit gegangen bist, finde ich es nur fair, wenn wir eine kleine Pause einlegen. Dann kann jeder von uns über die Beziehung nachdenken und wohin das führen soll."

Ben starrte mich entgeistert an. Er verlor jegliche Fassung.

„Das … das kannst du doch nicht machen! Ich liebe dich! Du bist mein Ein und Alles!" Er versuchte mich in den Arm zu nehmen, aber ich schob ihn weg.

„Bitte! Tu mir das nicht an!", flehte er.

„Ich liebe dich doch auch. Aber du engst mich momentan zu sehr ein. Du nimmst mir die Luft zum Atmen! Ich brauche diese Pause, um wieder Zeit für mich zu haben. Das geht alles so schnell mit uns …!"

„Aber ... aber ..." Ben fehlten die Worte und es sah so aus, als würde er in sich zusammensacken.

„Ich möchte, dass du jetzt bitte gehst." Meine Stimme war nur noch ein Flüstern, und als ich zu Boden blickte, füllten sich meine Augen endgültig mit Tränen.

Ben verließ die Wohnung ohne ein weiteres Wort. Ich wollte ihm schon hinterherrennen, denn in meiner Brust verspürte ich plötzlich einen heftigen Stich, direkt in der Herzgegend, doch Betty hielt mich zurück.

Lass ihn gehen. Ihr müsst euch beide erst beruhigen und Abstand gewinnen! Denk ein paar Tage über alles nach und atme durch.

Sie hatte recht und trotzdem fühlte ich mich, als hätte ich gerade alles verloren. Ich brach im Wohnzimmer zusammen, heulte und schluchzte die nächste Zeit laut und hemmungslos auf dem Boden sitzend, bis keine Tränen mehr kamen. Danach wusste ich nicht so recht, was ich machen sollte. Ich ließ mir ein Beruhigungsbad ein und weil ich dann so müde und kaputt war, ging ich anschließend gleich ins Bett.

Mitten in der Nacht wachte ich plötzlich auf, weil ich dachte, ich würde Bens Aftershave riechen. Ich setzte mich auf, versuchte im Dunkeln etwas zu erkennen und horchte.

Kein Geräusch außer meinem Herzschlag und meiner Atmung war zu hören. Oder doch? Was war das? Bildete ich mir das ein, oder war da ein leises Knarren, so als würde sich jemand im Flur aufhalten? Ich hielt die Luft an und horchte noch mal. Nichts. Ich bekam Gänsehaut und mein Herzschlag ging schneller. Dann nahm ich wieder Bens Aftershave wahr. Zumindest das hatte ich mir nicht eingebildet. Aber wieso roch es mitten in der Nacht nach Ben? Ich wusste es nicht und war zu müde, um darüber nachzudenken. Ich fiel zurück in einen unruhigen, traumlosen Schlaf.

Am nächsten Morgen fühlte ich mich wie gerädert. Einerseits. Andererseits konnte ich zum ersten Mal seit Langem wieder durchatmen. Ich war alleine. Ben war nicht da. Sofort bekam ich wieder einen Stich in der Brust, den ich aber geflissentlich ignorierte. Ich wollte nicht deprimiert sein. Betty hatte recht! Ich brauchte diese Zeit für mich! Und so ging ich gut gelaunt in den Tag. Als ich zur Arbeit aufbrechen wollte, fiel ich vor meiner Wohnungstür über einen Strauß Blumen. Keine Karte. Aber das war auch nicht nötig. Ich wusste auch so, dass sie von Ben waren. Er sollte doch Abstand halten. Schon gut. Es waren nur Blumen und sie lagen nur vor der Tür. Aber wieso lagen sie vor der Tür? Wer hatte ihn denn reingelassen? Oder hatte er plötzlich einen Schlüssel? Und wenn ja, woher?

Ich hatte keine Zeit, zu grübeln, ich warf die Blumen ins Wohnzimmer und sauste zur Arbeit.

Dort verlief alles wie gewohnt, mit dem Unterschied, dass ich viel fröhlicher war. Ich flirtete hier und da mit ein paar Gästen und summte leise vor mich hin.

„Sag mal, was ist denn heute mit dir los? Du bist so fröhlich wie schon lange nicht mehr." Liz beäugte mich von oben bis unten.

„Ach, mir geht es heute einfach gut!" Ich strahlte sie an, holte die Bestellung von Phil ab und tanzte schon halb zu dem Tisch, zu dem das Essen gehörte. Trotz des Hochgefühls, das ich gerade hatte, vermisste ich Ben jetzt doch und irgendwie hatte ich auch nicht damit gerechnet, dass er im Verlauf des Tages kommen würde.

Doch dann ging die Tür auf und er kam wie selbstverständlich und wie an jedem anderen Tag zum Essen.

Betty verspürte Wut. Sie dachte, es wäre gegen die Regeln, wenn er gleich am nächsten Tag wieder auftauchte. Sie sah aus wie ein Stier in der Arena, dem man ein rotes Tuch vor die Nase hielt. Sie schnaubte und irgendwie erwartete ich, dass ihr gleich Rauch aus der Nase steigen würde.

Ich freute mich, Ben zu sehen, denn schließlich sollte das nur eine Pause sein und keine Trennung! Also wieso sollte er nicht zum Essen kommen? Ich ging zu ihm rüber und drückte ihm einen kleinen Kuss auf die Wange.
„Oh, na damit hatte ich nicht gerechnet", gestand er freudig. „Wir haben nur eine Pause! Wir sind nicht getrennt!", erinnerte ich ihn fröhlich.
„Was willst du haben?"
„Okay, äh, gut, ich hab's verstanden! Ich nehme einen Burger mit Fritten und ein Wasser." Er streichelte über meinen Arm bevor er sich setzte. Ich nickte ihm munter zu und drehte mich um. Von seinem Blick, den ich im Rücken spüren konnte, ließ ich mich aber nicht beeindrucken.
Seit Ben aufgetaucht war, änderte sich allerdings nicht nur meine eigene Stimmung, sondern auch die im Lokal. Ich konnte nicht genau sagen wie und warum, aber etwas war anders.
Ich versuchte automatisch, nicht mehr zu flirten, obwohl das meinem Trinkgeld immens auf die Sprünge half, und auch mit Liz redete ich nicht mehr so viel.
Als der Gast von vorhin, mit dem ich noch geflirtet hatte, als Ben noch nicht da gewesen war, zahlen wollte, zwinkerte er mir zu und machte mir noch mal ein Kompliment. Ich

lächelte ihn an und bedankte mich natürlich, sah aber aus den Augenwinkeln, wie Ben uns mit ausdruckslosem Blick fixierte.

Es war mir plötzlich unangenehm, obwohl ich vorher auch freundlich zu den Gästen war. Musste ich ja, aber jetzt war es anders.

Der Gast ging und Ben kam sofort zu mir herüber.

„Was sollte das? Kaum machen wir eine Pause, schon flirtest du mit dem nächstbesten Gast, der dir ein Kompliment macht? Und das auch noch vor meinen Augen?" Er hatte meinen Arm gepackt und starrte mich finster und durchdringend an.

„Also jetzt reicht es mir aber endgültig! Du weißt ganz genau, dass ich auf das Trinkgeld angewiesen bin! Ich bin nicht reich und ich will auch nicht für immer hier arbeiten!" Ich entriss ihm meinen Arm und pikste mit dem Finger gegen seine Brust, um meine Worte zu unterstreichen.

„Wer hat dir gesagt, dass ich reich bin?", fragte er entgeistert. „Bitte? Was? Wovon redest du?" Ich schaute ihn misstrauisch an.

Betty kniff die Augen zusammen und untersuchte eine Art Voodoo-Puppe, die wie Ben aussah, mit der Lupe, um seine Geheimnisse zu erfahren. Leider gab die Puppe nichts preis.

„Ach, egal! Du gehörst mir! Ich werde dich nie wieder gehen lassen! Nie wieder! Und du wirst deinen Job hier aufgeben, damit du nicht mehr mit wildfremden Männern flirten musst!"

„Erstens, ich ‚gehöre' dir nicht! Zweitens, ich entscheide, wann ich wo kündige, und ich werde den Job nicht aufgeben, solange ich keinen neuen in Aussicht habe! Und drittens, …"

„Wie du willst!", unterbrach er mich. „Aber denke nicht, ich wüsste nicht alles! Ich werde dich überwachen lassen! Ich erfahre alles, was du tust oder nicht tust!", bei diesen Worten wurden seine Augen schmal und kalt. Er blickte mich boshaft an, bevor er mich einfach stehen ließ und ging.

Ich stand da wie ein begossener Pudel, und blinzelte ein paarmal, um seine Worte richtig verarbeiten zu können. Dann drehte ich mich um, aber Ben war schon weg. Ich schaute weiter zu Liz, aber die zuckte nur mit den Schultern und brachte Getränke an einen Tisch. Ich schaute auf meine Uhr, um einschätzen zu können, wann ich endlich nach Hause konnte. Es waren noch zweieinhalb Stunden. Wie sollte ich das überstehen?

Demotiviert verbrachte ich den restlichen Tag auf der Arbeit, ohne wirklich anwesend zu sein. Immer wieder schaute ich zum Eingang, in der Hoffnung, Ben würde zurückkommen, um noch mal mit mir zu reden. Wie meinte er das, er würde mich überwachen lassen? Will er einen Privatdetektiv engagieren? Oder wie sollte ich mir das vorstellen? Und wozu überhaupt? Ich hatte doch immer den gleichen Tagesablauf und da gab es doch absolut nichts zu spionieren oder zu überwachen …

Kapitel 18

Die nächsten Tage schaute ich mich immer um, sobald ich das Haus verließ, nur um sicherzugehen, dass mir niemand folgte oder etwas anders war als sonst. Wenn ich mit Georgie telefonierte, bildete ich mir ein, ein Knacksen in der Leitung zu hören. An einem Abend regnete es und ich hätte schwören können, dass ich vor dem Fenster jemanden mit Kamera gesehen hatte, aber beim zweiten Blick war niemand da. Ständig war ich kribbelig und bekam das Gefühl, langsam aber sicher paranoid zu werden und den Verstand zu verlieren.

Ben war nicht mehr zu erreichen. Er ging nicht ans Telefon und reagierte auch nicht auf SMS oder andere Nachrichten. Ich überlegte schon, noch mal bei Chess Records vorbeizuschauen, aber auf ein Wiedersehen mit der Tussi vom Empfang hatte ich keine Lust. Ich versuchte mich zu erinnern, wo seine Wohnung war und fuhr hin, in der Hoffnung ihn dort anzutreffen.

Als ich auf das Klingelschild schaute, stand ein anderer Name dran. „McHenderson", las ich laut. War ich hier tatsächlich richtig? Ich kratzte mich an der Stirn, doch Betty nickte so heftig, dass ich schon Angst hatte, ihr Kopf würde abfallen. Ich schaute noch mal das Haus an. Ja, es war das Richtige.

Ich drückte auf den Klingelknopf und wartete. Die Tür öffnete sich tatsächlich, aber es war nicht Ben, der dort stand, sondern ein kleiner untersetzter Mann, oder eher Männlein.

„Ja, bitte?", rief er mir zu.

„Äh, entschuldigen Sie die Störung. Ich bin auf der Suche nach Benjamin Bing. Ich hörte, er wohnt hier?!"

„Sie suchen wen? Benjamin Bing? Wie in Gottes Namen kommen sie darauf, dass er hier wohnen würde?" Der Mann hielt sich den dicken Bauch und fing zu lachen an, ehe er die Tür wieder schloss und ich da stand wie der Ochs am Berg. Ich schaute mich noch mal um, es war ohne Zweifel die richtige Adresse. Was wurde hier gespielt? Komplett verwirrt fuhr ich wieder nach Hause. Wenn ich nicht bald mit Ben redete, würde ich wirklich noch verrückt werden. Irgendwas ging hier nicht mit rechten Dingen zu, aber ich war mir sicher, dass Ben alles aufklären konnte.

In meinem Kopf hörte ich inzwischen ständig die Titelmelodie von „Mission Impossible".

Betty war komplett in Schwarz gekleidet. Mit einem Tuch über Mund und Nase sowie einem großen Hut, versuchte sie nicht aufzufallen oder sich wie ein Geheimagent in irgendwelchen Ecken oder hinter Pflanzen zu verstecken. Natürlich brachte das nichts. Ich fragte mich zum Teil auch, ob sie sich wirklich verstecken, oder ob sie spionieren wollte. Beides ging jedenfalls in die Hose.

Am Freitag hatte ich Spätschicht, weil ich mit Emma getauscht hatte. Da ich Ben ja nicht erreichte, kam mir das irgendwie gelegen, so konnte ich mich zumindest nicht zu Hause verkriechen und heulen, während ich mich wie ein Häufchen Elend fühlte. So würde ich noch das ganze Wochenende verbringen.

02:30 Uhr, endlich war meine Schicht zu Ende und ich konnte nach Hause fahren. Normalerweise machte es mir nichts aus, nachts alleine unterwegs zu sein. Aber heute war es anders.

Misstrauisch beäugte ich die anderen Fahrgäste im Zug, und an meiner Haltestelle ging ich fast rückwärts, um mir die Leute einzuprägen, die mit mir ausstiegen und mir folgten.

Als ich um die Ecke bog, in Richtung meiner Wohnung, dachte ich zuerst, ich wäre alleine, doch dann hörte ich in einiger Entfernung Schritte hinter mir.

Ich schaute über meine Schulter nach hinten und sah eine männliche Gestalt im Laternenlicht, die den gleichen Weg wie ich nahm. Ich konnte kein Gesicht erkennen, denn er trug einen Kapuzenpulli. Die Kapuze war weit ins Gesicht gezogen, der Blick auf den Boden gerichtet, und die Hände hatte er in den Taschen.

Er schien groß zu sein und gut gebaut. Von der Statur her ähnlich wie Ben. Ben. Ich musste an unseren Streit im Reggies denken und an seine kalten Augen. Er hatte mir Angst gemacht. Und wie war das gleich noch mal mit dem Überwachen? Jetzt bekam ich leichte Panik und sah wieder zu dem Fremden zurück. Er schien leicht zu schwanken, so als hätte er zu viel getrunken. Also war es Zufall, dass er in die gleiche Richtung ging wie ich. Trotzdem ließ sich die Beklommenheit nicht abschütteln und ich bekam von Kopf bis Fuß Gänsehaut. Das Panikgefühl wurde stärker und ich wäre am liebsten losgerannt.

„Es ist nicht mehr weit!", sagte ich zu mir selbst und suchte in meiner Tasche nach dem Haustürschlüssel. Ihn in der Hand zu spüren, gab mir etwas Sicherheit, und ich blickte mich noch ein letztes Mal nach dem Fremden um. Er war verschwunden. Erst jetzt bemerkte ich, dass ich auch keine Schritte mehr hörte. Augenblicklich wurde ich etwas ruhiger und ging auch wieder ein wenig langsamer.

Bei Betty schrillten allerdings immer noch die Alarmglocken. Sie hatte eine rote Signalleuchte auf dem Kopf und rannte wie ein aufgescheuchtes Huhn in der Gegend rum. *Bist du sicher, dass keine Gefahr mehr droht? Ich hab das Gefühl, hier ist irgendetwas faul.*

Nein, alles okay, der Fremde war weg. Ich dachte nicht, dass Ben mich tatsächlich überwachen ließ.

Er hat sich verändert in den letzten Wochen! Sehr sogar, das kannst selbst du nicht leugnen! Betty sah mich böse an.

Ja, das stimmte, er hatte sich verändert. Er war eifersüchtig, besitzergreifend und jähzornig. Ich brauchte diese Auszeit, um über uns und meine Gefühle für ihn nachzudenken. Hatte das Ganze eine Zukunft? Oder eher nicht?

Endlich stand ich vor meinem Haus und zog meine Hand mitsamt dem Schlüssel aus der Jackentasche. Ich wollte ihn gerade ins Schloss stecken und aufsperren, als die Panik mit einer gewaltigen Wucht zurückkehrte. Sofort stellten sich wieder alle Haare an meinem Körper auf. Ich wollte mich noch umdrehen und schauen, was diese körperliche Reaktion ausgelöst hatte, als ich auch schon von hinten gepackt wurde und sich eine Hand auf meinen Mund legte, sodass ich nicht schreien konnte.

„Ich hab doch gesagt, ich lasse dich nie wieder gehen! Nie wieder!", zischte jemand an meinem Ohr.

Ich erkannte Ben sofort. Sein Aftershave wehte mir in die Nase und meine Panik wuchs weiter an. Was hatte er vor? Er nahm mir den Schlüssel ab und sperrte auf.

„Keinen Mucks, oder es wird dir leid tun! Hast du mich verstanden?!" Ich konnte nur nicken. Meine Augen waren vor Schreck weit aufgerissen. Erst als wir in meiner

Wohnung waren, ließ er mich los. Ich drehte mich zu ihm um, und erschrak wieder. Er sah völlig fertig aus, hatte Augenringe, eine zerzauste Frisur und hatte sich offensichtlich schon länger nicht mehr rasiert. Er wirkte schon fast verwahrlost. Wie konnte das sein? Wir hatten uns doch nur ein paar Tage lang nicht gesehen ...

„Ben, was wird das, wenn es fertig ist? Was soll das?", fragte ich ihn mit zitternder Stimme.

„Gib mir dein Handy!", verlangte er. Seine Stimme war rau und kühl. Sie ließ keine Widerrede zu und so gab ich ihm, wonach er verlangte. Er steckte es in seine Tasche, ohne einen weiteren Blick darauf zu werfen.

„Wir sollten von hier verschwinden, du könntest jemanden aufgeweckt haben ... Nimm deine Tasche aus dem Schrank, pack das Nötigste ein und dann lass uns von hier abhauen!"

„Was? Was soll das? Was ist hier los? Ben? Rede bitte mit mir! Was wird das hier? Du machst mir langsam Angst!" Ich schlang die Arme um mich und schaute Ben zu, wie er auf und ab tigerte und zu überlegen schien. Er sah aus, als wäre er nicht ganz bei Trost.

„Ich sagte, du sollst packen!", herrschte er mich an. Ich zuckte zusammen. So kannte ich Ben nicht, was war nur mit ihm los? Ich ging ins Schlafzimmer und suchte meine Tasche. Ben kam hinter mir her. Er nahm mich in den Arm und versuchte, mich zu beruhigen. Jetzt war er wieder fast der alte, fürsorgliche Ben von früher, und ich verstand gar nichts mehr. Meine Welt stand Kopf und ich wusste nicht, was ich machen sollte. Sollte ich um Hilfe rufen? Versuchen zu fliehen? Aber wenn ich das tat, was würde Ben dann tun? Würde er mir wehtun? Mich schlagen oder betäuben? Mir schwirrte der Kopf. Ich beschloss daher erst einmal gute Miene zum bösen Spiel zu machen und das zu tun, was er wollte, damit ich Zeit schinden konnte, um mir einen Plan zu überlegen.

Ben hielt mich noch immer im Arm und versuchte, mich zu trösten.

„Es tut mir leid, Rotschopf. Ich wollte dich nicht anschreien. Und ich würde dir nie etwas antun! Vertrau mir! Das sind nur Vorsichtsmaßnahmen, damit uns nichts und niemand auseinanderbringt. Wir gehören zusammen! Für immer! Ich habe dich bereits bei Liz krank gemeldet, sodass wir erst mal Zeit haben."

„Du hast was? Und was hast du gesagt?", fragte ich schockiert.

„Ich sagte, du hättest einen Unfall gehabt und wärst im Krankenhaus, dürftest aber keinen Besuch erhalten, da es sehr ernst ist. Ich musste Liz ja von der Idee abhalten, dich besuchen zu wollen." Triumphierend sah er mich an, während seine Hände meine Schultern festhielten.

„Und von deinem Handy aus werde ich George später Bescheid geben, dass euer Brunch am Sonntag ausfällt. Beziehungsweise, dass du generell keine Lust mehr darauf hast!"

Ich überlegte fieberhaft, was ich nur tun könnte, um Hilfe zu holen. Ben war bei jedem Schritt, den ich in der Wohnung tat, an meiner Seite. So konnte ich weder heimlich das Telefon holen, noch irgendwie einen Zettel schreiben und aus dem Fenster werfen.

Wenn er George absagt, musst du ihn dazu bringen, ihm das Codewort für „Gefahr" zu schreiben. Dann kommt George vorbei und kann dir hoffentlich helfen.

Stimmt, unser Codewort. Das hatten George und ich uns irgendwann in unserer Teenagerzeit einfallen lassen, für den

Fall, dass etwas nicht stimmte, man es aber nicht laut aussprechen konnte. Ich hätte nie geglaubt, dass ich es tatsächlich einmal verwenden müsste. Das war eine super Idee von Betty! Aber zuerst musste ich noch Zeit schinden.

„Ben, bitte! Es ist 04:00 Uhr morgens. Ich bin total müde und völlig fertig. Ich habe sicher niemanden aufgeweckt und werde es auch nicht tun. Können wir nicht erst ein bisschen schlafen? Ich falle sonst tot um!", dazu gähnte ich herzhaft. „George kannst du jetzt auch nicht schreiben und sonst vergisst du es nachher noch …" Ich ging auf ihn zu, verstaute noch den Pulli, den ich in der Hand hatte, in der Tasche und streichelte ihm über den Arm. Ich wollte ihn in Sicherheit wiegen, um die Situation in den Griff zu bekommen.

Ben schien zu überlegen.

„Okay, wahrscheinlich hast du recht. Wir haben noch viel vor, bevor wir uns auf den Weg machen und der ist auch nicht gerade kurz …" Er kratzte sich am Kinn und nickte dann in Richtung Bett.

„Du kannst dich hinlegen und etwas schlafen. Ich wecke dich dann."

„Und du? Legst du dich nicht hin?" Meine Stimme zitterte etwas.

„Nein, Rotschopf. Ich muss doch auf dich aufpassen!" Er kam zu mir und legte eine Hand an meine Wange. Aus seinen Augen blickte mir Liebe und … ja, was entgegen? Leichter Wahnsinn? Auf jeden Fall hatte mein Plan nicht so funktioniert, wie erhofft, aber ich hatte zumindest mehr Zeit, um mir etwas anderes einfallen zu lassen. Ich ging zurück ins Bad, um mich etwas frisch zu machen und die Zähne zu putzen. Jetzt wünschte ich mir, ich hätte eine Wohnung mit Tageslicht-Bad genommen. Als ich fertig war, legte ich mich angezogen aufs Bett. Meine Gedanken rotierten, aber ich konnte keinen wirklich fassen, und nach einiger Zeit schlief ich tatsächlich ein.

Als ich aufwachte, kam mir alles wie ein schlechter Traum vor. Ich streckte mich, gähnte und bemerkte Gänsehaut an mir, die langsam von oben nach unten kroch und mich erschaudern ließ.

Dann hörte ich Betty wie eine hysterische Furie schreiend in der Gegend rumrennen. Sie kriegte sich überhaupt nicht mehr ein und mit einem Mal wusste ich auch wieder, was der Grund dafür war.

Schlagartig war ich wach. Setzte mich auf und bekam den nächsten Schock, den ich mir aber nicht anmerken ließ.

Ben saß auf einem Stuhl gegenüber dem Bett und beobachtete mich. Ich wusste nicht, wie ich mich fühlen sollte. Er machte mir Angst, ja. Aber er war doch auch „mein" Ben. Mein liebevoller, mich auf Händen tragender Ben. Würde er mir tatsächlich etwas antun? Und was hatte er jetzt vor? Aus welchem Grund tat er das alles?

Ich fühlte mich unwohl und Betty hörte in meinem Kopf nicht auf zu schreien, sodass ich ihr in Gedanken eine Ohrfeige verpasste, damit sie wieder runterkam und sich beruhigte.

Leider ging der Schuss nach hinten los, denn jetzt war sie nicht sauer auf Ben, sondern auf mich. Was war nur mit der sonst so taffen und aufgeweckten Betty los? War das ein schlechtes Zeichen? Fragen über Fragen und mir schwirrte bereits der Kopf.

„Guten Morgen, mein Rotschopf. Hast du gut geschlafen? Ich habe bereits Kaffee gemacht. Möchtest du welchen?"

„Morgen. Äh, ja, danke." Mehr brachte ich nicht über die Lippen. Ich war noch komplett angezogen von gestern, und Ben sah aus, als hätte er nicht wirklich ein Auge zugetan. Falls das überhaupt möglich war, sah er noch verlotterter aus als gestern Nacht. Seine Augen waren blutunterlaufen und die Tränensäcke dick geschwollen. Seine Haare standen kreuz und quer ab und sein Bart war mittlerweile wirklich dicht geworden. Er hielt eine Tasse in der Hand, doch seine Hand zitterte so heftig, dass ich schon dachte, der Kaffee darin würde überschwappen.

„Du siehst schrecklich aus. Wie lange hast du denn schon nicht mehr geschlafen? Und die wievielte Tasse Kaffee ist das bereits?" Ich runzelte die Stirn und sah ihn fragend an. Ich wartete auf eine Antwort.

„Das ist nicht wichtig. Was muss ich George schreiben, damit er nicht weiter nachfragt, was mit dir los ist?" Er hielt demonstrativ mein Handy hoch.

„Gib es mir doch einfach, dann mach ich das schnell."

„Ja, genau, das könnte dir wohl passen. Damit du um Hilfe bitten kannst? Du kannst mir nicht entkommen! Du gehörst zu mir und ich lasse dich nie wieder gehen!" Er knurrte diese Sätze regelrecht. Was war nur los mit ihm?

Jetzt oder nie! Er muss George das Codewort schreiben! Er wird kommen und uns helfen, du musst ihn nur hinhalten!

„Okay, okay, dann mach du das eben." Ich hob beschwichtigend die Hände.

„Schreib ihm, dass ich morgen keine Zeit habe und dass sein Hot Topic Katalog gekommen ist. Er soll ihn sich abholen, wenn er Zeit hat.

„Ein Katalog? Ich habe hier keinen Katalog rumliegen sehen! Und wieso sollte ich ihm von einem dummen Katalog erzählen?"

„Äh ... er ... er ... liegt in einer Packstation! Genau! Ich habe ihn nur noch nicht geholt", stammelte ich, in der Hoffnung, er würde es glauben und nicht weiter nachfragen. „Und außerdem soll es sich doch nach mir anhören, oder etwa nicht?!" Tatsächlich begann er auf dem Handy rum zu tippen.

Gut, er schreibt George. Jetzt musst du dir nur noch was einfallen lassen, wie du ihn hinhältst, damit George Zeit hat, herzukommen.

„Erledigt. Dann lass uns gehen, deine Tasche ist ja bereits gepackt."

„Gehen? Wohin? So schnell? Ich dachte, ich bekomme noch Frühstück und Kaffee? Und eigentlich wollte ich gerne duschen ..."

„Ja, ja, schon gut. Du kannst frühstücken, aber duschen kannst du dann später, wenn wir am Ziel sind."

Mist. Mein Plan funktionierte nur zur Hälfte. Beim Duschen hätte ich mir genügend Zeit lassen können. So musste ich mir jetzt mehr Zeit beim Essen lassen. Mein Herz fing sofort wieder an zu rasen. Musste ich jetzt Angst vor ihm haben oder nicht? Ich konnte ihn und sein Verhalten nicht mehr einschätzen und war daher besonders auf der Hut. Ich wollte ihn nicht verärgern, ihm keinen Grund liefern, handgreiflich zu werden.

Ich aß betont langsam und goss mir zwei Mal Kaffee ein.

„Also jetzt reicht es aber! Das war genug. Wir fahren jetzt!" Ben zog mich unsanft vom Stuhl hoch, packte meine

Tasche und wollte schon mit mir im Schlepptau nach draußen stürmen.

Unternimm etwas! schrie Betty wieder hysterisch. Sie suchte verzweifelt ein Versteck oder eine Waffe mit der sie Ben in die Knie zwingen konnte. Aber auch sie war machtlos.

Als Ben die Tür aufzog, riss ich mich los.
„Ich muss noch mal dringend auf die Toilette! Tut mir leid, aber der Kaffee … ich halte es gleich nicht mehr aus!" Ich rannte zurück ins Bad und versuchte mich einzuschließen. Doch Ben war schnell. Er konnte gerade noch einen Fuß in die Tür stellen, bevor ich sie zumachen konnte. Ich ging einen Schritt von der Tür weg. Ben machte sie langsam weiter auf.
„Du hast genau zwei Minuten. Die Tür wird nicht geschlossen und solltest du nicht fertig sein, komme ich dich holen!"
Sein Blick hatte etwas Wildes, Unberechenbares und deshalb nickte ich nur verängstigt.
Im Bad überlegte ich fieberhaft, was ich jetzt tun sollte. Ich konnte nur hoffen, dass George sich beeilte. Und vor allem, dass er nicht zurückschrieb, denn sonst würde alles auffliegen.
Es klopfte an der Tür.
„Ja, ich bin gleich fertig! Eine Sekunde bitte noch."
„Beeil dich endlich! Ich möchte dich nicht schon wieder betäuben müssen!"
„Betäuben? Schon wieder? Was soll das heißen?"
Wutentbrannt riss ich die Tür auf und entlockte Ben damit einen verblüfften Gesichtsausdruck.

„Das heißt, dass ich das früher schon getan habe!" Er grinste mich amüsiert an und schien überhaupt kein schlechtes Gewissen dabei zu haben. Mir blieb der Mund offen stehen.

„Ach mein süßer, unschuldiger, naiver Rotschopf." Er kam zu mir her, legte liebevoll eine Hand an meine Wange und strich mit dem Daumen darüber.

Ich stand wie erstarrt da. Er hatte was? Ich konnte es nicht fassen und durch seine Worte wurde mir buchstäblich der Boden unter den Füßen weggerissen. Ich konnte mich nicht bewegen, schaute ihn nur ungläubig an. Da piepste mein Handy.

Kapitel 19

Wir schauten beide auf Bens Hosentasche. Er zog mein Handy heraus und schaute die Nachricht an. Sein Blick verdüsterte sich wieder, wurde eisig und dann wurde er wütend.

„Was hast du gemacht? Hast du George eine versteckte Botschaft zukommen lassen?", brüllte er mich an.

„Es könnte alles so einfach sein, wenn du dich nur an die Regeln halten würdest! Aber nein, stattdessen ist George jetzt auf dem Weg hierher ...! Tut mir leid, aber du lässt mir wirklich keine andere Wahl!" Er zog eine Pistole aus seinem Hosenbund und fuchtelte mir damit vor der Nase herum.

Erschrocken schlug ich mir die Hände vor den Mund. Kalter Angstschweiß stand mir auf der Stirn.

„Bitte! Mach keinen Fehler! Ich wollte das nicht, ich wollte George nur warnen ... Ich weiß auch nicht ..." Ich fing an zu schluchzen und mein Körper wurde vom Zittern total durchgeschüttelt.

„Du bewegst jetzt deinen süßen Hintern zusammen mit deiner Tasche in Richtung Tür, und wir beide gehen langsam und ganz normal zu meinem Auto. Ich muss noch schnell ein paar Sachen aus meiner Wohnung holen und dann werden wir von hier wegfahren!"

„Ja! Natürlich! Ich tue, was du willst, aber bitte, niemand soll verletzt werden!" Tränen liefen mir in Strömen über die Wangen.

Als ich die Wohnungstüre öffnete, hörte man im Erdgeschoss, wie die Haustür aufgesperrt wurde und jemand nach Luft ringend hereinstürmte.

„Mist, das ist sicher George. Rein mit dir und keinen Mucks!", herrschte mich Ben leise an. Ich stolperte rückwärts ins Wohnzimmer. Wir hatten ja nur ein paar Sekunden, bis George oben sein würde.

„Bleib da stehen und beweg dich nicht." Ben versteckte sich hinter der Wohnungstür, durch die George jeden Moment kommen würde.

Dann nahmen wir das Geräusch des Schlüssels wahr, der in das Schloss geschoben wurde. Ich hielt den Atem an

Betty versuchte alles Mögliche, um George davon abzubringen in die Wohnung zu kommen. Sie zündete ein Leuchtfeuer, holte eine Flüstertüte und schrie wie am Spieß, in der Hoffnung, ich würde es ihr nachmachen.

Dazu fehlte mir allerdings der Mut. Ich konnte mich nicht bewegen, und wurde nur von meinen Schluchzern durchgeschüttelt. George öffnete die Tür und kam rein, dann sah er mich und rannte sofort zu mir.

„Aurelie, ich bin so schnell gekommen wie ich konnte, was ist los? Was ist passiert?" Sein Blick war voller Sorge um mich, aber ich konnte ihm nicht antworten, denn in diesem Moment kam Ben hinter der Tür hervor und schlug George mit dem Griff der Pistole auf den Kopf. George ging bewusstlos zu Boden. Ich schrie auf: „GEORGE!! Nein!"

„Du sollst leise sein!" Ben sah auf George hinab und stupse ihn zur Absicherung mit dem Fuß an.

„Eigentlich sollte ich dich sofort beseitigen, du bist uns nur im Weg …" Er nahm seine Waffe wieder richtig in die Hand und zielte damit auf George.

„NEIN! Nein, warte! Bitte! Tu ihm nichts! Ich werde machen, was du sagst, egal, was du verlangst, aber verschone George! Bitte, Ben! Ich flehe dich an!", meine Stimme überschlug sich und wechselte zwischen Flüstern und hysterischem Gekreische hin und her. Ich war am Ende. Aber meine Worte waren wahr. Ich würde alles tun, damit Ben George am Leben ließ.

Ben sah mich an, hielt die Waffe aber immer noch auf George gerichtet. Sein Gesichtsausdruck und seine Haltung hatten etwas Anklagendes an sich.

„Du würdest alles tun, um sein Leben zu retten?! Das solltest du zu mir sagen! Ich bin der Mann in deinem Leben, und das wird sich nie wieder ändern! Du gehörst zu mir!

Ich ... ich liebe dich doch! Ich möchte dich nicht verletzen, oder dich so zerbrechlich sehen. Ich will dich glücklich machen! Und daher werden wir jetzt gehen! JETZT SOFORT!"

Er winkte mit der Pistole zur Tür und ich stieg unter weiteren Schluchzern über George hinweg. Kurz vorm Verlassen der Wohnung blickte ich noch mal zurück und hoffte still, dass er nicht mehr als eine große Beule am Kopf von dieser unschönen Begegnung davontragen würde.

Ben versteckte seine Pistole wieder im Hosenbund und hielt mich am Arm fest. Seine Finger bohrten sich in mein Fleisch, aber ich wagte es nicht, ihm das zu sagen. Sein Auto stand auf der anderen Straßenseite, sodass wir schnell verschwinden konnten, ohne viel Aufsehen zu erregen.

„Steig ein und schnall dich an." Er ging zum Kofferraum und warf meine Tasche hinein, ehe er zur Fahrerseite kam und ebenfalls einstieg. Er startete den Motor und fuhr ganz normal weg, so wie an jedem anderen Tag auch. Als hätte er nicht gerade meinen besten Freund niedergeschlagen und beinahe erschossen. Man merkte ihm nichts an. Ich beobachtete ihn aus den Augenwinkeln heraus, und seine Laune schien mit jedem Meter, den wir fuhren, besser zu werden. Er fing sogar an, ein Lied zu pfeifen.

Ich konnte nur an George denken und dass ich ihn wohl nie wiedersehen würde. Ich blickte aus dem Fenster. Das war doch nicht die Richtung zu Bens Wohnung?

„Wohin fahren wir? Ich dachte, du musst noch etwas aus deiner Wohnung holen?", fragte ich verwirrt.

„Da fahren wir ja auch hin. Es ist nur die eine Straße runter und um die Kurve."

„Was? Aber … aber die Wohnung beim Humbold Park? Was ist mit der?" Ben fing herzhaft zu lachen an.

„Ach, das olle Teil. Das war nicht meine! Sie gehört einem Angestellten von meinem Vater. Nicht schlecht, was? Die war richtig hübsch." Ben sah zu mir herüber und lächelte mich an, während mir alle Gesichtszüge entgleisten.

„Ich hab mir die Schlüssel ausgeliehen, da ich wusste, dass Ralf an diesem Tag nicht zu Hause war. Ich musste dich ja mit irgendetwas beeindrucken."

Ich konnte es nicht fassen. Das war gar nicht seine Wohnung? Deshalb wollte er so schnell wie möglich wieder verschwinden. Wahrscheinlich wusste er nicht genau, wann die richtigen Besitzer wiederkommen würden … Und wir hatten auch noch Sex in dem Bett! In einem fremden Bett! Mir wurde schlecht. Ich brauchte frische Luft!

Genau in dem Moment hielt Ben an der Seite an.

„So, hier sind wir. Wie gesagt, ganz in der Nähe. Ich muss nur kurz ein paar Sachen mitnehme, dann können wir los. Wohin du willst! Ganz egal!" Freudestrahlend beugte er sich zu mir und gab mir einen flüchtigen Kuss auf die Wange, bevor er ausstieg und auf meine Seite des Wagens kam. Wir waren nicht mal zwei Blocks weit gefahren. Ben führte mich zu einem Haus, das aussah wie jedes andere in diesem Viertel auch. Nichts Außergewöhnliches. Wir gingen die Treppen nach oben, in eine kleine Dachgeschosswohnung. Er öffnete mir die Tür und schob mich hinein. Hinter mir schloss er ab und steckte den Schlüssel ein, damit ich nicht wegrennen konnte.

Ich hätte es sowieso nicht getan, denn meine Angst um George war viel zu groß und Ben wäre sicherlich sofort zu ihm zurückgefahren, wenn ich irgendwie versucht hätte, zu entkommen. Deshalb stand ich einfach nur da, und wartete.

„Komm ruhig ins Wohnzimmer. Du kannst dich setzen, ich brauche nicht lange", war Bens Anweisung, also ging ich ins Wohnzimmer. Als ich im Türrahmen stand, traf mich der Schlag. Ich blieb wie vom Blitz getroffen stehen und stieß einen erstickten Schrei aus. Meine Augen weiteten sich und ich musste mich festhalten, damit ich nicht tatsächlich den Boden unter den Füßen verlor.

An der Wand gegenüber hingen Fotos in allen Größen und Farben. Alle von mir! Manche waren aus nächster Nähe aufgenommen worden, andere von weiter weg. Die meisten waren in Farbe, es gab aber auch ein paar in Schwarz-Weiß. Ich sah Bilder von mir im Reggies, dann welche, die wohl von der Straße aus aufgenommen worden waren, bei denen ich im Fenster beim Telefonieren zu sehen war, von Ben und mir im Park und von der „Fifties Area" und dann welche von mir, im Bett, beim Schlafen. Ich schlug mir die Hand vor den Mund, um nicht laut loszuschreien. In was war ich hier nur hineingeraten? Ben schien doch so normal und nett ...

Weißt du, wie man das in Fachkreisen nennt? Das ist eine psychisch gestörte Mörderwand! Betty war mehr als weiß im Gesicht. Sie sah aus, als würde sie jeden Moment ohnmächtig werden.

„Oh, du hast meine Wand gesehen?" Ben stemmte die Hände in die Hüften und schaute sie voller Stolz an.

„Es hat eine ganze Weile gedauert, bis sie fertig war."

„Das ist eine psychisch gestörte Mörderwand!", entwischte es mir, bevor ich überhaupt nachdenken konnte.

„Willst du mich umbringen? Dann bitte schnell! Hier und jetzt!" Ich wappnete mich schon für meinen Tod, aber Ben lachte nur laut auf.

„Erstens, will ich dich nicht umbringen! Ganz im Gegenteil! Ich möchte ein langes Leben mit dir verbringen und alt werden."

„Und was ist zweitens?"

„Zweitens", Ben kam wieder zu mir, „ist das eine Stalkerwand!" Sein Grinsen hatte etwas Schmieriges an sich. Ich wich einen Schritt zurück. „Du stalkst mich? Wieso? Wir sind doch ein Paar!" Ich konnte das alles immer noch nicht begreifen. Wie konnte ich mich nur so dermaßen in Ben täuschen?

„Oh, meine liebe Aurelie, mein Rotschopf, meine hübsche, süße, naive Aurelie. Sollen wir das wirklich hier und jetzt besprechen? Willst du nicht lieber erst von hier weg?

„Nein! Wie kannst du jetzt einfach sagen, dass wir gehen? Ich habe zumindest eine Erklärung verdient!" Trotz machte sich in mir breit und das war gefährlich. Damit könnte ich jemanden gefährden, in erster Linie mich selbst.

„Also gut, du willst die Geschichte hören? Dann sollst du sie bekommen. Ich wäre ja gerne an einem anderen Ort gewesen, aber nein, du musst es ja mal wieder sofort erfahren. Gut, dann komm und setz dich, denn die ganze Zeit über kannst du nicht stehen."

Ich ging zur Couch und setzte mich, Ben beziehungsweise. seinen Hosenbund, in dem die Pistole steckte, immer im Blick. Ich verschränkte die Arme, schlug die Beine übereinander und wartete gespannt, was er mir jetzt erzählen würde.

Kapitel 20

Rückblick aus Bens Sicht:

„Es war circa ein halbes Jahr bevor wir uns offiziell kennenlernten. Ich war ein verwöhnter, gelangweilter Pimp mit Bierbauch, zotteligen Haaren, Brille und unrasiert. Ich wusste nicht so recht, was ich den ganzen Tag machen sollte. Getanzt habe ich schon immer gern, doch leider wollten die Ladies nie mit mir tanzen, schon allein wegen meines Aussehens.

Doch dann eines Tages sah ich dich in diesem Club. Du hattest ein tolles blaues Tellerkleid mit Petticoat an und deine Haare fachgerecht zu einer 50er-Jahre-Frisur zurechtgemacht. Du warst die meiste Zeit auf der Tanzfläche mit irgendwelchen Typen, aber als ich dich nach einem Tanz gefragt habe, da hast du dankend abgelehnt ‚du wärst zu müde', hast du gesagt, doch keine zwei Minuten später bist du mit dem Nächsten abgezogen." Ich spürte, wie die Wut in mir zurückkam, bei dem Gedanken daran, wie gedemütigt ich mich damals gefühlt hatte.

„Zuerst wollte ich das wegstecken, wie jede andere Abfuhr auch, leider konnte ich das nicht, denn ein paar Tage darauf sah ich dich beim Einkaufen erneut. Du hast irgendein komisches Gewürz für deinen Eintopf gesucht. Ich wollte dir helfen und meinte, wir hätten uns erst in dem Club gesehen, wo ich mit dir tanzen wollte.

Du konntest dich allerdings nicht mal an mich erinnern und meine Hilfe hast du wieder abgelehnt!"

Jetzt ballte ich meine Hände zu Fäusten und ging vor dem Wohnzimmertisch auf und ab. Ich sah Aurelie auf der

Couch an und mein Zorn wurde etwas gemildert, schließlich war sie jetzt hier bei mir.

„Schließlich gingen wir wieder unseres Weges und ich dachte schon, ich würde dich nie wiedersehen, denn so einen Zufall konnte es nicht noch einmal geben. Aber Gott wollte es so, ich sah dich wieder! Und zwar, als ich beim Spazierengehen am Reggies vorbeikam. Ich schaute durch das Fenster und sah dich drinnen bedienen. Ich scheute mich zuerst, reinzugehen und etwas zu bestellen, daher setzte ich mich auf die andere Straßenseite in das Café und sah dir eine ganze Weile zu.

Da ich ja jetzt wusste, wo du arbeitest, kam ich jeden Tag dort vorbei. Du fasziniertest mich. Dein Lächeln, deine Art zu gehen. Alles war so ... so ... perfekt.

Nach drei Tagen entschied ich mich, endlich zum Mittagessen ins Reggies zu gehen. Ich setzte mich extra an einen von deinen Tischen. Ich hoffte, diesmal würdest du mich vielleicht erkennen. Schließlich hatte ich ja jetzt schon zwei Mal mit dir geredet. Aber auch dieses Mal gabst du mir einen Korb! Ich war einfach zu unbedeutend, als dass du einen Gedanken an mich verschwendet hättest. Ich sah dir dabei zu, wie du mit den gutaussehenden Männern geflirtet hast, während ich nur deine Freundlichkeit bekam." Jetzt war ich verbittert. Am liebsten hätte ich irgendetwas gegen die Wand geworfen.

„Die folgenden Tage setzte ich mich in eine Ecke vom Reggies, von der aus ich alles genau beobachten konnte. Mit wem du flirtest, wen du nur normal bedient hast und wie viel Trinkgeld du bekamst. Ich schaute mir die Männer an, auf die du wohl standst oder besser gesagt, die dir gefallen hatten.

Ich kam zu dem Entschluss, dass ich mein Aussehen ändern musste, wenn du dich für mich interessieren solltest.

Also fing ich mit Sport an. Ich meldete mich im Fitnessstudio an und ging weiterhin in meinen Tanzverein. Da ich unbedingt mehr von dir erfahren wollte, blieb ich auch dem Reggies nicht fern. Ich schaute den Kleidungsstil deiner ‚Verehrer' an und belauschte das eine oder andere Gespräch, das du mit Liz oder ab und zu mit George führtest. Da hörte ich auch, dass ihr euch immer sonntags in der „Cheesecake Factory" zum Brunchen trefft, also trainierte ich fleißig und besuchte am Sonntag auch die „Cheesecake Factory". Ich sah euch in der Nähe des Eingangs sitzen und wählte einen Tisch hinter euch, verdeckt durch die Pflanzen zwischen den Tischen. So konnte ich jedes Wort verstehen, ohne dass ihr es mitbekommen habt."

Mein Lächeln wurde wieder breiter und ich ging zu meiner Fotowand. Ich streichelte liebevoll über eines der Bilder. „Dort machte ich auch zum ersten Mal ein Foto mit dem Handy von dir. Es war berauschend. Ich schaute es den ganzen restlichen Tag an und benutzte es dann als Motivation. Und nicht nur als das!" Anzüglich grinste ich zu Aurelie hinüber, die sich angewidert abwandte.

„Mit jedem Tag, der verging, wuchs meine Zuneigung zu dir, auch wenn du mich nicht kanntest. Ich musste mehr über dich erfahren und darüber, wie ich dich dazu bringen konnte, mit mir zu reden und bestenfalls mit mir zusammenzukommen. Im Diner war nach einiger Zeit nicht mehr viel über dich zu erfahren, und ich war ja so unscheinbar, dass du mich nicht bemerkt hast.

Also verfolgte ich dich eines Tages nach deiner Schicht bis zu deiner Wohnung. Dass dein Vorname Aurelie war, wusste ich ja bereits, und dank deinem Klingelschild wusste ich nun auch deinen Nachnamen und konnte dich googeln. Leider steht im Internet nicht sehr viel über dich, und deinen

Facebook-Account hast du sehr gut auf der privaten Ebene im Griff! Meinen Respekt dafür!" Ich verneigte mich vor ihr, um ihr zu zeigen, wie viel Respekt ich vor ihr hatte. Wahrscheinlich dachte sie, ich würde mich über sie lustig machen, aber ich meinte das ernst!

„Die nächsten Tage und Wochen verliefen so ziemlich nach dem gleichen Schema. Ich trainierte wie wild, ging zum Friseur, zum Shoppen und besorgte mir Kontaktlinsen. Ich beobachtete dich wieder mehr aus der Ferne, da mein neuer Look noch nicht perfekt war und ich nicht wollte, dass du mich siehst, bevor ich nicht deinem Ideal entsprach. Sonst hättest du mich irgendwann doch noch wiedererkannt.

Gleichzeitig sah ich schon erste Erfolge meines Trainings und der Ernährungsumstellung, was mir bereits ein paar Blicke von fremden Frauen einbrachte.

Dann stellte ich fest, dass ich dir in Sachen Sex nichts bieten konnte, außer dem üblichen Blümchensex. Ich wollte aber, dass unserer der Beste werden würde, den du je erlebt hast, daher benötigte ich Übung. Und wo findet man die besser als in einem Bordell. Ich ging aber nicht zu irgendwelchen Billignutten, falls du jetzt schon Angst vor Krankheiten hast. Ich habe mich immer geschützt! Und ich habe sehr viel Erfahrung und praktische Anwendungen gelernt. Das kam dir ja zugute."

„Du warst in einem Bordell? Und das mehrfach? Nur um Übung in Sex zu bekommen? Oh Gott, das ist doch krank!" Voller Abscheu spie sie mir die Worte entgegen. Unbeeindruckt davon erzählte ich weiter.

„Ich stand abends oder nachts vor deinem Fenster und versuchte einen Blick auf dich zu werfen. Später nahm ich eine Weitwinkelkamera mit starkem Zoom mit, damit ich aktuelle Fotos von dir machen konnte. Und dann wurde es mir klar, warum ich eigentlich diesen ganzen Aufwand betrieb, für ein Mädchen, das mich bisher drei Mal hatte abblitzen lassen.

Ich hatte mich in dich verliebt! Ich konnte weder schlafen, noch essen, noch trainieren, ohne an dich denken zu müssen. Du warst einfach immer in meinem Kopf!" Ich setzte mich neben sie auf das Sofa, streichelte über ihren Kopf, sah sie voller Liebe an und zog sie zu mir. Sie sträubte sich zwar zuerst etwas, aber der Widerstand war nicht besonders stark und auch nicht von Dauer. Wahrscheinlich war die Angst immer noch zu groß, als dass sie versucht hätte, sich zu wehren. Ich drückte sie fest an mich und streichelte über ihre Haare und den Rücken. Ich sog dabei ihren Duft ein. Den süßen, köstlichen, nach Kokos und Vanille riechenden Duft.

„Es hätte alles schon viel früher beginnen können, aber dann kam ja Jason …" Ich drückte sie fester an mich, bis sie irgendwann zu quieken anfing:

„Ben, Ben, du tust mir weh! Bitte lass mich los!" Ich lockerte meinen Griff.

„Oh, entschuldige. Das war keine Absicht."

„Jason?", an ihrem erschütterten Gesichtsausdruck erkannte ich, dass ihr jetzt schmerzlich bewusst wurde, wie lange ich sie tatsächlich schon kannte und beobachtete. Mir lief ein Schauer über den Rücken, der mich etwas anstachelte und so erzählte ich weiter, während ich wieder aufstand.

„Ich weiß, es gab auch ab und zu schon vor Jason ein Date mit einem Kerl oder auch mal zwei oder drei, aber das war alles nichts Ernstes. Doch Jason … Ich spürte, dass er mir gefährlich werden könnte. Und letztendlich hatte ich damit ja recht. Wie lange wart ihr zusammen? Gute zwei Monate, sofern ich mich nicht täusche." Ich drehte mich zu Aurelie um, die immer noch entgeistert da saß und nur nicken konnte.

„Ich fühlte mich so elend damals, als du mit ihm zusammengekommen bist. Hatte ich doch die Hoffnung, dass auch er nur zu den Eintagsfliegen gehört. Aber dann bist du auch mit ihm ins Bett gegangen und mein Herz wurde gebrochen, weil ich wusste, es würde ernster werden. Ich konnte es nicht ertragen, dich in den Armen eines anderen Mannes zu wissen, und so zog ich mich im ersten Moment zurück. Ich trainierte meine Trauer weg und bekam gleichzeitig erste Aufmerksamkeiten von fremden Frauen. Das baute mich wieder auf und so musste ich wissen, wie es zwischen dir und ihm stand.

Ich bemerkte erfreut, dass du auch weiterhin sonntags mit George zum Brunchen gingst, allerdings wurde mir bewusst, dass du das wahrscheinlich auch bei uns machen würdest, und das wiederum gefiel mir überhaupt nicht. Es galt also auch, sich um George zu kümmern. Herauszufinden, welche Interessen er besaß und auf welchen Typ Frau er stand, damit ich das Problem dann gleich an der Wurzel anpacken konnte.

Leider ist George tatsächlich der totale Nerd!" Ich schlug mir mit der Hand auf die Stirn und schüttelte den Kopf.

„Es war nicht einfach, etwas über seine Interessen zu erfahren, denn er hat keine außer seinem Computer, Videospielen und ‚The Avengers'! Er sprach selten mit Frauen, nicht mal online im Netz – und wenn, dann war er der totale Honk! Ich brauchte ewig, um jemanden zu finden, der sich tatsächlich mit ihm abgeben, geschweige denn ihn daten würde, aber ich hatte es geschafft …"

Ich rieb zufrieden die Hände aneinander.

„Und dann spielte die Immobilienfirma meines Vaters mir in die Hände, denn diese Wohnung wurde als Mietwohnung angeboten und ich musste sie haben!" Ich breitete die Arme aus und drehte mich euphorisch im Kreis.

„Sie war einfach perfekt! So war ich immer in deiner Nähe, konnte sehen, wann du zu Hause warst, wann Besuch kam, wann du zur Arbeit gingst ... Ich war immer zur Stelle. Ab und zu dachte ich schon, du hättest mich bemerkt, da du dich ein paarmal umgedreht hast, als hättest du im Gefühl, beobachtet bzw. verfolgt zu werden.

Gott sei Dank war dem nicht so. Irgendwann hielt ich es dann nicht mehr aus. Ich musste wissen, was zwischen dir und Jason in deiner Wohnung passierte. Nur fummeln auf der Couch oder mehr, bzw. wie oft, langweilige Sachen oder eher heiße ... Du kannst dich doch sicher noch an die Mitteilung deines Vermieters erinnern, dass die Stadtwerke die gesamte Elektrizität im Haus auf eventuelle Schäden untersuchen müssten?"

Aurelie konnte tatsächlich noch blasser werden, als sie es bisher schon war.

„Ja, natürlich. Es war ein Zettel am schwarzen Brett, dass jemand kommen würde und in die Wohnungen müsste, um alles zu überprüfen. Ich hatte Frühschicht, und als ich gerade aus der Wohnung wollte, stand schon der Elektriker vor der Tür und wollte gerade klingeln. Ich ließ ihn rein, und fragte gleichzeitig, wie lange es dauern würde ..."

„Naja, genau genommen, hast du keinen Elektriker in die Wohnung gelassen, sondern ... MICH!" Ich breitete die Arme aus und konnte mir ein Glucksen nicht verkneifen, denn das war ein wirklich raffinierter Schachzug von mir gewesen.

„Du hattest deine Wohnungsschlüssel wieder zurück in die Schale neben der Tür geworfen, obwohl du eigentlich in Eile warst. Ich hatte dann *versehentlich* eine Vase berührt, und diese fiel zu Boden und zerbrach in tausend Einzelteile. Während du mit dem Beseitigen der Scherben beschäftigt warst, habe ich einen Wachsabdruck deines Schlüssels gemacht. Den habe ich dann zum Schlüsseldienst gebracht und der hat mir dann einen neuen Schlüssel für *meine Wohnung* gefertigt. Von nun an war alles ganz einfach. Ich konnte ja jederzeit ein und aus bei dir gehen."

Mein Lachen wurde teuflisch und auch etwas wahnsinnig.

„Du bist also bei mir eingebrochen? Du hast sie doch nicht mehr alle! Du bist ein penetranter und kranker Spinner! Ein richtiger Stalker!" Aurelie zitterte mittlerweile am ganzen Körper. Kälte konnte es nicht sein, denn in der Wohnung war es mollig warm.

„Ach, meine Liebe, das war erst der Anfang der Geschichte. Aber ich will dich ja nicht langweilen. Wir sollten uns auf den Weg machen!"

„Nein! Ich will alles wissen! Jetzt gleich! Erzähl mir deine kranke Stalker-Geschichte, und könnte ich bitte etwas zu trinken haben? Mein Kreislauf macht allmählich schlapp …"

„Natürlich, mein Rotschopf. Ich habe sogar Vanille-Coke für dich da, die trinkst du doch so gern!" Ich verschwand kurz in die Küche und holte die Coke und ein Glas für Aurelie. Als ich wieder zurück ins Wohnzimmer kam, stand sie wieder vor meiner Fotowand. Ich ging zu ihr. Sie drehte sich zu mir um und … kotzte in meinen Mülleimer.

Das war wohl doch etwas zu viel für sie.

„Liebling, das Bad ist gleich dort drüben." Ich zeigte in die Richtung des Bades, und sie verschwand. Kurz darauf hörte ich, wie sie sich noch mal übergeben musste. Den Eimer stellte ich sicherheitshalber vor die Wohnungstür. Ich konnte diesen Geruch noch nie ertragen.

Als sie endlich fertig war, mit roten Augen und mit schniefender Nase herauskam, hatte ich Mitleid mit ihr. Ich wollte ihr das alles nicht erzählen. Ich wollte, dass wir glücklich waren. Das alles hatte eine Wendung genommen, die ich nicht beabsichtigt hatte. Es hätte nicht so kommen müssen, aber sie ließ mir keine andere Wahl.

„Geht es dir gut? Können wir das Ganze jetzt endlich vergessen und fahren?" Ich wollte zu ihr gehen und sie in den Arm nehmen, aber sie hielt mich auf Abstand. Naja, auch das würde sich nach einiger Zeit wieder geben, da war ich mir sicher.

„Nein. Bleib stehen. Es geht schon wieder, ich muss mich nur wieder setzen. Und noch mal nein, wir vergessen das nicht! Ich will alles wissen! Jetzt und hier!" Sie reckte mir trotzig ihren Kopf entgegen und in ihren Augen sah ich eine Entschlossenheit wie nie zuvor.

Es gefiel mir. Ich mochte starke Frauen. Sie bringen mich dazu auch stark zu sein. Und so erzählte ich weiter.

„Und du bist dir wirklich sicher?"

„Ja, bin ich! Wie oft warst du in meiner Wohnung? Nur wenn ich nicht da war, oder auch nachts?" Diese eigene Erkenntnis ließ erneut Schüttelfrost bei ihr aufkommen.

„Ja, ich war des Öfteren bei dir. Ich gebe es zu." Aurelie schluchzte auf.

„Und was hast du alles getan? Hast du meine Sachen durchwühlt? Mit Sicherheit hast du das ..." Sie blickte auf ihre Hände, die zitternd versuchten, das Glas nicht fallen zu lassen.

„Das erste Mal wollte ich mich nur bei dir umsehen. Ich wollte dich ja besser kennenlernen, wollte wissen, was dir gefällt, ob du Bücher liest, und wenn ja, welche. Oder ob du lieber fernsiehst. Ob du Bilder oder Poster an der Wand hängen hast. Ob du vielleicht Haustiere hast. Gott sei Dank bin ich nicht auf einen Hund gestoßen!" Ich musste wieder lachen. In Gedanken ließ ich die Erinnerung noch mal ablaufen, als wäre es erst gestern gewesen.

„Ich schaute mir deine Einrichtung an, auf welchen Stil du stehst und was du alles an Essen im Kühlschrank hattest. Du solltest wirklich mehr Gemüse essen! Das war ja erschreckend", ermahnte ich sie. Sie warf mir einen finsteren Blick zu, und wenn ihre Augen Funken hätten sprühen können, hätte ich bereits in Flammen gestanden. Gut, dass ich auf einem Stuhl ihr gegenübersaß, wer weiß, was sie sonst alles getan hätte.

„Ich wollte dich einfach bestmöglich verstehen, damit ich zu dem Mann werden konnte, der ich jetzt bin, den du in deinem Leben benötigt hast. Natürlich musste ich mich auch in deinem Kleiderschrank umsehen. Und siehe da, dort bin ich auf dein Faible für die 50er-Jahre gestoßen. Was mir sehr gefiel.

Als ich dann die nächsten Male vorbeischaute, sah ich mir auch deine Schubladen an und bin natürlich auf dein ‚Spielzeug' gestoßen und auf deinen Süßigkeiten-Vorrat. Ich habe mir deine Fotoalben angesehen und herausgefunden, wer deine Eltern sind. Was du am College studiert hast, und dann stieß ich auf deine Notizen zu Chess Records und dein Vorhaben, dort nach einem Job zu suchen.

Das brachte mich schon wieder sehr viel weiter und so verschaffte ich mir einen Einblick in die Welt von Chess Records." Ich stand auf und ging wieder auf und ab, das entspannte mich beim Erzählen. Nur rumsitzen konnte ich noch nie gut.

„Es war ja auch passend, da ich ja bereits Keyboard und etwas Gitarre spielen konnte. Und so erkundigte ich mich, was man alles als Songwriter vorzuweisen hatte. Leider waren die Leute dort nicht begeistert von mir oder meinem Geld." Ich ballte meine Hände zu Fäusten und sprach durch zusammengepresste Zähne. Meine Wut über die Ablehnung bei dem Plattenlabel kam wieder hoch, und am liebsten hätte ich mit der Faust gegen die Wand geschlagen. Ich musste mich sehr stark beherrschen, aber ich wollte Aurelie nicht noch mehr verängstigen.

„Mir blieb also nichts anderes übrig, als so zu tun, als wäre ich dort angestellt." Aurelie murmelte vor sich hin:

„Deswegen kanntest dich also Denise nicht, als ich vorbeikam, um Essen zu bringen."

„Ich konnte ja nicht ahnen, dass du unangemeldet kommen würdest, sonst hätte ich da schon irgendwas gedreht …" Aurelie starrte mich mit einer Mischung aus Angst, Wut und Verwunderung an.

„Wer bist du eigentlich? Ich kenne dich ja überhaupt nicht!"

„Ich bin, wer immer du möchtest, der ich bin!" Ich ging zu ihr rüber und kniete mich vor sie auf den Boden. Dann nahm ich ihr das Glas ab, stellte es auf den Tisch und nahm ihre Hände in meine.

„Mein süßer Rotschopf. Ich bin alles, was du dir jemals gewünscht hast und was du jemals in deinem Leben gebraucht hast. Ich bin dein Beschützer, dein Liebhaber, dein bester Freund! Wenn du willst, dein Ritter in strahlender Rüstung! Wenn du mich nur lässt!" In meiner Stimme lag Verzweiflung, ein Flehen, doch sie zog angewidert die Hände weg, sagte aber nichts.

Sie raubte mir den letzten Nerv.

„Also gut, wie du willst! Du wirst mich schon wieder lieben! Tief in dir steckt deine Liebe zu mir. Ich kann warten, bis es dir wieder einfällt, und bis dahin erzähl ich einfach weiter …" Resigniert stand ich auf und ging zu meiner Fotowand, während ich mit meiner Geschichte fortfuhr.

„Nach der Pleite bei Chess Records widmete ich mich ein paar Tage wieder meinem Training, und ja, so langsam aber sicher bildeten sich meine Muskeln gut aus." Ich hob mein

Shirt an und blickte auf meinen mittlerweile flachen Bauch, der vor ein paar Monaten noch schwabbelig und rund gewesen war.

„Doch dann hielt ich es nicht mehr aus, ich musste dich sehen, und zwar nicht im Reggies, sondern in deiner gewohnten Umgebung. Also bereitete ich mich darauf vor, dich nachts zu besuchen. Jason war an diesem Abend nicht da, also musste ich mir keine Sorgen machen, dass er vielleicht wach werden würde. Ich kam irgendwann nach Mitternacht, war ganz in Schwarz gekleidet, damit mich niemand sah und schlich wie eine Katze in deine Wohnung.

Du lagst so friedlich in deinem Bett. Ich wollte dich berühren, aber ich wusste, das war zu gefährlich. Ich spürte eine tiefe Liebe zu dir und hätte dich stundenlang einfach nur ansehen können." Ich strich langsam über eines der Fotos an der Wand, das Aurelie im Schlaf zeigte. Dann drehte ich mich wieder zu ihr und ging auf sie zu.

„Spätestens zu diesem Zeitpunkt wurde mir klar, dass ich nicht mehr ohne dich leben konnte. Du warst mein Engel, der mich aus der Dunkelheit holen sollte. Und so musste ich mich noch mehr anstrengen, um der Mann zu werden, der auf dein Beuteschema passte. Und ich musste Jason loswerden. Ich hielt die Ungewissheit nicht mehr aus. Ich wollte Tag und Nacht wissen, was du machst, ob Jason da war und noch so vieles mehr. Ich konnte ja nicht die ganze Zeit vor deinem Fenster stehen, zumal ich dort ja nur einen kleinen Teil mitbekam.

Und so fasste ich den Entschluss, Kameras bei dir zu installieren." Ich sah sie aufmerksam und ruhig an, und wenn ich dachte, sie könnte nicht bestürzter schauen, dann hatte ich mich getäuscht. Aurelie wurde kreidebleich und hätte sie das Glas noch gehalten, so wäre es ihr jetzt sicher aus der Hand gefallen. Dann sprang sie auf und fing an zu kreischen.

„Du hast WAS? Ich habe Kameras in meiner Wohnung? Wo? Wie? Wieso hab ich das nicht bemerkt?"

„Schrei hier gefälligst nicht so rum! Du weißt, was passiert, wenn du die Nachbarn auf uns aufmerksam machst!", fuhr ich sie an. Ich holte die Pistole aus meinem Hosenbund und wedelte damit herum. Aurelie schlug sich die Hände vor den Mund, um einen erneuten Schrei zu unterdrücken, stattdessen würgte sie wieder.

„Du weißt, dass ich jeden, der uns in die Quere kommt, aus dem Weg räumen würde, und das wäre dann deine Schuld! Könntest du damit leben?" Sie sah aus, wie ein in die enge getriebenes Tier. Hätte sie gekonnt, wäre sie sicher zur Tür hinausgestürmt.

Sie wäre sicher auch gern ins Bad geflüchtet, um sich noch mal zu übergeben, aber die Angst schien zu groß zu sein. Sie schluckte laut und ließ sich wieder auf dem Sofa nieder.

„Außerdem war das doch der Sinn, dass du sie nicht bemerkst, sonst hättest du nur die Polizei gerufen und das wäre doch äußerst schlecht für mich gewesen!" Sie starrte wieder auf ihre Hände. Ihre Stimme war nur noch ein Flüstern. „Wo und wie viele hast du installiert?"

„Ich habe drei Stück installiert. Eine im Wohnzimmer im Regal. Ich habe extra eine Stelle genommen mit viel Staub, weil ich dachte, da wirst du sicher so schnell nicht hin fassen oder putzen, sonst wäre ja der ganze Dreck nicht da.

Die nächste im Schlafzimmer, direkt über dem Schrank, in der gleichen Farbe natürlich. Man sieht sie nur, wenn man weiß, dass sie da ist. Und die letzte ist über der Badezimmertür mit Blick in den Flur, Richtung Wohnungstür. Sie ist so flach, dass man nur einen kleinen schwarzen Punkt entdeckt. Aber wer stört sich schon an einem schwarzen Punkt? Du jedenfalls nicht.

Ich wollte zuerst auch eine im Badezimmer anbringen, aber ich bin ja kein Spanner! Ich wollte ja nur sichergehen, dass es dir gut geht."

Aurelie lachte hysterisch auf.

„Du bist kein Spanner? Entschuldige mal, aber da muss ich ja jetzt wirklich lachen. Ich danke dir von Herzen, dass du meine Privatsphäre nicht ausgenutzt hast!" Ihre Stimme triefte nur so vor Sarkasmus. Jetzt traten der alte Trotz und die Wut wieder hervor, gepaart mit Verachtung. Sie verschränkte die Arme und schlug die Beine übereinander. Der obere Fuß wippte nervös auf und ab.

„Nachdem der Probelauf funktioniert hatte und die Kameras ja auch alle kabellos über Wifi mit meinem Computer verbunden waren, konnte ich dich jederzeit sehen. Wann immer ich wollte, schaltete ich eine oder alle an und da warst du!", ich lächelte leicht, bevor es auf meinem Gesicht erstarb.

„Leider sah ich auch viel zu oft Jason. Ich musste ihn schnell und unkompliziert loswerden!" Ich fuhr mir durch die Haare und am Kinn entlang, bevor ich weiterredete.

„Nachdem ich ja jetzt schon Einsicht in dein Leben mit den Kameras hatte, musste ich auch über deine Telefonate Bescheid wissen. Es war wie eine Sucht! Sobald ich zu Hause war, schaltete ich den Computer an. Doch das reichte nicht aus, also mussten noch Wanzen fürs Telefon her. Das ging ja leider nur für das Festnetz. Auf deinem Handy hatte ich eines Nachts dann eine App installiert, die es mir ermöglichte, in einer Art Telefonkonferenz mitzuhören. Das alles lief im Hintergrund ab, sodass du es nicht bemerken konntest."

Aurelie fasste sich an den Kopf. Ihre Augen blickten wild von rechts nach links.

„Ich hörte ab und zu so ein komisches Rauschen in der Leitung und einmal bildete ich mir sogar ein, dass ich jemanden atmen hörte …" Sie schaute mir direkt in die Augen.

„Das warst du!" Es war keine Frage. Es war eine Feststellung. Ihre Stimme überschlug sich. „Mein Gott, du bist wahnsinnig! Das hat nichts mehr mit Sucht zu tun! Du bist ja besessen! Besessen von mir! Wie konnte ich nur so blind sein?" Sie verdeckte ihre Augen mit den Händen und schluchzte erbarmungswürdig.

„Besessen? Hm … Ich weiß nicht, so würde ich das nicht nennen. Ich liebe dich eben und will für immer mit dir zusammen sein. Koste es, was es wolle! Wenn du das besessen nennst, na dann, bin ich schuldig im Sinne der Anklage." Ich musste lachen, das hörte sich einfach zu komisch an.

„Als ich Jason dann endlich durch gefälschte SMS und Facebook-Nachrichten losgeworden bin, war der Weg für mich frei. Natürlich brauchtest du noch deine Zeit, um den Verlust und deine Trauer zu überwinden. Ich nutzte diese noch mal für ein intensives Training und für weitere tolle Fotos von dir.

„Du hast Jason … vergrault?"

„Ich? Nein, meine Liebe. Du hast ihn vor die Tür gesetzt, weil er angeblich eine Affäre hatte. Er hätte dich fast davon überzeugt, dass die Nachrichten gefälscht sind und sein Facebook-Account gehackt wurde. Aber ich hab es geschafft, dass er verschwindet.

Zugegeben, ich bin nicht stolz drauf, aber der Weg musste frei für mich sein und ich habe die Sache damit nur beschleunigt. Wer weiß, wie lange das sonst noch gedauert hätte …" Ich machte eine wegwerfende Handbewegung und schnaubte.

Unter ihren Schluchzern, die immer stärker wurden, brachte Aurelie noch etwas raus. „Du hast mich dazu gebracht, mich von Jason zu trennen. Aber Jason … Jason … wäre vielleicht der Richtige gewesen."

„Nein, das war er nicht! ICH bin der Richtige für dich! Hast du das immer noch nicht begriffen!", schnauzte ich sie an. Sie zuckte zusammen und verstummte. Ich ging zu ihr rüber, setzte mich neben sie und nahm ihr wunderschönes Gesicht in meine Hände. Dann sah ich ihr tief in die geröteten Augen und sagte noch mal ganz langsam:

„Ich. Bin. Der. Richtige. Für. Dich!" Dann küsste ich sie hart, gierig, voller Verlangen. Sie ließ es geschehen, machte nicht mal die kleinsten Anzeichen, sich zu wehren. Im Gegenteil. Sie umarmte mich.

Zuerst legte sie die Arme um meinen Hals, dann um meine Schultern. Schließlich gingen sie schrittweise und ganz leicht und sachte nach unten. Ich wollte mich schon meiner Begierde hingeben und freute mich, dass sie wohl so schnell zur Einsicht gekommen war. Doch dann ging mir ein Licht auf. Sie wollte zu meiner Pistole, die ich wieder in meinem Hosenbund verstaut hatte. Ich strich ihre Arme entlang, um sie in Sicherheit zu wiegen. Dann packte ich ihre Hände und riss sie nach vorne. Erschrocken schnappte sie nach Luft.

„Du hast nicht tatsächlich versucht, an meine Pistole zu kommen, oder?" Ich fragte ganz ruhig, dafür aber mit todernster Miene und einer Stimme, die einen See hätte einfrieren können.

„W … w … was? Was soll ich versucht haben? Pff! Nein, natürlich nicht!" Sie spielte es herunter. Mir platzte sprichwörtlich die Hutschnur.

Ich verpasste ihr einen Schlag mit dem Handrücken.

„Hältst du mich für so dumm!", brüllte ich sie wutentbrannt an. Sie hielt sich die Wange und starrte mich entsetzt aus großen Augen an.

„Du hast gesagt, du würdest mir nie etwas tun."

Erst jetzt begriff ich, was ich gerade getan hatte. Von mir selbst enttäuscht und zutiefst schockiert, verflog meine Wut sofort. Schuldgefühle machten sich breit und ich versuchte, Aurelie in den Arm zu nehmen, mich zu entschuldigen.

„Aurelie. Bitte. Es … Es tut mir leid! Das wollte ich nicht! Das war eine Kurzschlussreaktion! Bitte. Du musst mir glauben!" Mein verzweifeltes Flehen wurde zu einem Winseln. Ich wollte den Kopf auf ihren Schoß legen, doch sie rückte so weit weg von mir, wie nur irgend möglich.

Ich senkte den Blick. Ich verstand sie ja, ich würde meine Nähe jetzt auch nicht wollen.

„Es kommt nicht wieder vor. Versprochen!"

Ich setzte mich wieder auf meinen Stuhl ihr gegenüber und erzählte fertig. Ich wusste nicht, ob sie mir überhaupt noch zuhörte, aber ich wollte den Rest jetzt auch noch loswerden.

„Inzwischen hatte ich meine Augen lasern lassen, da ich mit den Kontaktlinsen nicht so zurechtkam und ich ja bereits wusste, dass du nicht unbedingt auf Männer mit Brille stehst. Es war alles zu meiner Zufriedenheit verheilt und die Augentropfen sollte ich noch etwa zwei Wochen nehmen. Zeit genug für dich, um über Jason hinwegzukommen.

Dann plante ich akribisch unser ‚erstes Aufeinandertreffen'. Ich verbrachte Stunden in der Shoppingmall, um das perfekte Outfit zu kreieren. Es musste sportlich und doch auch stylisch sein. Nicht zu ausgefallen und doch etwas von einem Draufgänger haben. Es war wirklich nicht einfach, aber ich habe es geschafft, und die Verkäuferin war echt froh, als ich den Laden endlich verlassen hatte." Ich kicherte in mich hinein, als ich an ihr Gesicht denken musste, dass nur noch Erleichterung ausstrahlte, als ich zahlte und ging.

„Dann stellte ich am Handy einen automatischen Anruf ein, der in etwa 25 Minuten, nachdem ich ins Restaurant gekommen war, losgehen sollte. Ich packte meine Notizen, die ich angefertigt hatte, in meine Tasche und wartete, bis du deine Wohnung verlassen hattest. Ich wollte möglichst im gleichen Zug fahren, musste aber aufpassen, dass du mich nicht schon vorher sahst.

Ich beobachtete dich aus der Ferne, wie du mit deinen Haaren gespielt und immer wieder nervös auf deine Armbanduhr gesehen hast. Du wolltest nicht zu spät kommen. Während ich dich so ansah und dir folgte, breitete sich in meiner Brust wieder dieses warme Gefühl aus, das ich immer habe, sobald ich dich ansehe. Meine Liebe zu dir ist grenzenlos und durch die Kameras kam es mir so vor, als würde ich dich schon mein Leben lang kennen. Naja zumindest ein halbes Jahr in etwa.

In dieser Zeit lernt man eine Menge über seine Mitmenschen." Ich sah sie aufmunternd an, aber ihr Blick triefte vor Verachtung. Was hatte ich vorher nur angestellt. Jetzt würde es noch länger dauern, bis wir endlich ein glückliches Leben hatten. Ich sah zu Boden und schüttelte leicht den Kopf über meine Gedanken.

„Was soll ich noch sagen? Ich hatte Glück, dass alles doch noch so gut für mich ... für uns ... gelaufen ist. Du hast im Reggies angebissen und der Kuss im Riesenrad am Navy Pier ... WOW!" Meine Augen leuchteten. Das war alles so viel besser, als ich mir jemals erhofft hatte. Und als du mich dann rein gebeten hast zu dir ... Ich ... ich konnte mich fast nicht beherrschen, aber auch das war Teil meines

Planes. Bei dir sollte der Jagdtrieb anspringen, sonst wäre ich ja leichte Beute gewesen und dann hättest du vielleicht sofort wieder das Interesse an mir verloren.

Ich war so glücklich und mein Herz quoll über vor Liebe zu dir. Das genügte auch für eine kurze Zeit, doch dann brauchte ich die Gewissheit und die Kontrolle über dich zurück. Ich musste wissen, was du tust, wenn ich nicht bei dir war.

Welche Nachrichten du George geschrieben hast, was ihr beim Brunchen bespracht. Er war ja kurze Zeit mit Stacy beschäftigt, aber leider stellte sie sich dümmer an, als die Polizei erlaubte, und er verlor das Interesse. Ich wäre ihn gern auf diese Weise losgeworden, aber naja. Es sollte nicht sein.

Ich hatte mich auch lange auf die Suche nach einem Dorf der 50er-Jahre gemacht. Ich hatte keine Ahnung, dass es da bei Whitefish Bay eines gibt. Das ist noch nicht lange da. Hach, Aurelie. Wir hätten es so schön haben können. Aber du musstest ja unbedingt davon anfangen, dass ich dich zu sehr einengen würde!

Ich weiß doch, wohin solche Pausen führen! Zuerst ist es nur eine Pause, dann macht man wieder mehr ohne den Partner, man findet seine neue ‚Freiheit' wieder toll und ehe man sich umsieht, ist man getrennt und geht seiner Wege! So läuft das doch immer! Ich war am Boden zerstört, als du mich aus der Wohnung geworfen hast.

Ich konnte mein Herz vor dir auf dem Boden liegen sehen, zerbrochen in tausend Einzelteile und du hast noch darauf herumgetrampelt. Ich ging nach Hause und versuchte tatsächlich, dich aus meinem Kopf zu bekommen. Ich dachte, wenn wir so weit sind, dass du mich wieder abweist, obwohl wir glücklich waren, dann habe ich alles versucht, aber es sollte eben nicht sein.

Ich ging in meiner Wohnung auf und ab, habe die halbe Einrichtung zertrümmert. Konnte nicht schlafen oder essen. Ich habe mir im wahrsten Sinne des Wortes die Haare gerauft, und doch habe ich es nicht geschafft, dich aus meinem Kopf zu verbannen. Ich irrte ziellos auf der Straße umher und trank zu viel Alkohol. Du sitzt einfach zu tief drinnen!" Ich tippte mir mit den Fingern an die Schläfe.

„Ohne dich bin ich ein Nichts!

Ich. Kann. Nicht. Ohne. Dich. Leben!

Wir werden zusammenbleiben. Wir lieben uns! Und jetzt, da du endlich die gesamte Geschichte kennst, können wir auch endlich fahren!"

„Moment noch! Ich will dich noch etwas fragen." Aurelie sah mich wieder direkt an. Um ihre Lippen kräuselte sich ein spöttisches Lächeln und sie wirkte, als wäre sie nicht mehr ganz bei Trost. Was verständlich war, ich habe ihr alles erzählt und das war doch starker Tobak.

„Nachdem unsere ganze Beziehung ja nur auf Lügen basiert, möchte ich von dir jetzt wissen, ob deine Narbe am Bauch tatsächlich von einem Bandenüberfall war, und ob du wirklich alle sechs Monate zum Arzt gehst?"

„Was? Ich erzähl dir hier quasi meine Lebensgeschichte, und alles, was du wissen willst, ist, ob die Narbe tatsächlich bei dieser Scheißaktion damals zustande kam?" Ich schüttelte ungläubig den Kopf. Dann blickte ich zur Decke und antwortete ihr griesgrämig:

„Ja! Ja, diese Geschichte stimmt. Sie ist nicht gelogen, ich war tatsächlich drogensüchtig und wäre tatsächlich fast auf der Straße krepiert.

Dank dem Einfluss und dem Geld meines Vaters wurde die Sache aber nicht weiterverfolgt und auch nicht groß an die Glocke gehängt. Er hätte sein Immobiliengeschäft sonst verloren. Ich kam ja, wie du bereits weißt, mit Sozialstunden davon. So. Jetzt alles geklärt? Können wir jetzt endlich abhauen? Ich muss hier raus, und je länger wir hier sind, umso größer ist die Gefahr, dass uns jemand bemerkt und das willst du doch nicht, oder?" Ich deutete auf meinen Hosenbund am Rücken, um ihr zu verdeutlichen, was ich meinte.

„Nein, das will ich nicht, aber ..."

„Was denn noch?" Mittlerweile war ich mehr als gereizt. Ich wollte endlich hier weg. Wer wusste schon, wie lange George bewusstlos war und was er machte, wenn er aufwachte.

„Schreibst du tatsächlich Lieder? Ich meine, was ist mit dem Song, den du angeblich für mich geschrieben hast? Ist der von dir? Hast du ihn tatsächlich verkauft und veröffentlicht?" Jetzt zitterte ihre Stimme wieder, da sie den Tränen wieder nahe war.

Ich seufzte laut und ließ meine Schultern hängen.

„Ja, ich schreibe wirklich Songs. Nein, ich habe bisher noch keinen veröffentlichen können, angeblich sind sie nicht gut genug. Und nein, *dein Song* stammte nicht von mir.

Dieses Lied ist schon etwas älter und wurde von einem Briten namens *Gary Barlow* unter dem Titel *For all that you want* geschrieben und veröffentlicht. Doch er hätte genauso gut von mir sein können, denn dieses Lied drückt genau das aus, was ich für dich sein will! Ein Ort, an dem du dich sicher und wohl fühlen kannst! Ich bin alles, was du brauchst! Daher liebe ich diesen Song, er passt einfach perfekt zu uns."

Jetzt gab es für Aurelie kein Halten mehr, sie schluchzte laut und die Tränen flossen wieder in Bächen an ihrer Wange herunter. Ich wusste, dass sie dieses Lied liebte und ihr zu sagen, dass es nicht von mir war, brach nicht nur ihr das Herz, sondern auch mir.

Ich streckte die Hand aus, um sie zum Gehen aufzufordern. Aurelie nahm sie nicht an. Sie stand zwar auf, baute sich dann aber aufmüpfig, wie ein Kind, vor mir auf, verschränkte die Arme so fest, dass es aussah, als wollte sie sich selbst umarmen und blickte mir fest und tief in die Augen.

„Okay, wenn wir jetzt schon bei der Wahrheit sind, will ich noch eine Sache wissen, und dann können wir gehen." In ihren Augen lag eine Mischung aus Angst, Wut, Flehen und unendlicher Traurigkeit.

„Wie kam es, dass du immer vor mir wach warst und sogar Frühstück machen konntest? Normalerweise habe ich einen leichten Schlaf und war bis jetzt noch immer vor meinen Freunden wach, damit ..."

„Damit du dich wieder schminken konntest und keiner deine Sommersprossen zu Gesicht bekam. Ich weiß." Ich rieb mit dem Daumen eine letzte Träne weg, bevor sie meine Hand wegschlagen konnte. Ihr Make-up war entweder ganz weg oder total verwischt, was aber nach den letzten Stunden nicht verwunderlich war.

Ich hielt es nicht für möglich, aber es verstörte und erschreckte sie immer noch. Der Gedanke, dass ich sie über Monate hinweg beobachtet hatte. Dann sagte ich so beiläufig wie nur möglich und als wäre es das Logischste von der Welt:

„Ich habe dir K.O.-Tropfen gegeben. Dankenswerterweise hast du ja immer ein Glas Wasser neben dem Bett stehen. Und da ich genauestens über deine Schlaf- und Wachphasen Bescheid wusste, konnte ich dir eine geringe Dosis geben, sobald ich bei dir war. Ich wusste, wie gern du es hast, wenn Männer in der Küche stehen und Frühstück machen, oder kochen. Es reichten wenige Tropfen, schließlich wollte ich ja nicht, dass du noch ewig weggetreten bist, sondern nur so lange schläfst, bis ich mit allem fertig war. Und Liebes, ja, ich mag deine Sommersprossen auch nicht, aber es ist es nicht wert, immer so früh aufzustehen, nur um sich zu schminken! Es gibt sicherlich auch andere Wege!"

Und ehe ich mich versah, spürte ich ein scharfes Brennen und Ziehen auf meiner linken Wange. Aurelie hatte mir eine saftige Ohrfeige verpasst. Ohne Vorwarnung. Ich war etwas perplex und hielt meine mittlerweile wie Feuer brennende und prickelnde Wange. Ich sah sie erschüttert an.

„Tja, die habe ich wohl verdient. War das jetzt die Revanche für den Schlag, den ich dir gegeben habe?" Wutentbrannt starrte Aurelie mich an. Ihre Hände waren zu Fäusten geballt und ich wette, am liebsten wäre sie wie eine Furie auf mich losgegangen.

Stattdessen brüllte sie mich an.

„K.O.-Tropfen? Sag mal, hast du sie noch alle? Nur damit du mir Frühstück machen kannst? Ich glaub, ich spinne!"

Ich packte sie fest an den Armen und schüttelte sie.

„Jetzt komm mal wieder runter! Ich bin nicht gerade stolz auf diese Idee, aber ich wollte eben alles für dich machen. Ja, das ist keine Entschuldigung, aber so war es nun mal. Du wolltest es ja unbedingt wissen! Und wenn du nicht sofort still bist, dann werden deine Freunde dafür büßen, das schwöre ich dir!" Meine bedrohliche Stimme ließ sie aufhorchen und sie wehrte sich nicht weiter. Ihre Wut war erloschen und der Kummer und der Schmerz kehrten zurück.

„Und jetzt werden wir in das gottverdammte Auto steigen und endlich fahren! Ich werde keine Sekunde länger hier warten! Hast du mich verstanden!" Ich presste die Wörter durch meine Zähne und Lippen und blickte unvermittelt hinüber zum Fenster. Hörte ich da Polizeisirenen? Ich stürzte zum Fenster, um es zu öffnen, damit ich besser horchen konnte. Ja, eindeutig! Das musste nichts bedeuten, schließlich fuhr die Polizei ständig mit Sirene umher. Auch in unserer Gegend. Aber mein Bauchgefühl sagte mir etwas anderes und so schnappte ich mir meine Tasche mit der einen Hand, Aurelie mit der anderen und versuchte, so schnell wie möglich zum Auto zu gelangen.

Kapitel 21

Zurück zu Aurelie

Ich hörte mir die ganze lange Geschichte an. Das ganze Szenario, das Ben aufgebaut hatte, nur um mich zu bekommen, um mit mir zusammen zu sein. Ich war zutiefst schockiert, wütend, starr vor Angst, gelähmt, erschüttert und dann verspürte ich große Übelkeit und musste mich sogar übergeben. Klar, ein winziges, wirklich sehr winziges Eckchen in mir fühlte sich auch geehrt, dass jemand diesen ganzen Aufwand auf sich nahm, nur um mir zu gefallen. Er hatte ja recht. Ich schaute tatsächlich sehr auf das Äußere. Das bedrückte mich wieder.

Während Ben erzählte, versuchte ich fieberhaft, mir etwas einfallen zu lassen. Er kontrollierte jeden Schritt, den ich tat, daher bewegte ich mich nicht viel. Ich schaffte es ins Badezimmer, durch meine unfreiwillige Kotzeinlage. Allerdings war dort auch nichts, was ich als Waffe oder ähnliches hätte verwenden können.

Das Fenster war zu klein, um hinauszuklettern und rufen hätte nichts gebracht, da er direkt hinter der Tür stand. Ich hatte keinen Stift und kein Papier, also konnte ich auch keine Nachricht hinterlassen. Scheinbar vorsorglich hatte er nicht mal einen Spiegel im Bad, den ich hätte zerstören können, um zumindest eine Waffe zu haben. Es war zum Verzweifeln, und das tat ich auch.

Betty tappte mit Augenbinde blind umher, auf der Suche nach etwas Hilfreichem. Sonst war sie so aggressiv, aber mit so einer Situation waren wir beide einfach überfordert. Sie fluchte öfters, als sie mit ihrem Fuß irgendwo dagegen lief. Leider fiel ihr nichts weiter ein, daher hatte sie sich selbst an einen Stuhl gefesselt und geknebelt, um mir ihr Mitgefühl auszudrücken.

Fürs Erste musste ich mich wohl damit abfinden, Ben ausgeliefert zu sein. Ich konnte nur hoffen, dass George bald wieder zu sich kam. Soweit ich mich erinnern konnte, hatte Ben bei unserer Flucht mein Handy eingesteckt. Wenn George aufwachte und bei klarem Verstand war, dann könnte er das GPS-Signal einschalten und es orten lassen. Aber wer wusste schon, ob und wann das passieren würde.

Ich ging also wieder nach draußen und hörte Ben weiter zu, wie er mich beobachtete, ausspionierte und beschattete, und der Boden unter meinen Füßen schien immer mehr zu verschwinden. Ich wurde in ein tiefes Loch gesogen, aus dem ich nicht mehr herauskam. Zwischendurch zwickte und kratzte ich mich selbst. Das konnte doch alles nicht real sein. Ich musste träumen oder das alles war ein wirklich, wirklich schlechter Scherz.

Doch leider war es die bittere Realität. Ich musste mir anhören, wie er sich Zugang zu meiner Wohnung verschaffte und sogar Kameras installierte. Ich hatte ein paar Augenblicke, wo ich das Gefühl nicht loswurde, dass mich jemand beobachtete. Ich hatte ja keine Ahnung, dass das tatsächlich der Fall war. Und all die Male, als ich in der Nacht aufgewacht war, weil ich eine Präsenz im Raum oder der Wohnung gespürt hatte und schon kurz davor war, an Geister zu glauben.

Während Betty bereits Séancen abhielt und Voodoopuppen mit Nadeln bearbeitete, ja, sogar einen auf Medizinmann, oder in ihrem Fall -frau, machte.

Doch dann hatte Betty eine Idee, die uns vielleicht half, zu entkommen und Hilfe holen zu können! Sie erinnerte sich an Bens Pistole, die er im Hosenbund stecken hatte. Sie machte mir vor, wie ich es, ihrer Meinung nach, schaffte, sie in die Finger zu bekommen.

Ich hatte nur diese eine Chance, und wenn ich sie vermasseln sollte, war alles umsonst. Also wartete und beobachtete ich Ben, wie ein Luchs, um eine passende Situation zu erwischen. Und sie kam, als er mir erzählte, wie er es schaffte, Jason zu verjagen, bzw. dass ich mich von ihm trennte.

Ich konnte nicht anders, ich schluchzte laut und heulte. Ben schnauzte mich an und kam zu mir auf die Couch. Er hielt mein Gesicht in den Händen, damit ich ihn ansehen musste.

Mein erster Gedanke war, „Fass mich nicht an", aber Betty warf einen ganzen Zaun nach mir, nicht nur eine Latte.

Ich ließ Bens Umarmung und auch den harten Kuss, der alles andere als liebevoll war, zu und erwiderte beides sogar. Er wähnte sich in Sicherheit und redete immer weiter. Ich streichelte ihm über den Rücken, langsam und vorsichtig. Dann ließ ich meine Hände weiter nach unten wandern. Ganz sachte. Ich fühlte mich dem Erfolg so nahe, dass bereits Euphorie in mir aufstieg. Leider kommt Hochmut bekanntlich vor dem Fall. Und mein Fall war tiefer als je zuvor.

Ben erkannte meine Absichten und riss meine Hände nach vorne. Er hielt meine Handgelenke so fest, dass es schmerzte, ich sagte aber nichts. Natürlich wollte er wissen, ob ich gerade versucht hätte, an seine Pistole zu kommen. Ich spielte die Ahnungslose, so gut ich konnte. Leider war es nicht gut genug und Ben schlug mir mit dem Handrücken ins Gesicht.

Fassungslos blickte ich ihn an. Er hatte doch gesagt, er würde mir niemals wehtun ... Also auch darauf konnte ich mich nicht mehr verlassen. Er entschuldigte sich tausend Mal und wollte sogar den Kopf auf meinen Schoß legen, aber ich rückte nur von ihm weg, soweit es ging.

Resigniert ging er wieder zu dem Stuhl, der mir gegenüberstand und sprach weiter. Erzählte von seiner Augenlaserung, von unserem ersten Treffen, unserem Kuss am Navy Pier. Von den ganzen wundervollen Momenten, die wir miteinander erlebt hatten, aber die alle nur *gelogen* waren. Er beteuerte zwar immer wieder, wie sehr er mich lieben würde und dass er ohne mich nicht leben könnte, aber ich glaubte ihm kein Wort mehr. Er ekelte mich an. In meinen Augen war er nichts weiter mehr, als ein besessener Stalker und ich musste ihn loswerden.

Je länger ich ihm zuhörte, umso mehr musste ich an George denken. Wenn ich Ben lange genug aufhalten konnte, würde George vielleicht wieder das Bewusstsein erlangen und konnte die Polizei informieren. Ben schien noch mitten in der Geschichte zu sein und wieder kamen mir die Tränen.

Ich hasste mich selbst dafür, dass ich mich so von ihm verletzen ließ, aber die letzten Wochen mit ihm waren einfach so schön, ich hatte mich wirklich in ihn verliebt und konnte nicht glauben, dass er dachte, dass ich nach dieser ganzen Aktion hier bei ihm bleiben würde. Andererseits – tat ich es nicht, drohte er damit, dass er George und sogar meiner Familie etwas antat. Und das konnte ich nicht riskieren. Ich bekam nur am Rande mit, wie er von Whitefish Bay sprach und meinem Geburtstag, dass er sogar George beobachtet hatte und ihm eine Freundin suchte, um ihn loszuwerden. Dann kam er zu unserer jetzigen Situation und war somit am Ende seines Redeflusses angelangt. Es waren ein paar Stunden vergangen, aber noch kein Anzeichen von der Polizei.

Du musst ihn noch bei der Stange halten! Stell ihm ein paar Fragen. Zu seiner Narbe, deinem Lieblingssong und wie um alles in der Welt er es geschafft hatte, immer vor dir wach zu sein.

Das war eine gute Idee, also löcherte ich Ben und er schaffte es tatsächlich, mich noch einmal zutiefst zu erschrecken und zu enttäuschen. Bei der Narbe hatte er tatsächlich mal die Wahrheit gesagt, doch meinen Song hatte er nicht geschrieben, sondern nur gecovert. Da wäre ich aber noch draufgekommen, wenn ich es nicht im Radio gehört hätte und dann mal auf die Suche bei Google gegangen wäre …

Aber das Schlimmste überhaupt, dass mich aus der Haut fahren ließ, war, dass er mir erklärte, er hätte mir K.O.-Tropfen gegeben, um eher wach zu sein als ich.

Da ich bereits vor ihm stand, konnte ich mich nicht beherrschen und gab ihm, trotz meiner Angst, eine saftige Ohrfeige. Dafür war meine Wut zu groß. Am liebsten wäre ich komplett über ihn hergefallen und hätte ihm die Augen ausgekratzt, aber ich musste an die Waffe denken. Das war das Einzige, was mich noch abhielt. Stattdessen brüllte ich ihn an.

Ben packte mich an den Oberarmen und hielt sie wie in einer Schraubzwinge fest, dazu schüttelte er mich, damit ich mich wieder beruhigen sollte. Er drohte mir, meinen besten Freund büßen zu lassen, wenn ich nicht gleich still wäre. Seine Stimme und seine Augen waren kalt, wie der Tod selbst und ich verstummte augenblicklich.

Dann horchte er plötzlich auf und rannte zum Fenster, um hinaussehen zu können. Ich lauschte auch angestrengt und bildete mir ein, dass ich in der Ferne eine Polizeisirene hörte.

Ben wurde nervös. Er packte seine Tasche und meine Hand und stürmte mit mir zusammen aus der Wohnung hinaus. Ich stolperte absichtlich, um noch etwas Zeit zu gewinnen, falls die Bullen tatsächlich zu uns unterwegs sein sollten, doch Ben zog mich gnadenlos mit sich mit. Beim Auto angekommen, warf er seine Tasche auf den Rücksitz und drückte mich bei der Fahrerseite hinein, um mir gleich darauf zu folgen.

Er war echt schlau, schließlich hätte ich, während er ums Auto lief, auch wieder aussteigen und weglaufen können. So hatte ich keine Chance. Er befahl mir, mich anzuschnallen und schaute noch mal in den Rückspiegel. Seine Miene erstarrte und er drehte sich zur Heckscheibe um.

„Verdammter Mist! Scheiße. Scheiße. Scheiße!"

Ich drehte mich ebenfalls um, und konnte dann ein erleichtertes Lächeln nicht verbergen, denn ich sah die Lichter des Polizeiautos und gleich darauf hörte ich die Sirene.

„Sie werden dich nicht kriegen! Du gehörst mir!"

Ben startete das Auto und drückte das Gaspedal durch. Er schoss geradezu durch die Straßen, ging mit quietschenden Reifen in die Kurven, den Blick immer auf den Rückspiegel geheftet. Wir lieferten uns eine Verfolgungsjagd mit der Polizei, die sich nicht abschütteln ließ. Ich überlegte tatsächlich, ob ich mich waghalsig aus dem Auto werfen sollte, aber bei der Geschwindigkeit würde ich mich wohl extrem verletzen, oder mir sogar etwas brechen.

Ben schien meine Gedanken zu erraten, denn er blickte mich von der Seite an.

„Ich würde das an deiner Stelle ganz schnell wieder vergessen! Unsere Geschwindigkeit ist zu hoch, du hättest nicht nur Schürfwunden, noch dazu wäre ich dann gezwungen, anzuhalten und Gebrauch von meiner Pistole zu machen. Und das wollen wir beide nicht!"

Wir schossen die West Cermak Rd./South Damen Ave. hinunter, bogen ein paarmal ab und Ben dachte schon, er hätte es geschafft, die Bullen abzuhängen, doch da passierte es. Der Akku meines Handys wurde leer und fing an zu piepsen! Verwundert fischte Ben es aus seiner Jackentasche.

„Das Teil hatte ich schon ganz vergessen." Nachdenklich blickte er es kurz an, dann meine versteinerte Miene.

„Hast du etwa? Sag mir jetzt nicht, dass du … Hast du da ein GPS angeschaltet? Mit dem man dich orten kann? Natürlich hast du das! George muss wieder zu Bewusstsein gekommen sein und hat dich mit der Hilfe der Polizei orten lassen … deswegen werde ich sie auch nicht los! Ahhhh, du dummes Flittchen! Wann kapierst du endlich, dass sie dich nicht kriegen werden?! DU GEHÖRST ZU MIR!"

Mit unbändiger Wut warf er das Handy aus dem geöffneten Fenster. Seine Finger umklammerten das Lenkrad so fest, dass seine Knöchel weiß hervortraten.

„Jetzt werden sie dich nicht mehr finden! Ich weiß ein gutes Versteck, dank meines Vaters." Er atmete angestrengt und auf seiner Stirn erschien plötzlich eine Ader, die ich zuvor noch nicht gesehen hatte.

Sein Gesicht war rot vor Zorn und ein nervöses Augenzucken stellte sich ein. Ich hielt mich am Türgriff fest, denn Ben erhöhte die Geschwindigkeit noch mal. Und so rasten wir auf den Interstates 55 und 294 aus Chicago hinaus in Richtung Burr Ridge.

Kapitel 22

In Burr Ridge angekommen, fuhr er geradewegs in den Pacific Ct., denn dort stand ein Haus zum Verkauf. Die Immobilienfirma seines Vaters wurde damit beauftragt, es herzurichten und weiter zu verkaufen. Der Kaufpreis war aber so gigantisch angesetzt, dass es schon eine ganze Weile auf dem Markt war, aber nicht verkauft werden konnte.

Als wir vor der Garage anhielten, klappte mir erst einmal das Kinn runter. „Solche Häuser verkauft ihr? Kein Wunder, dass du Geld hast. Das ist ja atemberaubend. Aber was machen wir hier? Wolltest du hierher mit mir?" Ich sah Ben skeptisch an.

Betty vollführte derweil einen Freudentanz. Das Haus entsprach genau ihrem Geschmack, dafür hätte sie alles gegeben! Sogar unsere Freiheit. Sie sah sich schon mit Sonnenhut und Cocktail auf der Terrasse sitzen und den sexy Pool-Boy beobachten.

Ich musste sie daran erinnern, dass wir in einer wirklich ernsten Lage feststecken und etwas unternehmen mussten, um entkommen zu können.

Ihre Seifenblase zerplatze, und zurück blieb eine eingeschnappte Betty, die wusste, dass ich leider recht hatte.

„Nein! Das ist nur eine Notlösung. Den ursprünglichen Plan kann ich vergessen, jetzt sind zu viele Bullen hinter uns her, sodass wir uns hier ein paar Tage verstecken und dann erst weiterreisen werden. Und wenn wir jetzt gleich aus dem Auto steigen, dann bist du mucksmäuschenstill! Hast du mich verstanden!"

Ben blickte mich fest entschlossen an, und ich wagte es nicht, ihm zu widersprechen, oder auch nur den Versuch des Wegrennens zu starten.

Er hastete aus dem Auto, holte seine Tasche und zog mich am Handgelenk hinter sich her zur Haustür. Ich blickte mich verstohlen um. Um das Haus und das Gelände waren Bäume, ähnlich einem Wald, gepflanzt. Sollte ich also die Chance haben, um Hilfe zu rufen, würde das nichts bringen, denn die Bäume würden meine Schreie nur verschlucken. Da drang nichts bis zu den Nachbarn durch.

Ben holte den Ersatzschlüssel unter der Fußmatte hervor und schloss auf.

„Wie einfallsreich. Wirklich? Unter der Fußmatte?" Ich konnte mir diesen sarkastischen Kommentar nicht verkneifen und erntete dafür einen Mörderblick von Ben.

„Wir haben immer einen Schlüssel dabei, sodass wir den nicht brauchen, aber wie du siehst, ist es gut, dass er da ist. Und jetzt halt den Mund! Ich muss nachdenken!"

Bens Stimmung war am Tiefpunkt angekommen. Er massierte sich die Schläfen und sein Augenzucken nahm weiter zu. Das Haus sah von innen noch viel größer aus, als von außen, und ich konnte nur noch staunen. In so einem Haus zu sein, hätte ich mir nie träumen lassen, auch wenn es dummerweise nicht zu meinem Vergnügen war, sondern weil ich gekidnappt wurde.

Ich konnte Betty schon verstehen, aber das war nicht der richtige Zeitpunkt dafür.

Ben schleifte mich die Treppen hinauf. Eigentlich hatte dieses Prachthaus nur zwei Stockwerke; Erdgeschoss und erster Stock, aber ganz hinten befand sich eine kleine Treppe, die zu einer Kammer unter dem Dach führte.

Wahrscheinlich sollte das eine Art Abstellkammer sein, denn selbst für Bedienstete war es viel zu klein und eng hier. Es gab ein kleines Fenster. Ich schätzte gleich mal ab, ob ich da durchpasste, aber es war mehr ein Guckloch. Also, nein, natürlich passte ich da nicht durch. Ansonsten war das Zimmer leer.

Ben schob mich in die Mitte des Zimmers.

„Du bleibst kurz hier, ich hole dir was zu essen und zu trinken und ein paar Kissen, damit der Boden nicht so hart ist."

„Aber ich muss mal. Ganz dringend!"

„Echt jetzt? War ja wieder klar! Ihr Frauen immer!" Ben schlug sich die Hand auf die Stirn und fuhr dann gestresst über sein Gesicht. Er packte mich wieder am Arm und zog mich den Gang zurück zum Badezimmer. Ich wollte vor ihm hineingehen, aber er ließ mich nicht los.

„Oh, nein, meine Liebe! Ich komme mit! Für wie dumm hältst du mich eigentlich?!" Ich erstarrte in der Bewegung und blickte ihn fassungslos an.

„Was? Das meinst du nicht im Ernst! Du willst jetzt mit mir da hineinkommen?"

„Aber sicher! Wer weiß, was du da drinnen vorhast und ich geh lieber auf Nummer sicher. Zier dich doch nicht so, wir werden den Rest unseres Lebens zusammen verbringen, und ihr Weiber geht doch sonst auch immer zu zweit auf das Klo! Ich dreh mich auch um." Er setzte ein schmieriges Grinsen auf und ich konnte nicht anders, als wieder zu würgen.

Tja, der Schuss ging nach hinten los. Ich hätte wirklich gedacht, dass ich eine kleine Chance im Badezimmer bekomme, aber Fehlanzeige. Als ich endlich, vor lauter

Scham, fertig war, wurde ich von Ben zurück in das Zimmerchen gebracht.

„Warte hier, ich hole etwas und schaue nach, was zu essen da ist. Ach so. Stimmt, ich schließe ja zu!" Er amüsierte sich auf meine Kosten und bekam vor lauter Lachen kaum noch Luft. Ich schaute ihn wie ein bockiges Kind mit verschränkten Armen an, konnte aber leider nichts machen.

Eine geschlagene Stunde hörte ich nichts von Ben. Dann ging die Tür auf und er kam mit Kissen, einer Decke und einem Feldbett wieder.

„Ein Glas Wasser wäre auch toll", sagte ich etwas kleinlaut.

„Ja, ja. Moment. Willst du es nicht zuerst bequemer haben? Etwas zu essen und zu trinken bekommst du gleich noch!" Ben verschwand wieder und sperrte wieder ab. Ich ließ mich auf das Feldbett fallen und pustete laut die Luft aus. Wie sollte ich hier nur rauskommen?

Du könntest ihm deinen Schuh an den Kopf werfen, den Überraschungsmoment ausnutzen und an ihm vorbeistürmen!
Betty übte sich bereits im Messerwurf, aber solche hatte ich nicht.

Die Idee an sich war nicht schlecht und allemal besser als nichts. Doch was passiert, wenn er mich zu fassen bekommt, bevor ich die Nachbarn erreiche oder ich überhaupt nicht an ihm vorbeikomme? Ich hatte Zweifel und Angst, aber ich musste es wagen.

Also zog ich vorsorglich beide Schuhe aus, um dann besser laufen zu können.

Ich horchte aufmerksam, wann ich Bens Schritte hörte. Und tatsächlich, es dauert nicht lange und er kam wieder.

Ich stellte mich in die Mitte des Raumes, was ja nicht schwer war bei der Größe, und hielt meinen Schuh in der Hand, bereit zum Werfen. Ich musste auf das Gesicht zielen. Am besten auf die Nase, dann wäre er vielleicht lange genug außer Gefecht und ich konnte entkommen.

Der Schlüssel im Schloss raschelte und drehte sich um. Auf meiner Stirn bildeten sich Schweißperlen und meine Knie fingen an zu zittern.

Betty sah aus wie ein Sprinter auf der Rennbahn. In den Startlöchern, bereit, los zu sprinten.

„So, also hier habe ich dein Wasser und ein Sandwich …" Ben öffnete die Tür und schaute mich an.

„Was zum …"

Weiter kam er nicht, denn ich holte aus und warf ihm meinen Schuh mit aller Kraft, die ich hatte, ins Gesicht. Ich glaubte ein kleines Knacksen gehört zu haben, wollte es aber nicht herausfinden.

„Ah! Meine Nase! Du Miststück!" Ich schubste Ben aus dem Weg und rannte, so schnell es ging, den Flur entlang zur Treppe. Leider war Ben nicht wirklich außer Gefecht. Im Gegenteil! Ich hörte ihn wutschnaubend und brüllend nah hinter mir. Zu nah.

„Du dreckige kleine Hure! Wo willst du hin? Wenn ich dich kriege, kannst du was erleben. Glaubst du tatsächlich, du könntest mir entkommen? Ich weiß immer, wo du bist. Ich würde dich in der Zeit eines Fingerschnippens finden. Bleib endlich stehen!"

Ich sprang die Treppe hinunter. Nahm immer zwei Stufen auf einmal. Aber es half alles nichts. Er hatte die Haustür verschlossen! Ich rüttelte an der Tür, drehte den

Knauf, doch sie ging nicht auf. Und dann war es schon zu spät.

Gerade als ich weiter zur Küche wollte, hatte Ben mich auch schon eingeholt. Seine Arme legten sich um mich wie Schraubstöcke und hoben mich hoch. Ich schrie und strampelte wie eine Wilde. Aber Ben war zu stark für mich.

„Tu das nicht! Lass mich einfach gehen und ich vergesse die ganze Sache hier! Bitte! Ben, du tust mir weh! Lass mich runter! Hilfe! Hilfe!"

Ungerührt von meiner kleinen Vorführung trug Ben mich zurück in dieses Kämmerchen. Am Boden verteilt lag mein Sandwich und das Wasser war verschüttet. Als er mich auf das Feldbett warf, sah ich erst, dass seine Nase blutete und er es überall verteilt hatte, bei dem Versuch, die Blutung zu stoppen. Gebrochen schien sie nicht zu sein, aber zumindest stark geprellt.

„Solltest du noch mal so eine Aktion versuchen, werde ich dir im wahrsten Sinne des Wortes den Arsch versohlen!" Er schäumte vor Wut und drohte mir mit dem erhobenen Zeigefinger. Er war über mich gebeugt, sodass ich in seine wilden, völlig durchgeknallten Augen sehen musste. Da war nichts mehr von meinem Ben übrig. Er schaute sich um, wo mein zweiter Schuh war, hob ihn auf und zog den Schnürsenkel heraus. Dann nahm er meine Hände und fesselte sie vor meinem Körper.

„So. Zumindest werfen sollte damit nicht mehr gehen! Und wenn du vorhast, noch länger zu schreien, dann suche ich auch noch ein Tuch oder Klebeband, um dir den Mund zu stopfen! Wobei das eigentlich nicht nötig ist, denn hier hört dich eh keiner von den Nachbarn."

Ich schaute eingeschüchtert zu Boden. Das durfte alles nicht wahr sein. Das musste irgendein bescheuerter Albtraum sein, aus dem ich nicht aufwachen wollte! Ben verschwand, brachte mir nur noch etwas zu trinken und ließ sich dann die nächsten Stunden nicht mehr blicken. Ich saß mittlerweile völlig apathisch auf dem Feldbett und wippte vor und zurück, um mich selbst zu beruhigen. Dabei sagte ich mir immer wieder: „Das ist ein Albtraum, das ist alles nur ein Albtraum."

Ich versuchte zwischenzeitlich immer mal wieder diesen Schnürsenkel loszuwerden, aber Ben hatte irgendeinen Spezialknoten gemacht, den ich nicht aufbekam. Im Gegenteil, er zog sich immer fester zusammen, je mehr ich es versuchte. Es war hoffnungslos. Irgendwann schlief ich von diesem Geschaukel ein, es war ja schon später Nachmittag. Ich wachte erst wieder auf, als ich vor der Tür Gepolter hörte. Sofort war ich hellwach. Mein Herz fing an zu rasen.

„Ben? Ben, bist du das?" Meine Hände waren inzwischen eingeschlafen und kribbelten ekelhaft. Ich versuchte aufzustehen, da ging die Tür auf und das Licht wurde eingeschaltet. Ich schloss die Augen zu schmalen Schlitzen und hob die Hände vors Gesicht, da es doch sehr hell war. Ben kam näher, ohne ein Wort. Er hielt einen Teller in der Hand mit einem neuen Sandwich und einer Wasserflasche.

„Ich dachte, du hättest eventuell Hunger, oder müsstest mal wohin?" Er sprach leise und sah verletzlich aus.

„Ja, ich muss tatsächlich mal." Er kam zu mir und band meine Hände los. Ich rieb mir die Handgelenkte, sodass wieder mehr Blut durchfließen konnte. Dann brachte er mich zur Toilette.

Natürlich kam er auch diese Mal mit hinein. Es wäre nicht nötig gewesen, denn für heute war ich einfach zu müde und zu schwach, um noch einen weiteren Ausreißversuch zu starten. Auch zurück brachte er mich genauso wortlos. Als er mir wieder die Hände fesseln wollte, konnte ich eine Träne nicht zurückhalten.

„Bitte nicht. Es schnürt zu sehr ein und ich kann nicht richtig schlafen. Ich werfe nichts mehr nach dir. Versprochen!", flehte ich. Ich schaute ihm in die Augen. Diese immer noch tollen blaugrünen Augen, und ich bemerkte den Schmerz darin.

„Na gut. Ich glaube, für heute Nacht brauchen wir die nicht mehr. Aber ich warne dich! Mach keine Dummheiten, sonst gnade dir Gott! Und nur zu deiner Information, ich habe das Haus bereits aus den Angeboten herausgenommen, sodass uns keiner stören kann!" Dann ging er wieder und die restliche Nacht war ruhig. Ich aß mein Sandwich und trank etwas. Nicht zu viel, ich wusste ja nicht, wann Ben wiederkam. Dann legte ich mich hin und versuchte weiterzuschlafen.

Kapitel 23

Es vergingen zwei oder drei Tage. Ich wusste es nicht genau, denn das Fenster war ja nicht sonderlich groß und ich konnte in meinem Kämmerchen nichts machen. Ben kam ab und an vorbei und brachte etwas zu essen oder zu trinken und ging mit mir zur Toilette. Da ich keine weitere Schuhattacke brachte, fesselte er mich nicht, wofür ich ihm sehr dankbar war.

Es hinderte mich allerdings nicht daran, hin und wieder in meinem Gefängnis auszurasten. Ich schrie und fluchte und trommelte gegen die Tür, aber das einzige, was ich zu hören bekam, war: „Ich lasse dich raus, wenn wir weiterfahren können oder wenn du mich wieder liebst."

Na danke auch. Ich versuchte, die Liebesnummer zu spielen, aber er durchschaute mich.

Während Betty vor Lachen auf dem Boden lag und sich hin und her wälzte.

Ich konnte nicht schauspielern, war das vielleicht ein Verbrechen?

Dann, am geschätzt dritten Tag, musste Ben zum Einkaufen fahren und ein paar Sachen erledigen. Er ließ mich freundlicherweise noch mal zur Toilette, bevor er fuhr, und ließ mir zur Sicherheit einen Eimer im Zimmer stehen. Als würde ich freiwillig in einen Eimer machen ...

Ich überlegte wieder, ob ich es nicht doch schaffen könnte, zu entkommen, aber die Tür war verschlossen und ich hatte nichts, womit ich versuchen könnte, sie aufzubrechen. Ich hatte auch keinen Stock, mit dem ich sie ausheben könnte. Ratlos lief ich auf und ab und gab es schließlich auf. Ich musste mich auf Ben einlassen, sonst würde ich hier drinnen sitzen, bis ich schwarz wurde. Ich setzte mich aufs Bett und schluchzte leise vor mich hin.

Dann hörte ich ein Geräusch von draußen, dass sich wie ein Auto anhörte. War Ben schon wieder zurück? Ich schaute auf meine Uhr und sah, dass noch nicht ganz eine Stunde vergangen war seit Ben weggefahren ist. Ich ging zum Fenster und öffnete es. Dann hörte ich Autotüren zuschlagen und zwar nicht nur eine. Es war also jemand zum Haus gekommen. Da die Tür öfters zu hören war, mussten es mehrere Personen sein.

Sollte Ben jemanden mitgebracht haben? Ich lauschte angestrengt, konnte aber nichts mehr hören. Ich schloss das Fenster wieder, ging zur Tür und legte mein Ohr dagegen, in der Hoffnung, etwas zu hören. Zuerst war da nur Stille. Doch dann bildete ich mir ein, dass ich Gemurmel hören konnte. Ich presste mein Ohr fester gegen die Tür und tatsächlich – es war jemand im Haus, und es hörte sich nicht nach Ben an.

Betty sprang vor Freude in die Luft und entzündete ein SOS-Feuer. Dann schoss sie noch eine Leuchtpistole ab. Keine Ahnung, woher sie immer diese Sachen hatte …

Jetzt war es an mir, uns hier rauszuholen. Ich hämmerte gegen die Tür und schrie aus Leibeskräften um Hilfe. Es passierte jedoch nichts. Dann trampelte ich gleichzeitig mit den Füßen. Ich versuchte, größtmöglichen Lärm zu machen. Es musste klappen! Sie mussten mich hören, sonst wäre ich verloren.

Und dann kamen die Stimmen näher und wurden lauter, ich hörte auch Schritte. Ich trommelte mit beiden Fäusten gegen die Tür und schrie wie am Spieß. „Hilfe! Hilfe, so bitte helft mir doch! Ich wurde hier eingesperrt! Bitte, wenn Sie mich hören, dann helfen Sie mir!"

Auf der anderen Seite der Tür hörte ich jemanden klopfen. „Hallo, ist da jemand drinnen? Können Sie mich hören?"

„Ja, ich höre Sie. Sie müssen mir helfen, ich wurde entführt und hier eingesperrt! Bitte! Ich weiß nicht, wie lange er weg ist. Sie müssen sich beeilen, er ist gefährlich und hat eine Waffe!"

Im Flur wurde das Stimmengewirr groß und aufgeregt, dann versuchte jemand am Türknauf zu drehen. „Es ist abgeschlossen, wissen Sie zufällig, wo der Schlüssel ist?"

„Was ist das denn für eine Frage? Natürlich weiß ich nicht, wo der Schlüssel ist! Ich bin hier schließlich eingesperrt!", giftete ich meine vermeintlichen Retter an. „Entschuldigen Sie die Frage. Ich bin nur gerade etwas mit der Situation überfordert. Ich rufe die Polizei und mein Klient sucht inzwischen etwas, womit wir die Tür aufbekommen! Warten Sie hier, wir schaffen das schon!"

„Okay, ich warte! Wo sollte ich denn auch sonst hingehen??" Ich konnte nicht anders, als meine aufgestaute Wut an den netten Leuten auszulassen, die mir ja helfen wollten. Aber ich stand kurz vor einem Nervenzusammenbruch. Ich wusste nicht, wie lange Ben noch weg wäre, was er tat, wenn er die Fremden hier im Haus finden würde oder wie lange diese brauchten, um die Tür zu öffnen. Ich spürte förmlich wie mir die Zeit durch die Finger rann.

Betty rannte inzwischen wie der verrückte Professor aus „Manic Mansion", am Ende des Spieles, kreischend im Zimmer auf und ab und sah auch etwas irre dabei aus.

„Die Polizei ist auf dem Weg. Keine Angst, wir bekommen Sie da schon raus."

„Danke. Ich danke Ihnen vielmals!" Ich sackte hinter der Tür zusammen und Tränen der Erleichterung liefen über mein Gesicht.

„Achtung, wir haben eine Axt gefunden. Gehen Sie bitte von der Tür weg, wir schlagen sie jetzt ein."

Ich rappelte mich auf, setzte mich auf das Feldbett und wartete. Als der erste Schlag die Tür traf, zuckte ich zusammen. Jetzt kam ich mir etwas wie in „Shining" vor.

Es dauerte eine gefühlte Ewigkeit, bis die Tür endlich soweit kaputtging, dass man sie eintreten konnte. Ich stürzte förmlich meinen Rettern entgegen, die mich in den Arm nahmen und mich zu trösten versuchten. Es waren ein Makler und ein Pärchen, das sich ursprünglich das Haus ansehen wollte. Ich bezweifelte, dass sie es nach dieser Erfahrung noch nahmen.

„Wir müssen hier weg, so schnell es geht!" Ich wollte schon Richtung Treppe laufen, aber meine Beine gaben plötzlich unter mir nach. Ich wurde gerade noch von dem Makler aufgefangen. „Hoppla, nicht so schnell. Wir bringen Sie erst mal nach unten ins Wohnzimmer. Dort hole ich Ihnen ein Glas Wasser und wir warten auf die Polizei. Einverstanden?"

Ich wollte eigentlich nicht auf die Polizei warten, sondern nur noch weg von hier, aber ich ließ mich überreden. Auch aus dem Grund, weil meinen Beinen der Stress offensichtlich zu groß war.

„Wieso sind Sie überhaupt hier? Ben sagte mir, er hätte das Angebot für das Haus bereits aus der Datenbank genommen, sodass keiner mehr herkommen würde?"

„Ich habe dieses Angebot letzte Woche ausgedruckt und zwischenzeitlich noch ein weiteres Haus gesucht, welches für meine Klienten passen könnte. Und heute war der Besichtigungstermin. Das war wirklich Glück für Sie!"

„Das kann man wohl sagen! Ich danke Ihnen wirklich vielmals!" Ich begann erneut zu heulen und zu schluchzen. Ich hatte mich einfach nicht mehr unter Kontrolle, meine Nerven lagen blank.

Im Wohnzimmer setzten wir uns alle hin. Das Pärchen war im mittleren Alter und sah mich geschockt und gleichzeitig mitfühlend an, sagte jedoch nichts.

Als der Makler mit einem Glas Wasser zurückkam, stellte er sich als John Herman vor.

„Jetzt erzählen Sie doch mal, wie genau kamen Sie denn hierher? Und wer hat was aus der Angebotsliste herausgenommen?"

„Ich bin Aurelie Buffay und wurde von Benjamin Bing gestalkt und dann entführt. Er sagte, er hätte das Angebot für das Haus aus der Datenbank entfernt, damit uns niemand stören kann. Er ist unterwegs, um Besorgungen zu machen. Ich hoffe, die Polizei ist vor ihm da, wer weiß, was er sonst macht. Er hat eine Pistole!" Ängstlich schaute ich in den Vorraum Richtung Haustür. Leider konnte ich sie nicht genau sehen, denn der Türrahmen war recht breit und ich saß an der falschen Stelle.

Ich wurde immer weiter in ein Gespräch verwickelt, sodass ich das Auto im Hof nicht hörte. Ich bemerkte auch nicht, dass die Haustür leise geöffnet und geschlossen wurde, sonst wäre ich sofort geflüchtet.

Erst als es bereits zu spät war, spürte ich Bens Anwesenheit. Ich fühlte seine Aura, bevor ich ihn sah. Meine Härchen im Nacken stellten sich auf und ich bekam Gänsehaut an den Armen und Beinen.

„Was zum … Ben!" Ich ließ das Glas fallen und erstarrte, als ich ihn mit gezogener Waffe im Türrahmen stehen sah.

Kapitel 24

„Na, wen haben wir denn da! John Herman! Unseren besten Makler." Mit unverhohlener Abscheu schaute er in die Runde. Es war offensichtlich, dass er John nicht leiden konnte.

„Wie kommst du hierher? Ich hatte das Haus aus der Angebotsliste entfernt!"

„Ich ... ich hatte es letzte Woche ausgedruckt.", stotterte dieser. Er war bereits weiß im Gesicht und schaute sich suchend im Zimmer um. Wahrscheinlich hielt er nach einem Versteck oder einer Deckung Ausschau.

„Verdammt! Natürlich! Ich hätte auch die letzten Aufrufe anschauen müssen, aber dieses Haus steht bereits seit Monaten leer, ohne dass sich jemand dafür interessiert hätte ..." Ben schimpfte mehr mit sich selbst und beachtete uns einen kurzen Augenblick nicht. Ich nutzte diese Gelegenheit, hob vorsichtig einen größeren Splitter des zerbrochenen Glases auf und versteckte ihn in meiner Hand und leicht unter dem Ärmel des Pullovers, den ich trug.

„So. Ich teile euch jetzt mit, dass diese Waffe geladen ist und sollte einer von euch eine Dummheit begehen, dann werde ich davon Gebrauch machen! Ist das klar?" Er tippte die Pistole an und sah jedem Einzelnen ins Gesicht, während er näherkam. Jeder nickte heftig, nur ich nicht. Ich musste meine Angst hinunterschlucken und auf den richtigen Zeitpunkt warten, um ihn mit der Glasscherbe möglichst außer Gefecht zu setzen, aber ich befürchtete, dass sie dafür zu klein war.

Jetzt stand Ben bei uns am Tisch und musterte alle.

„Aurelie, mein Schatz, würdest du bitte aufstehen und zu mir kommen." Seine Stimme war freundlich, mit einem kalten Unterton, und das Lächeln in seinem Gesicht erreichte seine Augen nicht.

„Ihr anderen gebt mir bitte eure Handys!" Er streckte die Hand nach vorne, und jeder folgte ängstlich seiner Anweisung.

„Das wird dir nichts nutzen, Bing! Die Polizei ist schon auf dem Weg hierher!" spie John ihm plötzlich entgegen.

„Ach, tatsächlich? Ich konnte es mir zwar bereits denken, aber jetzt habe ich Gewissheit. Danke für die Information." Bens Grinsen wurde zu einer diabolischen Maske.

„Ein Grund mehr für uns, uns jetzt schnell und unkompliziert zu verabschieden. Ich bitte euch, bewegt euch nicht, bevor ihr mein Auto wegfahren hört, es könnte sonst böse Konsequenzen für euch haben!" Er wedelte mit der Pistole und schaute dabei mehr John an, als das Pärchen, das nur bleich und starr dasaß und sich gegenseitig festhielt.

„Komm, mein süßer Rotschopf. Wir brechen jetzt auf!" Er packte mich wieder am Arm und zog mich rückwärts mit sich mit. Eigentlich hätte ich jetzt schon Gelegenheit gehabt, ihm den Splitter in die Seite oder den Oberschenkel zu rammen, aber ich wollte in der Nähe des Autos sein, um gleich die Kurve kratzen zu können. Als wir uns zur Haustür umdrehten, wollte John wohl den Helden spielen, denn er kam plötzlich mit wildem Geschrei hinter uns hergelaufen und hielt einen Schürhaken, den er vom Kamin genommen hatte, in der Hand und wollte auf Ben losgehen.

Ben fackelte nicht lange und schoss John in den Bauch, der daraufhin augenblicklich mit einem ungläubigen Blick zusammensackte. Ich kreischte auf und schlug mir die Hand vor den Mund. Heiße Tränen rannen mir wieder über die Wange und mein Mut war verpufft.

Betty fiel tatsächlich in Ohnmacht. Sie konnte kein Blut sehen, und die Lache, rund um John, breitete sich sehr schnell aus.

„Es tut mir leid! Ich hatte dich gewarnt. Wieso kannst du nur nie hören und musstest unbedingt den Helden spielen? Tja, ich glaube, jetzt haben wir nichts mehr zu befürchten. Komm! Raus jetzt!"

Als wir schon fast am Auto waren, kam mit einer extremen Geschwindigkeit die Polizei angerauscht, mit Blaulicht und Sirenen. Es war zu spät.

„Fuck! Verdammte Scheiße, das darf doch nicht wahr sein!" Ben war außer sich vor Wut. Wir hatten keine Zeit mehr, in das Auto zu steigen. Es hätte auch nicht viel gebracht, da die Straße von der Polizei blockiert wurde und einen anderen Weg gab es hier nicht. Wir konnten zum Glück auch nicht mehr zurück zum Haus und uns dort verbarrikadieren, da der Weg zu lang war. So machte Ben das einzig Logische, was ihm einfiel: Er nahm mich als lebendes Schutzschild!

Sein Arm legte sich um meinen Hals und er versteckte sich, so gut es ging, hinter meinem Rücken. Die Pistole hielt er nach vorn gestreckt.

Die Polizeiautos hielten zwischenzeitlich alle schräg vor uns, die Türen wurden geöffnet, und als Deckung verwendet. Die Polizisten zielten wiederum mit ihren Waffen auf uns. Ich musste hart schlucken und versuchte, nicht zu hyperventilieren. Das würde in dem Fall überhaupt nichts bringen.

Aus den Lautsprechern eines Autos kam eine Durchsage für Ben: „Achtung, hier spricht die Polizei. Lassen Sie die Frau los und entfernen Sie sich drei Schritte, dann wird Ihnen nichts geschehen. Ergeben Sie sich!"

Doch Ben dachte nicht daran. „Ich werde mich nie ergeben und Ihr werdet mir nicht die Liebe meines Lebens wegnehmen! Wenn einer auch nur einen Schritt näherkommt, dann werde ich uns beide erschießen! Also, wir werden jetzt in das Auto hinter uns steigen und ihr werdet uns Platz machen, damit wir fahren können, und keinem wird irgendwas geschehen!"

„Es tut uns leid, Sir. Aber wir können nicht darauf eingehen. Lassen Sie die Frau los und ergeben Sie sich!"

Ich schluchzte auf und sah aus den Augenwinkeln eine kaum wahrzunehmende Bewegung. Ein Officer, dessen Auto etwas abseitsstand, rutschte Stück für Stück näher. Er deutete mir, geradeaus zu schauen, damit er nicht entdeckt wurde.

Da witterte ich noch mal meine Chance. Ich ließ die Glasscherbe etwas weiter aus meinem Pullover gleiten, und hielt sie ganz fest in der Hand, sodass ich bereits etwas zu bluten anfing. Dann holte ich noch mal tief Luft, soweit es mir mit Bens Arm um meinen Hals möglich war und – stach zu! Ich erwischte seinen Oberschenkel, allerdings nicht all zu tief.

Die Schrecksekunde, in der er seinen Griff lockerte, reichte für mich aus, um mich daraus zu befreien und nach links wegzulaufen, in Richtung des Officers. Ich duckte mich in der nächsten Sekunde, als Ben schon wieder nach mir greifen wollte, doch da löste sich ein Schuss und traf Ben ebenfalls in den Oberschenkel.

Er schrie auf vor Schmerz, vor Überraschung, vor Zorn und weiß Gott warum sonst noch. Dabei ließ er endlich die Waffe fallen, und die Polizisten, die zu ihm rannten, konnten ihn überwältigen. Er wehrte sich nur mittelmäßig, denn endlich hatte er eingesehen, dass er verloren hatte.

Ich wurde inzwischen von dem Officer in Obhut genommen, der sich als Officer Logan Devenport vorstellte. Er holte sofort eine Decke, in die er mich einwickelte, während ein anderer einen Krankenwagen rief. Ich wurde zu einem der Polizeiwagen geführt und konnte Ben nur noch fluchen hören, aber nicht mehr sehen. Allerdings hörte ich noch seine letzten Worte, die ich mit Sicherheit nicht mehr vergessen würde, bevor er weggebracht wurde:

„Egal, wo du dich versteckst, ich werde dich immer finden! Immer! Hörst du? Du gehörst MIR!"

Epilog

Die Zeit bis zur Verhandlung zog sich elend lange Wochen hin. Ich konnte meine Aussage schon auswendig, so oft hatte ich sie wiederholt. Ich wurde in ein Zeugenschutzprogramm aufgenommen, für das auch Officer Devenport zuständig war.

Ich hieß jetzt Regina Phalange, was ich sehr lustig fand und mich gleichzeitig besorgte, da die Serie „Friends" eine meiner Lieblingsserien war und Ben das sicherlich wusste.

Ich wurde damit beruhigt, dass niemand diesen Namen erfahren würde, niemand außer den Leuten in meinem neuen Leben. Mein altes Leben gab es nicht mehr. Ich wurde in einer neuen Unterkunft untergebracht, meine Wohnung gekündigt und ich war bereits auf der Suche nach einer neuen Wohnung im sonnigen Los Angeles. Sobald die Verhandlung beendet war und das Urteil verkündet, würde ich dorthin aufbrechen und nicht mehr zurückblicken.

Bei meinen Eltern konnte ich mich nur noch bedingt melden. Schließlich sollte ja keiner wissen, wo oder wer ich war. Ich war sehr traurig darüber und meine Eltern auch, verloren sie ja quasi auch noch ihre zweite Tochter dadurch.

Endlich war der Tag der Verhandlung gekommen. Ich war nervös. Hatte ich Ben doch seit Wochen nicht mehr gesehen. Wie würde die Jury wohl urteilen? Schuldig war ja wohl das Mindeste, obwohl Bens Vater sehr gute Anwälte engagiert hatte, aber wie viele Jahre Knast würde er aufgebrummt bekommen? Und wenn er wieder frei war, wie ging es dann weiter? Würde ich ihn vergessen können? Würde er mich tatsächlich wiederfinden?

Ich hatte extreme Panikattacken erlitten und suchte inzwischen auch schon einen Psychiater auf.

Ich ging Seite an Seite mit meinem Anwalt in den Gerichtssaal und nahm Platz. Ich beäugte kurz die Jury, um mir einen Eindruck machen zu können, wie sie den Fall beurteilen würden, aber aus ihren ausdruckslosen Gesichtern ließ sich nichts ablesen.

Und dann wurde Ben in den Gerichtssaal geführt. Mir lief sofort ein eiskalter Schauer über den Rücken und ich fing etwas zu zittern an. Mein Anwalt legte mir zur Beruhigung seine Hand auf meine und drückte sie leicht.

Er hatte einen orangenen Overall an und Handschellen um. Er musste sich nicht im Saal umschauen, denn er wusste genau, wo ich saß und fixierte mich mit einem kalten, etwas wahnsinnigen Blick, der mir durch und durch ging. Auch während der Verhandlung konnte oder wollte er den Blick nicht von mir abwenden. War das ein Versuch, mich einzuschüchtern? Falls nicht, klappte es trotzdem hervorragend.

Ich wurde vor Ben in den Zeugenstand gerufen und musste dort zum wiederholten Male meine Geschichte erzählen. Natürlich versuchten die gegnerischen Anwälte es so aussehen zu lassen, als hätte ich Ben verführt und ihn bewusst dazu gebracht, mich zu stalken. Den Hinweis, dass er mich ja bereits VOR unserer Beziehung gestalkt hatte, ließen sie geflissentlich außen vor.

Sie versuchten, mir die Worte im Mund umzudrehen, und als ich endlich den Zeugenstand verlassen durfte, war ich fix und fertig.

Als Ben aufgerufen wurde, erklärte er, dass das alles nicht passiert wäre, wenn ich nicht so oberflächlich gewesen wäre und ihm gleich beim ersten Mal, als er mich angesprochen hatte, eine Chance gegeben hätte.

Damit hatte er ja irgendwie recht und ich bekam ein schlechtes Gewissen. Aber mein Anwalt redete mir gut zu, und so verschwand es auch wieder.

Betty hatte sich für die Verhandlung rausgeputzt und ganz akkurat angezogen. Sie sah sich im Saal um, auf der Suche nach neuem Frischfleisch und ich musste mit ihr schimpfen. Das hier war eine ernste Sache, doch sie streckte mir nur die Zunge raus.

Nachdem auch Liz und mein Hausmeister befragt worden waren, zog sich die Jury zurück, um ihr Urteil zu besprechen.
Ich war so nervös, ich konnte mich kaum noch konzentrieren oder stillhalten.
Mein Anwalt lud mich und George zum Essen ein. Er meinte, es würde sicher eine Weile dauern, bis die Jury zurückkam.
Ich ging zwar mit, aber an essen selbst war nicht zu denken. Ich kaute vor Nervosität an meinen Fingernägeln. Nach ein paar Stunden wurden wir wieder zurück ins Gericht zitiert. Alle kamen wieder herein und setzten sich auf ihre Plätze.

Dann war es so weit. Der Sprecher der Jury stand auf.
„Wir, die Jury, befinden den Angeklagten für ... schuldig!"

Der Richter klopfte einmal mit seinem Hammer und sprach die Strafe aus. Ben wurde zu 5 Jahren Haft verurteilt.
Mir fiel ein Stein vom Herzen, und Ben verlor, zum ersten Mal während der Verhandlung, die Fassung. Er sprang von seinem Stuhl auf, sodass dieser nach hinten umkippte und dann wiederholte er wieder die Worte, die er

schon bei der Festnahme sagte und starrte mich hasserfüllt an.

„Egal, wo du dich auf dieser Erde versteckst und egal, welchen Namen sie dir gegeben haben, denke bloß nicht, dass ich dich nicht finden würde! Ich werde dich immer finden, auch nach 5 Jahren Knast! Ich werde dich immer finden! Immer! Du bist MEIN! Du gehörst zu mir!" Die Gerichtsdiener schnappten sich Ben und zogen ihn nach draußen, dort konnte ich nur noch sein Wutgeschrei hören.

Ich dankte meinem Anwalt, der gerne eine längere Haftstrafe herausgeholt hätte. Aber Bens Anwälte waren eben besser gewesen.

Dann kam George auf mich zu und ich fiel ihm um den Hals.

„Er hat uns alle getäuscht! Mach dir bitte keine Vorwürfe! Jetzt ist er weggesperrt und kann dir nichts mehr tun. Komm, lass uns fahren."

Ich nickte, und bemühte mich um ein Lächeln der Erleichterung. Ich verließ den Saal an Georges Seite. Dann stiegen wir in sein Auto, denn George hatte versprochen, mich nicht alleine nach Los Angeles fahren zu lassen.

Er hatte seinen Job gekündigt und bekam von der Polizei auch einen neuen Namen, da man annahm, dass, wenn Ben versuchen sollte, mich zu finden, er zuerst nach George suchen würde, weil er wusste, dass er bei mir sein würde.

Ich musste immer über seinen neuen Namen lachen, weil er so fremd war: Henry Cooper. In L.A. angekommen fuhren wir zu unserer neuen Wohnung, wo auch schon Officer Devenport auf uns wartete.

Wir begrüßten ihn, und er teilte uns mit, dass er noch die nächsten Wochen immer mal wieder Kontakt zu uns aufnehmen würde, das wäre so im Programm vorgesehen, sollte etwas mit der Haftstrafe nicht klappen, oder Ben flüchten.

Betty nahm den Officer gerade schon wieder genauer unter die Lupe. Er trug diesmal legere Kleidung und war gut in Form. Hatte braune, schulterlange Haare und tolle braungrüne Augen. Er hatte einen getrimmten Vollbart, der zum Rest der Erscheinung gut passte. Ihr Mund öffnete sich leicht und sie fing glatt an zu sabbern. Im nächsten Moment stand sie schon wieder im Brautkleid mit Brautstrauß da, bereit für die nächste Sünde ...

Danksagung

Als erstes möchte ich mich bei meiner tollen Familie bedanken, dass sie mich nicht gleich ausgelacht haben, sondern mich bei meinem Vorhaben unterstützten.

Allen voran, danke ich meiner Schwester **Sabine**, Testleserin der ersten Stunde. Danke für deine Hilfe und, dass du mich gleich mit „das ist meine Schwester, die Autorin" vorgestellt hast. *grins*

Ich danke meinem **Lebensgefährten Axel** und unserem **Sohn Sebastian** für ihre Geduld mit mir, wenn ich die ganze Zeit geschrieben habe bzw. meine Vorfreude mal wieder zu viel wurde. Ihr seid die Besten!

Danke an **Frank Brunkhorst**, für das Einstellen von Word. Was würde ich nur ohne dich machen. ☺
Ich weiß, ich bin dir ziemlich auf die Nerven gegangen! Sorry. ☺

Danke **Marie Graßhoff** für das tolle Cover, in das ich mich vom ersten Augenblick an verliebt habe! Ich hoffe auf weitere Zusammenarbeit mit dir. ;-)

Ein großer Dank (wenn nicht der Größte) geht an **Veronika Engler**, die mich ermutigt hat, dieses Buch überhaupt zu schreiben. Danke, meine Süße, ohne dich hätte ich das nie gemacht und auch nicht geschafft!!

Danke auch an meine Vorabtestleserinnen: **Astrid, Claudia und Marita.** ☺ Danke für eure Meinung.

Und zuletzt danke ich den Menschen, die dieses Buch gekauft haben, und mich vom ersten Moment an bei Facebook und Twitter unterstützt haben, obwohl das Buch noch nicht erschienen war.

Danke, Danke, Danke euch allen!! Ihr seid einfach fantastisch!! ☺